칼과 학

* 이 도서의 국립중앙도서관 출판시도서목록(CIP)은 e-CIP홈페이지(http://www.nl.go.kr/ecip)와 국가자료공동목록시스템(http://www.nl.go.kr/kolisnet)에서 이용하실 수 있습니다. (CIP제어번호: CIP2016030178)

제4회 제주4·3평화문학상 수상작

칼과 학

정범종
장편소설

은행나무

✳ 차례

상감청자 찻잔

청자 찻잔에 학 한 마리가 상감돼 있다.

찻잔 안팎을 덮은 비색은 뭉친 데 없이 풀려 있고 은은하다. 그 비색을 바탕에 깔고 학이 날아간다.

주상우(朱相祐)는 찻잔을 하나, 하나 살펴보았다. 아흔아홉 개의 찻잔에는 비색뿐인데 하나에는 무늬가 상감돼 있다.

주상우는 상감청자 찻잔을 탁자 한가운데에 놓았다. 상감청자와는 처음 만났다. 고려는 물론 중원의 청자까지 보아왔지만 상감된 것은 없었다. 상감청자가 있다는 소문은 들었다. 그걸 보고 싶지 않았다. 비색 청자에는 더할 것도, 덜할 것도 없다.

개경 궁궐의 그릇은 비색 청자이다. 비색은 곧 티 한 점도 없는 하늘이다. 그 하늘에다 도공이 학을 날린 것이다.

찻잔은 양손으로 감싸쥐면 손안에 드는 크기인데 상감된 학은 엄지만하다. 학은 날개를 활짝 펼쳐서 바람을 타고 있다. 머리는 쳐들고 다리는 뒤로 쭉 뻗고 있다. 몸통은 하얗지만 부리와 발가락은 세필로 그려놓은 듯이 날카롭고 검은색이다.

그제 조회에서 주상우는 왕명을 받았다. 다회를 잘 준비하라. 왕의 다회에 쓸 햇차와 다기를 마련하는 일은 상서성 공부(工部)의 시랑(侍郎) 소관이었으므로 그가 허리를 굽혔다. 다회로 성은에 보답하겠다고 자신 있게 말해서 왕의 심기를 편하게 만들었는데 오늘 느닷없는 상감청자 찻잔과 맞닥뜨렸다. 맘에 드는 시를 읽다가 오자를 만난 기분이었다.

한 달에 두세 번, 이곳 청자 창고의 옻칠한 은행나무 탁자에 청자가 놓인다. 궁궐로 보내기 전에 주상우는 이 탁자에 청자를 올려놓고 마지막으로 흠이 있나 살펴본다. 그가 작년에 공부의 시랑이 돼 이 일을 맡은 이후 흠 있는 청자는 거의 없었다. 엉뚱한 청자가 섞인 적도 물론 없었다.

탁자에 놓이는 청자는 전라도 탐진(강진)의 청룡요(靑龍窯)에서 온 것이다. 관요인 그곳에서는 개경으로 보내기 전에 비색이 군데군데 뭉쳐 있는 것, 맑지 않은 것, 짙거나 옅은 것은 깨뜨린다. 어느 한 군데라도 이지러진 것, 선이 매끈하게 흐르지 않은 것도 내버린다. 선별된 청자를 상자에 쌓고 그 사이를 볏짚과 왕겨로 채운다. 상자가 덮인 후에는 개경의 청자 창고에 도착할 때까지 아무도 열 수 없다. 주상우가 열리고 명령해야 비로소 청자가 상자 밖으로 나온다.

주상우는 오시를 알리는 종소리를 들었다. 그의 상전이고 공부의 실질적 최고책임자인 상서(尙書)가 조정의 회의를 마치고 청자 창고로 올 시각이었다.

청자 창고는 공부 관아 안에 자리하고 있다. 남향한 기와집이어서 이런 봄에는 볕이 마루 깊숙이 들어온다. 볕에 청자를 놓아두면 금방이라도 쪽물이 풀려나올 듯하다. 그걸 보고 정지상이 창고를 남당(藍堂)으로 이름 짓고 현판을 써주었다고 주상우는 들었다. 그 현판을 보지는 못했다.

8

묘청의 난에 연루된 정지상의 작명과 글씨라고 해서 현판은 치워졌다.

주상우가 창고의 북쪽 창을 열었다. 궁궐의 동문인 광화문이 보이고 그 너머로 전각의 기와지붕들이 먹물을 뒤집어쓴 듯이 시꺼멓게 웅크리고 있었다. 저 멀리 송악산 등성이가 눈에 들어왔다. 솔밭에 뿌연 바위가 듬성듬성 박혀 있다. 비색의 바탕색에 둥그스름하고 하얀 무늬를 여럿 넣은 상감청자가 눈앞에 그려졌다.

밖에서 상서의 헛기침 소리가 들렸다. 주상우가 문을 열고 마루로 나가 허리를 굽혔다.

"시랑, 청자 찻잔을 보러 왔소."

"예. 하온데 그중 하나가……"

상서가 천천히 걸음을 옮겼다.

"하나에 흠이 있다면 그것만 내다버리지 그랬소?"

"그 하나가 상감청자입니다."

상서가 방 가운데 있는 탁자로 갔다. 탁자에 찻잔 하나가 놓여 있었다. 한 손으로 찻잔의 전두리를 잡아 안팎을 일별했다.

"시랑 말고 누가 또 이걸 보았소?"

"저만 보았습니다."

"이런 청자를 이전에도 또 본 적이 있소?"

"없습니다."

상서가 학 무늬를 살펴보고 찻잔을 탁자에 놓았다.

"이건 엉뚱한 청자요. 이런 청자가 고려 천지에 딱 하나만 있진 않을 것이오. 여기에 나타날 정도면 상당히 많이 만들어졌겠지요. 그렇다면 엉뚱한 청자에 관한 소문도 진즉 돌아다녔을 것이오. 시랑은 그런 소문을 듣지 못했소?"

"소문은 들었습니다."

"왜 내게 알리지 않았소?"

"장흥부(長興府) 탐진은 저 남쪽 바닷가의 고을입니다. 개경에서 천 리도 넘는 곳이지요. 그곳에서는 이런저런 청자가 만들어지고 사라집니다. 그에 따라서 소문도 피고 집니다. 그것까지는 상서께 말씀드리지 않아도 된다고 판단했었습니다."

"청자에 관한 일은 그 어떤 것이든 내가 알아야 한다고 말하지 않았소. 그대에게 청자 창고를 맡길 때 했던 말인데 벌써 잊은 거요?"

선왕(인종)이 붕어하고 세자 현(晛)이 보위에 올라 신진 관료를 중용할 때 주상우는 장흥부사에 제수됐다. 작년에 김부식이 죽자 왕은 김부식 일파에 속하지 않은 관리를 조정으로 불러들였다. 그때 주상우는 장흥부사에서 공부의 시랑으로 옮겨왔다. 왕이 그를 불러들인 것은 궁궐의 청자를 맡기기 위해서였다. 장흥부사는 청자 고을인 탐진을 다스리기에 그 어느 벼슬아치보다 청자를 잘 알았던 것이다. 주상우는 청자 창고를 관리하게 됐는데 상서는 창고 열쇠를 넘겨줄 때 청자에 관한 모든 걸 알리라고 했다. 그 말에 주상우는 잘 알았다고 허리를 굽혔고 그 이후 상서에게 만사를 보고해왔다. 그러나 소문만은 예외였다.

"번잡한 소문은 청자와 무관하다고 여기고 있습니다마는."

"청자가 무엇이오?"

주상우는 청자에 관해 도공에게서 여러 번 들었다. 그것은 흙에서 시작한다. 흙이 물을 받아들인다. 반죽이 모양을 갖춘 후에 바람 속에서 굳어진다. 흙 그릇은 가마에 들어가 불로 구워진다. 청자는 흙, 물, 바람, 불이며 이는 불가에서 삼라만상의 본바탕으로 지목하는 것들이다.

"청자는 삼라만상입니다."

"그 삼라만상에 소문도 들어 있는 것이오."

상서는 방에서 나가고 주상우는 구석에 쌓아둔 책처럼 서 있었다.

*

"이 상감청자를 어느 도공이 만들었는지 알겠습니까?"

주상우가 물었으나 청허(淸虛)는 찻잔을 들여다보기만 했다.

청허는 마흔한 살로 주상우와 동갑이었고 대비(大妃) 옆에서 청자를 감별해주고 있었다. 감별관은 대비가 임의로 만든 직책에 불과했지만 청자 창고를 드나드는 관리들은 그를 존대하지 않을 수 없었다.

"바탕색인 비색을 보면 누구의 찻잔인지 알 것 아닙니까?"

"글쎄요."

"짐작은 있을 것 아니오?"

"서너 명 가운데 한 명일 거라는 짐작은 갑니다만."

"그들을 잡아들이면 되겠군요."

"아시다시피 내가 탐진을 떠나온 지 몇 해 됐습니다. 청룡요의 예전 도공 몇 명을 기억할 뿐입니다. 비색을 새로 터득한 도공이 이걸 만들었을 수도 있지요."

청룡요에는 수백 명의 도공이 있다. 송나라의 경덕진요에 비길 만한 고려의 관요이다. 도공 대부분이 관노이지만 삯을 받고 일하는 양민도 있다. 청룡요는 여느 가마보다 더 삯을 많이 주기에 양민 도공들은 이곳에서 몇 년씩 머무른다. 젊은이가 이름난 도공이 되려는 야망을 품고 청룡요로 오기도 한다. 그는 고려 최고의 청자가 만들어지는 곳에서 일하면서 비색이 만들어지는 걸 익힌다.

고려 도공은 비색을 천하제일로 여긴다. 비색 다음으로는 중원의 청색을 놓는다. 하늘의 빛깔, 쪽빛, 청옥의 빛깔이라고도 일컬어지는 비색은 잿물에서 나온다. 잿물은 돌가루와 초목의 재를 섞어서 만든 것이다. 잿물을 제대로 만들지 못하면 비색을 얻지 못한다. 도공은 비색을 얻기 전에 잿물을 얻어야 한다. 잿물은 도공마다 약간씩 다르고 거기에 따라 비색도 달라진다. 그 차이는 미미해서 웬만한 사람은 알아차리기도 어렵지만 도공은 알 수 있다.

상감청자 찻잔을 만든 도공이 누구이든지, 청허는 자신의 세자가 아니라고 여겼다. 청허가 개경으로 올 때 제자 윤누리는 청자를 제대로 알려면 청룡요에서 일해야 한다면서 그곳으로 가겠다는 말은 했다. 그가 청룡요로 들어갔다고 해도 궁궐에서 쓰는 찻잔의 비색을 만들어내는 수준에는 아직 이르지 못했으리라.

청허가 탐진에서 도공으로 있을 적에 가마로 한 젊은이가 왔다. 그 젊은이는 도공이 되고 싶다면서 제자로 받아들여달라고 했다. 어릴 적부터 도공이 되는 게 꿈이었다고 말했으나 눈빛은 전쟁터에서 돌아온 무인과 닮아 있었다. 청허는 젊은이를 당장 제자로 받아들이지 않고 가마 옆의 감나무 아래에서 머무르게 한 뒤 문제를 냈다. 그 문제를 젊은이는 바로 풀지 못했다. 며칠 후 문제를 풀었을 때 그는 젊은이를 제자로 받아들였다. 그때 비로소 이름을 물었고 윤누리라는 걸 알았다.

윤누리가 물레질을 잘하게 됐을 때 청허는 은은한 비색의 청자를 만들어냈다. 여기저기서 찬사가 쏟아졌다. 그 무렵 대비는 비색 청자를 감별할 사람이 필요했다. 감별관으로 청허를 지목했다. 그는 탐진에서 개경으로 왔고 대비의 청자를 감별했다. 주상우가 부탁하면 공부의 청자 창고로 와서 청룡요에서 온 청자들도 감별했다.

청허는 다시 상감청자를 들여다보았다. 우선 비색이 맑다. 가을 하늘이 담긴 맑은 물의 빛깔이다. 그리고 비색은 은은하다. 이곳에 차가 담길 때 향기가 이러하리라고 미리 말하는 성싶다. 비색은 얇고 투명한 막으로 덮여 있다.

찻잔은 범종을 위를 향해 놓은 모습인데 손잡이가 없어서 찻잔의 선은 어느 곳에서도 막히지 않는다. 눈길은 전두리의 동그라미, 몸통의 떨어져 내리면서 안으로 굽어드는 곡선을 따라서 흘러다닌다. 찻잔 안에서도 선은 부드럽게 굽이친다. 물과 가루차를 섞어서 젓는 손길을 연상시킨다.

청허가 마지막으로 눈길을 멈춘 곳은 학 무늬였다. 학 한 마리가 날고 있다. 학은 쌍으로 부리를 대고 서 있어야 정겹게 보인다. 여인네들은 그런 모습을 비단에 수놓는다. 이곳의 학은 한 마리여서 정겨움이 없다. 이렇게 보일 거라는 걸 도공도 알았으리라. 그런데도 쌍학을 새기지 않았다.

청허가 찻잔을 들여다보고만 있자 주상우가 물었다.

"뭘 그리 오래 들여다보고 계시오? 신품이라도 된단 말이오?"

"신품이랄 수는 없지만 탐낼 사람은 많겠군요."

"나는 이걸 탐낼 사람이 아니라 이걸 만든 도공을 찾고 싶소."

청허는 대꾸하지 않았다.

아자창에 뉘엿한 햇살이 비쳐들었다. 방 안은 한결 밝아지고 탁자에 놓인 찻잔에서 학의 무늬가 두드러졌다. 학은 금방이라도 찻잔에서 빠져나와 햇살을 타고 날아오를 듯하다.

주상우는 상감청자를 상서성의 최고위인 상서령(尙書令)에게 아뢰어야 했다. 원래 이 일은 상서가 해야 했으나 모친의 병을 핑계로 오후 일찍 집으로 들어가버렸고 상감청자의 일을 주상우에게 맡겼다. 상서령에게 가기 전에 상감청자 도공의 이름을 알 수 있을까 하고 주상우는 청허를 청자 창고로 데려왔던 것이다.

"청허께서 다시 탐진으로 가면 이런 상감청자를 만들 수 있겠소?"

"흙 그릇을 칼로 파내고 거기에 다른 흙을 채워서 무늬를 만드는 게 상감이라고 들었소. 그걸 만들어보고 싶은 적은 있었지요. 그러지 못한 것은 칼로 무늬를 새기는 재주가 없어서였소. 그건 아무나 할 수 있는 게 아니거든요."

"그렇다면 이 상감청자 찻잔은 상당히 귀한 물건이군요. 상서령께서도 그렇게 여기지 않을까요?"

"글쎄요."

"대비께서는 귀하게 여기시겠지요?"

"그럴 겁니다."

대비는 연덕궁주(延德宮主)라고 불리던, 선왕의 왕비 때부터 청자를 모아왔다. 지금은 청허에게 청자 모으는 일을 맡겨놓고 있었고 청자에 관한 한 그의 판단을 신뢰했다. 청허는 거기에 보답하고자 고려 오도양계의 모든 가마에서 나온 청자를 살펴서 신품을 찾아내려고 했다. 청자는 고려 곳곳에서 만들어졌는데 전라도의 장흥, 영암, 보안(부안), 서해도(황해도)의 평주 등지에서 나온 게 좋았다.

청허가 창고에서 나가자 주상우는 의자에 앉아서 찻잔을 끌어당겼다. 탐낼 만한 것인지 아닌지 알 수 없으나 이게 새로운 그릇인 것만은 분명하다. 이 새로운 그릇을 상서령에게만 보여야 할까? 상서성의 여러 대신 앞에다 내놓는다면? 어떤 대신은 왕의 빛깔인 비색이 학 무늬의 바탕색으로 깔려버렸다고 격노하리라. 왕이 방탕하니까 이런 일이 일어날 수밖에 없다고 여기면서도 겉으로는 도공에게 화를 내는 대신도 있으리라.

전혀 다르게 반가워할 대신도 있으리라. 거듭되는 민란 소식에 지겨워진 대신은 새 소식을 반가워하리라.

주상우는 상감청자를 상서성으로 가져가기 위해 상자에 담아 보자기로 쌌다. 궁궐의 청자를 싸온 비단 보자기에는 용이 수놓아져 있었다.

*

개경은 돌과 흙으로 쌓은 외성으로 둘러싸여 있다. 외성 둘레는 육십 리에 이르고 성벽 안팎에서 백성이 산다. 백성이 사는 동네는 주로 초가이다. 개경에는 외성 이외에도 두 개의 성이 더 있다. 외성 안쪽에 있는 성은 정궁을 둘러싸고 있는 내성이다. 높이가 서너 길에 이르는 돌담이다. 외성 밖에 있는 성은 개경을 멀리서 둘러싸고 있다. 돌담이나 토담이 아닌 기와집이 잇대어져 성을 이룬 것이다. 기와집은 바로 절의 산문, 대웅전, 아미타전, 요사 등등이다. 개경의 맨 바깥쪽은 절들로 빙 둘러싸여 있는 것이다. 세 개의 성안에 있는 집은 십만 호에 이른다. 아침에는 밥 짓는 연기가 송악산의 구름과 맞닿고 밤에는 등불이 초여름 연못의 연꽃처럼 풍성하다.

주상우는 조정의 회의에 참여하기 위해 공부 관아를 나섰다. 길가에는 회화나무들이 연두색으로 물들어 있었다. 저 앞에 광화문이 보였다.

송악산 남쪽 기슭에 들어앉은 정궁에는 문이 열다섯인데 광화문과 남문인 주작문이 웅장하다. 개경 성내의 여러 큰길이 이 두 문을 향해 뻗어 있다. 주작문으로 정궁에 들어가면 광명천에 놓인 만월교를 지나게 된다. 만월교 아래의 물소리가 귓전에서 채 사라지기도 전에 승평문에 이른다. 승평문에서부터 정궁의 전각들이 즐비하다. 승평문을 지나면 동쪽에는 세자궁이, 서쪽에는 전각들이 있다. 북쪽으로 나아가야 창합문을 지나서 회경전(會慶殿)에 이른다. 나라의 큰 행사를 치르는 정전답게 회경전은 여느 전각보다 더 웅장하다. 정궁 전체가 연꽃이라면 한가운데 있는 회경전은 그 꽃술이다. 회경전 뒤에 왕과 대신들과 정사를 의논하는 원덕전(元德殿)이 있다. 조정 회의는 주로 여기에서 열린다.

정궁 이외에도 개경 곳곳에 수창궁, 경령궁, 여정궁, 용암궁 같은 별궁이 들어서 있다. 별궁은 정궁보다 규모가 작아서 전각 대여섯으로 돼 있지만 단청의 화려함과 방 안 치장은 정궁에 뒤지지 않는다. 개경이라는 호수에서 정전이 연꽃으로 풍성하다면 별궁은 수련으로 아름답다.

정궁 앞에는 관아들이 늘어서 있다. 기와집이지만 규모는 전각보다 작고 단청을 하지 않아서 화려한 맛은 없다. 관아 거리를 지나도 기와집이 즐비하다. 이곳은 주로 벼슬아치의 집이다.

주상우는 원덕전으로 들어가 정사품인 공부 시랑의 품계에 맞춰 자리를 잡았다. 문하시중이 들어오고 왕이 보좌에 나타났다. 조정의 신하들이 허리를 굽혔다.

보좌 아래 늘어선 대신들이 민란을 줄일 방안을 논했다. 왕은 주로 듣기만 했다. 상서성의 상서들은 몇 마디만 하고 물러났지만 문하중서성의 간관들은 방안을 길게 말했다. 회의가 길어지자 왕이 대신들끼리 의논해 보고 방안을 결정하라고 명했다.

공부의 상서가 상서성에서 논란이 있었던 상감청자를 어떻게 할 것인지를 왕께 물었다. 왕이 대신들의 의견부터 듣고 싶다고 말했다. 중서문하성과 상서성의 대신들이 상감청자를 놓고 의견을 피력했다. 형부 상서가 상감청자를 만든 도공을 엄히 다스려야 한다고 주장했다. 탐진 청룡요의 도공 수백 명을 몰살시켜버려야 한다는 말도 서슴지 않았다. 국자

감의 대제학인 김병욱(金秉旭)은 새로운 청자를 칭찬했다. 그는 큰 학문의 길은 백성을 새롭게 만드는 것이며 새로운 청자는 거기에 부합한다고 말했다.

대신들의 논란이 이어지자 공부 상서가 나섰다.

"궁궐의 청자는 공부의 소임이며 모든 일은 시랑이 도맡아 하고 있습니다. 폐하, 시랑에게 방안을 물으소서."

"시랑은 방안을 말해보시오."

주상우가 허리를 숙이고 나서 말문을 열었다.

"탐진 청룡요의 도공 수백 명을 죽이면 오래도록 청자를 만들어내지 못합니다. 폐하께서는 정자 한두 곳의 지붕을 청기와로 얹고 싶다고 하셨습니다. 그 일도 못하게 됩니다. 또한 청룡요는 대비의 고향인 장흥부에 있습니다. 대비께서 고향 땅이 피로 젖는 일을 바라지 않을 것입니다. 그렇지만 궁궐의 비색 청자 속에다 자신의 상감청자를 끼워넣은 일은 분명 불충. 그냥 지나칠 수 없습니다. 불충한 자에게 벌을 주어야지요. 소신의 방안을 말씀드리자면 관리를 탐진으로 보내서 상감청자 도공만 조용히 처리하는 것입니다."

조정에 잠시 침묵이 흘렀다.

"공부 시랑이 그 방안대로 일을 처리하시오."

어명이 떨어지자 조정 대신들이 일시에 허리를 굽혔다.

주상우는 오래도록 허리를 굽히고 있었다. 그가 고개를 들었을 때 왕은 보이지 않았다. 문하시중을 비롯한 재상들이 자리를 뜨기 시작했다. 대제학 김병욱이 옆을 지나가다가 그에게 눈길을 주었다.

주상우는 원덕전에서 나와 승평문으로 향했다. 문을 통과해 회경전 옆을 지나갔다. 돌아가신 아버지는 생전에 회경전을 몇 번 들어갔는지 늘

기억하고 있었다. 틈나는 대로 주상우에게 일렀다. 너는 나보다 더 많이 회경전에 들어가야 한다. 다섯 해 전에 아버지가 임종한 주상우에게 남긴 유언도 그것이었다.

광화문을 나온 주상우는 공부 관아로 가면서 장흥부 탐진으로 보낼 사람을 찾아보았다. 찻잔을 만든 도공을 찾아내려면 청자는 물론이고 청룡요까지 잘 알아야 한다. 그런 사람이 주위에 딱 한 명 있다. 청허이다. 그러나 그는 한때 몸을 맞대고 살았던 다른 도공을 죽이는 일에 나서지 않으리라.

해거름에 주상우는 관아에서 관복을 벗고 백성이 입는 흰 두루마기로 갈아입었다. 관아를 나서자 누군가 뒤따라오고 있는 느낌이 들었다. 굽이를 돌아가며 뒤를 살폈다. 자객처럼 보이는 사람은 없었다.

한 달 전에는 집에서 자객의 습격을 받기도 했다. 복면한 자객이 칼을 빼들고 사랑방으로 달려들었다. 그는 옆방인 서재에 있다가 재빨리 피했기에 자객에게 칼을 맞지는 않았다. 그 후로는 매일 방을 바꾸어가며 잠을 잤다. 거리를 걸을 때도 자주 뒤를 돌아보았다.

주작문에서 남쪽으로 뻗은 남대가(南大街)에 이르렀다. 길가에 늘어선 가게에서 상인들이 종종걸음치고 있었다. 주상우는 뒷골목으로 접어들었다. 뒤쪽을 힐끗 보니 웬 남자가 따라오고 있었다. 자객이 아닌가 싶었다. 바로 앞의 술집으로 들어가서 골목길을 내다보았다. 다가온 남자는 허우대만 컸지 눈빛은 멍했다. 쓸데없이 키만 크고 눈알은 허술하게 박힌 허수아비를 보는 듯했다.

주상우는 뒷골목 깊숙이 있는 초가 주막에 이르렀다. 이곳에서 몇 번 술을 마신 적이 있었다. 부인과 아들이 양광도(충청도)의 처가에서 살고 있어서 집에 식구가 없는 적적함을 술로 달랬다. 때로는 술보다 문밖에서 시정잡배들이 떠드는 소리를 들으려고 오기도 했다.

　주막으로 들어선 주상우는 주인에게 혼자 술을 마실 만한 방이 있는
지 물었다. 주인이 그를 구석방으로 안내했다. 묽은 먹물 빛인 방 안에
호롱불이 켜졌다. 주상우는 청주를 주문하고 자리에 앉았다. 바라지 너
머에서 노래가 들려왔다. 살으리 살으리랏다, 하고 시작되는 〈청산별곡〉
이었다.

　주상우는 소반에 놓인 청주를 자작했다. 밖에서 어떤 남자가 소리쳤다.

　"이봐 이야기꾼, 〈청산별곡〉을 어떻게 생각해?"

　"〈청산별곡〉은 유랑민의 노래야. 남녀의 이별에 빗대어 논밭과 헤어진
자신의 처지를 말한 거라고. 지금 고려 땅에는 산으로, 바다로 떠도는 백
성이 많아. 머물지 못하고 왜 떠돌고 있느냐. 논밭을 빼앗겼기 때문이지."

　주상우가 헛기침을 했다. 문이 열리고 주인이 방으로 머리를 내밀었다.

　"이야기꾼을 이리로 불러주게."

　"예."

　잠시 후에 서른 살 안팎으로 보이는 남자가 방 안으로 들어왔다.

　"나리께서 부르셨습니까?"

　"내가 벼슬아치로 보이는가?"

　"엄지와 검지에 붓을 잡아서 생긴 굳은살이 있어요. 그런데 저한테
무슨 이야기를 듣고 싶으신지요?"

　주상우가 청주 술병을 집어들었다.

　"술을 한잔 주려고 불렀네."

　"공짜 술은 없지요. 더구나 벼슬아치의 술에는."

　"그렇게 벼슬아치를 잘 안단 말인가?"

　"백성은 벼슬아치 욕하는 이야기를 좋아하지요. 그런 이야기를, 제가

자주 하다보니 조금은 알게 됐습니다."

주상우는 그의 불콰한 얼굴을 들여다보았다. 큼직한 눈에 웃음기가 담겨 있었다.

"나는 주상우라고 하네. 자네는……?"

"운달이라고 합니다."

"이야기꾼이라."

"천리장성 남쪽의 얘기는 거의 다 알지요. 그 너머의 것도 몇 압니다."

"천리장성 너머로 가본 적이 있는가?"

"마음은 만리장성까지도 가곤 합니다마는."

주상우가 술병을 내밀었다.

"술을 받게."

"왜 주시는 겁니까?"

"나는 벼슬아치네. 이야기꾼한테 욕을 듣지 않게끔 미리 뇌물을 주는 것이네."

*

뒤뜰의 오동나무는 새벽안개에 젖어 있었다. 오동나무는 열 길에 이르는 키에 사방으로 가지를 뻗어 넓은 품까지 갖추었다. 지금은 꽃이 피어서 낮에는 벌 나비를 불러들이고 밤에는 향기를 내뿜렸다. 주상모(朱相模)는 새벽마다 뒤뜰로 검술을 수련하러 나왔다.

뒤뜰이 넓은 이 집은 부모가 물려준 것이다. 본채, 사랑채, 곳간, 헛간 채로 돼 있어서 개경의 여느 귀족 집에 뒤지지 않는다. 살림살이는 노비들이 맡아서 한다.

주상모는 오동나무 아래서 장검, 일광(一匡)을 뽑았다. 수련은 스물한 살에 시작해 스물여섯 살인 지금까지 매일 해왔다. 그는 호흡을 가다듬으며 칼을 천천히 휘둘렀다. 오동나무 꽃이 떨어지는 게 보였다. 칼을 재빨리 휘둘렀으나 빗나갔다.

"오늘도 칼질이냐?"

주상우가 뒤뜰에서 검술을 연마하는 주상모에게 말을 걸었다. 주상모는 숨을 흐트러뜨리지 않으려고 대꾸하지 않았다. 위로 치켜져 있는 칼로 비스듬히 정면을 가르고는 왼발을 확 내밀면서 칼로 앞을 내찔렀다.

"말이 들리지 않느냐?"

"일어나셨습니까?"

주상모는 형보다 열다섯 살이나 적었다. 아버지가 말년에 얻은 늦둥이였던 것이다. 아버지가 돌아가시자 그는 형 밑에서 지냈다. 독서는 거의 외면하고 개경 곳곳을 친구들과 쏘다니길 좋아했다. 형이 장흥부사였을 때 탐진에서 살다가 그곳의 여자와 혼인했다. 돌아가신 어머니와 얼굴이 닮은 여자였다. 그는 아내의 얼굴을 들여다보길 좋아했다. 이듬해 아내는 절에 불공을 드리러 가다가 산적을 만났고 집으로 돌아와서는 목숨을 끊었다. 주상모는 칼잡이들을 사서 산적을 잡아 죽였다. 그 후 그는 검술을 배우기 시작했다. 아내와 사별한 지 다섯 해가 지났으나 재혼하지 않았다. 형도 혼자 산다. 형수와 조카는 형의 처가인 양광도에서 살고 있다. 고려의 귀족은 혼인 후 몇 년씩 처가살이를 했고 벼슬길에 나갈 때는 부인과 자식을 처가에 두는 게 예사이다.

칼이 묽은 안개 사이로 드는 아침 햇살에 빛을 뿜어냈다. 주상모가 검술을 익히기 시작한 이래로 지녀온 칼이었다.

주상우가 칼로 앞을 겨누고 있는 동생에게 다가갔다. 이슬이 오동나무에서 동생의 얼굴로 떨어져 내렸다. 동생은 꼼짝하지 않았다. 칼날에서 빛이 번쩍거렸다. 청자의 빛은 눈길을 천천히 끌어들이는데 칼날의 빛은 눈길을 확 밀어냈다.

동생이 고려 최고의 칼잡이가 된다고 해도 누가 벼슬자리를 주는 건 아니다. 문신의 눈에 들어 무신 벼슬에 천거돼야 하는데, 문신들은 애초에 무인들을 무시했으므로 동생과 얼굴을 마주하려고도 들지 않을 터이다. 무신이 동생의 무예를 인정해서 벼슬에 천거할 수는 있다. 그렇다고 해도 벼슬에 임명히는 여부는 문신이 결정한다.

주상모가 칼을 휘두르자 주상우가 혀를 차댔다.

"그 짓거리는 내 눈에 보이지 않는 데서 할 수 없느냐?"

"아예 무예당으로 가서 살까요?"

"또 그놈의 무예당 타령이냐."

지난해 주상모가 검술을 배우려고 서경의 무예당으로 한 번 더 가겠다고 했을 적에 형은 코웃음 쳤다. 한 번 더는 무슨…… 이놈아, 칼질을 배워서 어디다 써먹겠다는 것이냐? 지금은 문신 세상이어서 무신은 그저 문신을 개처럼 따라다니며 지켜주는 일이나 하고 있다. 그러니 칼질은 더 배울 게 없다. 내가 조정에서 힘을 쓰게 되면 음서로 한자리 마련해보마. 그리 알고 기다려라. 당시 형은 장흥부사에서 공부 시랑으로 옮겨온 직후였다. 벼슬자리를 만들어줄 수 있는 위치에 이르렀던 것이다. 당장은 아니더라도 언젠가는 벼슬자리가 주어지리라. 그렇다고 형을 바라보고 앉아만 있을 수는 없었다.

검술을 수련하려고 금강산을 찾아간 주상모는 골짜기를 떠돌다가 만폭동 위쪽의 너럭바위에서 한 무인이 제자 셋을 가르치는 걸 보았다. 칼놀림이 날아오는 화살마저도 동강 내버릴 정도로 빠르다가도 어느 순간에 바람의 결을 타고 흐르는 듯 부드럽게 변했다. 칼을 내지를 때는 호숫가에서 물고기를 찍어내는 황새의 부리처럼 힘찼지만 거둬들이고 나면 그 황새가 물에 잠긴 구름을 보고 있을 때처럼 조용했다. 처음 봤을 때 발의 움직임은 중원의 봉술에서, 팔의 휘두름은 고려의 검법에서 가져왔다고 여겼다. 다시 보니 아니었다. 고구려 검법을 바탕으로 해서 새로 창안한 검술이었다. 그 검술은 잔잔함 속에 폭풍우를 숨기고 있었다. 처음에는 잔잔하게 이어지다가 어느 시점에 이르면 폭풍우를 일으켜 그걸 휘몰아갔다. 번갈아 이어지는 잔잔함과 격렬함은 그저 변화무쌍하기만 한 게 아니라 공격과 방어의 조화를 위해 꼭 필요한 것이었다.

주상모는 무인 옆으로 다가갔다. 무인의 칼이 만폭동 폭포처럼 내리꽂히다가 계곡에 있는 큰 못의 자잘한 물결처럼 춤추고 나서 멈추었다. 고구려 검법을 잇는 서경의 무예당에도 저런 고수는 없었다는 생각이 다시금 주상모에게 밀려왔다. 그는 무인에게 제자 되길 청했다. 무인의 눈은 만폭동의 계류처럼 맑았다. 무인이 그와 한참 동안 눈을 마주쳤다. 말은 하지 않았다.

무인은 바위 아래에다 움막을 짓고 살았다. 무인이 너럭바위로 나와 세 제자에게 검술을 가르칠 때마다 주상모는 그곳으로 가서 제자로 받아달라고 청했다. 문신들이 설치는 세상에서 참다운 무인이 어떤 것인지 보여줄 수 있는 벼슬아치가 되기 위해 금강산으로 왔다고도 말했다. 사흘을 찾아가 부탁해도 무인은 들은 척도 하지 않았다. 이레가 지나자 무인이 한마디 했다. '어둠 속에 있으면 남의 칼이 어디서 오고 내 칼이 어디로 가는지 모른다. 낮에 오너라.' 그 말의 속뜻이 뭔지 주상모는 알 수 없었다. 더는 제자로 받아달라고 하지 못하고 다른 계곡으로 넘어갔다. 거기에다 움막을 짓고 검술을 수련했다.

금강산에서 몇 달 동안 수련하고 나왔으나 형은 무신 가운데서 최하급인 대정 자리 하나 만들어놓고 있지 않았다. 벼슬아치 천거는 이부의 일이어서 어렵다는 변명만 늘어놓았다. 아무리 그렇다고 대정 자리도 만들지 못하느냐고 그가 볼멘소리를 했다. 형은 사과하기는커녕 오히려 따지고 들었다. 날 보고 어쩌란 말이냐? 이부의 판사, 상서, 시랑 중에서 그 누구와도 친분이 없다는 걸 너도 알지 않느냐? 탐진에서 가져온 청자를 형은 이부에도 뿌리지 않았느냐고 그가 물었다. 형이 벌컥 화를 냈다. 그게 무슨 망발이냐? 그런 헛소리를 또 하면 형제지간의 연을 끊어버리겠다.

안개가 사라지면서 햇살이 뒤뜰에 들어찼다. 담 너머로 보이는 송악산에는 안개가 남아 있어서 바위와 소나무가 흐릿하게 보였다. 방 안에서만 지내는 형의 얼굴도 안개 낀 송악산의 바위처럼 생생한 맛이 없었다.

주상모는, 뒷짐을 지고 송악산을 응시하고 있는 형을 훔쳐보았다. 시문을 짓는다고 송악산을 올려다보던 때와는 달리 눈에 긴장감이 돌고 있었다.

"상모야, 사랑방으로 오너라."

"수련을 끝내고 가지요."

"지금 당장."

형이 사랑채로 가자 주상모가 칼을 거두었다. 형이 이렇게 아침부터 사랑채로 부르는 건 드문 일이었다. 그가 얼마 전에 양민의 아녀자를 겁탈한 일로 부르는 게 아닌가 싶었다. 그건 술김에 벌인 일이었다.

주상모가 사랑채로 들어오자 주상우가 책상에 놓인 책을 덮었다. 김부식이 주도해서 지은 《삼국사기》였다.

관리는 한 달에 나흘을 쉬는데 오늘은 주상우가 쉬는 날이었다. 그는 쉬는 날이면 사랑방에 앉아 《삼국사기》를 읽어왔다. 국자감에서 빌려온 것이었다.

선왕 때, 묘청은 서경(평양) 천도를 주청했다. 왕이 동의하자 서경에 대화궁을 지었다. 하지만 김부식 일파의 반대로 서경 천도가 중동무이되자 난을 일으켰다. 묘청은 오래지 않아 김부식에게 토벌되었다. 그 후 초야의 선비 중에서 몇은 고구려의 왕도가 서경이었던 만큼 서경 천도 주장이 고구려의 후신임을 자처한 고려 개국의 뜻에 부합한다고 말했다. '금나라의 조공을 받겠다는 묘청의 말이 과장된 것이기는 하나 그 일 자체가 그르다고 할 수는 없다. 묘청은 기개가 있는 반면 고구려를 본받는다는 고려의 중신들은 장강 이남에서 근근이 명맥을 유지하고 있는 송나라에게 고개를 푹 숙이고 있다.' 묘청의 난은 진압됐으나 이래저래 서경의 의미는 사라지지 않고 있었다. 이렇게 되자 서경으로 천도하는 걸 반대했던 이들은 고려가 고구려보다 신라의 정통을 이은 것이라는 주장을 펴기 시작했다. 김부식이 《삼국사기》를 저술한 데는 고려의 정통이 고구려 아닌 신라에 닿아 있음을 내세우려는 뜻이 있었다.

주상우가 책상 너머에 앉아 있는 동생에게 물었다.

"글을 좀 읽느냐?"

형의 질문은 주상모가 예상했던 것과는 다른 것이었다. 그는 검술 수련을 마치고 칼등에 떨어진 이슬을 닦아낼 때처럼 느긋하게 말했다.

"저를 부르신 건 독서 때문이었군요."

"탐진에 다녀왔으면 한다."

"은밀하게 청자를 구해오는 일입니까?"

형은 탐진에서 은밀하게 청자를 가져와서 대신들에게 뇌물로 뿌려왔다. 그 뇌물은 형이 품계를 올리는 데 힘이 되어주었다.

"청자가 아니다."

"장흥부사로 계실 때 정을 나눈 기생이 자식을 키우고 있는 것은 아니겠지요?"

"사람을 찾아가는 일이기는 하다."

주상모는 아침에 형이 느닷없이 검술 연마하는 걸 보러 왔다는 데 생각이 미쳤다.

"그 사람을 칼로 베야 합니까?"

"그렇다."

"저 혼자?"

"청허와 운달이라는 이야기꾼도 간다."

"청허요? 이름으로 보아서는 무슨 도교의 도사 같네요."

"《도덕경》을 자주 읽기는 하지만 도사는 아니고 청자 감별관이다. 나랏일을 위해서 대비의 허락을 받고 탐진으로 가게 됐다. 청허가 상감청자 찻잔을 만든 도공을 찾아내줄 것이다. 그 도공을 아무도 모르게 베는 일은 네 몫이다."

"운달이라는 이야기꾼은 뭡니까?"

"네가 장군이라면 그는 군사이다. 일이 막힐 때 그와 상의해라."

주상모가 일괄을 집어들고 일어섰다. 이미 눈길을 《삼국사기》로 돌린 형에게 물었다.

"나랏일인 만큼 그걸 맡은 자의 직책이 있겠지요. 제 직책은……?"

"아직은 없다. 일을 잘 처리하고 돌아오면 벼슬이 내려질 것이다."

*

개경에서 한나절 거리인 벽란도에는 고려 각지의 조운선과 여러 나라의 상선들이 드나든다. 벽란도 바닷가로 나앉은 술집에 주상모가 앉아 있었다. 술집은 탐진을 오가는 뱃사공들이 자주 들르는 곳이다. 탐진으로 동행하는 청허와 운달이는 근처의 다점으로 갔다. 청허야 차만 마시는 자이니까 그럴 만했지만 운달이가 이곳을 외면한 이유는 알 수 없었다. 형의 말로는 운달이가 술을 좋아한다고 했다. 운달이는 이 형이 술집에서 만난 이야기꾼이야. 그의 이야기를 들었고 그가 꾀주머니라는 걸 알았지. 그런데 그는 꾀를 좀체 빌려주지 않아. 꾀를 빌리려면 우선 술부터 사주어야 할 거야.

술집에 주상모 이외에는 술꾼이 없었다. 주모 둘이 수다를 떨다가 한 명이 어젯밤을 함께 보낸 남자를 들먹였다. 그 남자는 평소에 두건을 쓰고 다녀. 방에서 나와 만났을 때는 그 두건을 벗었지. 세상에, 털 없는 머리통에 말이 그려져 있더라니까. 내달리는 가라말이었어. 천축 너머에서 왔다는 사람의 새파란 눈을 처음 봤을 때처럼 놀랐지. 잠시 후에는 더 놀랐어. 가랑이 사이 물건은 말좆을 붙여놓은 것만 같더라고. 그는 과연 말이더구먼. 나를 네 발로 서 있는 암말처럼 만들어놓고 자신은 수말이 돼 뒤에서 덮쳤어.

주모가 그 남자에게서 얻어들은 탐진 청룡요 얘길 꺼냈다. 한 달 전에 청룡요에서 난리가 났어. 청룡요 우두머리인 행수(行首)가 도공들한테 약속했던 삯을 제 맘대로 깎아버리자 도공 수백 명이 들고일어난 거야. 행수가 주동자를 채찍으로 때려서 죽였어. 도공들이 냅다 덤벼들었지. 행수를 쫓아내고 청룡요를 지키는 병졸들과 맞섰어. 도공들이 가마 아궁이에서 쓰는 장작개비를 들고 싸워서 칼을 든 병졸들을 청룡요 토담 바깥으로 내몰았어. 나무가 쇠를 이기다니? 하긴 칼보다 더 두툼한 장작개비라서 싸울 때 불리하다고만 할 수는 없지. 남자 물건도 일단은 두툼한

게 좋거든. 아무튼 청룡요에서 쫓겨난 병졸이 장흥부의 관군을 불러들였어. 관군 수백 명이 청룡요로 달려갔어. 도공들은 그냥 죽을 수 없다면서 토담에 의지해 맞섰어. 토담, 그거 우습게 보면 안 돼. 화살이 시꺼멓게 날아들어도 무너지지 않아. 토담이 원래 물에는 약해도 다른 것에는 강하거든. 물에는 얼마나 약하던지 토담 아래에다 장정들이 물건 내놓고 자꾸 오줌 갈기면 그게 넘어지고 말아. 그러고 보면 장정들 물건이 요물은 요물이야. 토담도 무너뜨리고 여자도 무너뜨리고. 그건 그렇고, 도공들이 토담에 의지해서 버티니까 관군이 문으로 몰려갔어. 도공들이 문을 막았지. 이 문이라는 게 그래. 열리게 돼 있어. 문으로 들어간다, 못 들어간다, 하면서 남녀가 승강이를 벌이면 처음에는 피차에 팽팽하게 버티는 듯하지. 나중에는 여자가 밀리게 돼 있어. 문이란 게 열어주기 위해 있는 것이니까 언젠가는 열어주어야지. 안 그래? 내 문을 기어이 열겠다고 달려드는 남자가 있으면 나는 그렇게 오래 버티지 않아. 맘에 들면 단번에 문을 열어주기도 하고. 처음부터 그랬던 것은 아니야. 벽란도의 절에서 어떤 선사가 애초에 열린 것을 자꾸만 닫아버리는 게 사람들의 어리석음이라고 설법했지. 그 가르침에서 깨달았어. 깨달음은 실천해야 해. 님자와 만나서 그걸 실천하기 시작했고 계속해오고 있지. 어떤 아낙이 내 말을 듣고 나더니 이 미련한 여자야, 스님이 말한 건 여자의 그 문이 아니고 사람의 마음에 깃들인 불성을 말한 거야, 하고 비웃더라고. 그게 불성을 말한 것인지 나라고 모를까. 알아. 나도 다 안다고. 그 말에서 깨달은 것은, 마음의 불성이든 가랑이 사이의 그곳이든 그저 닫아두는 게 좋은 것만은 아니라는 점이지. 내가 이렇게 말하다보니까 정절을 지키는 여자들을 은근히 욕하는 것 같기도 하고 그러네. 애초에 내가 말하고 싶은 것은 누가 옳고 그르냐가 아니라 문이란 열리게 돼 있다는 사실이야.

청룡요의 대문도 문이야. 결국은 열리고 말았어.

주상모는 청룡요가 한바탕 시끄러웠다는 걸 알았다. 고려에 민란이 흔하다보니 그곳에서도 난리가 난 모양이었다.

형이 시킨 일은 말로는 간단했다. 청룡요로 가서 청허가 상감청자 찻잔을 궁궐로 보낸 범인이라고 지목한 도공을 베어버리는 것. 하지만 말처럼 그렇게 간단한 일은 아니다. 청룡요 도공들이 동요되지 않도록 그 일을 아무도 모르게 해야 한다. 도공 수백 명은 우리의 오리 떼처럼 청룡요의 초가에서 모여 산다. 그곳에서 한 도공을 아무도 모르게 베어버릴 수 없다. 다른 도공들의 눈을 피해서 특정한 도공을 밖으로 데리고 나가야 한다는 얘긴데 이것 또한 아직까지 방법도 찾지 못하고 있다. 도공 처치가 어려운 일이란 걸 형도 알기에 운달이를 붙여준 것이기는 하지만.

주모들이 또 수다를 떨었다. 주모 한 명이 얼마 전에 장사꾼이 딸을 팔아먹은 걸 끌어냈다. 장사꾼은 빚을 얻어 쓰고는 그걸 갚지 못해 자신이 그 집 노비로라도 가야 할 지경에 이르자 송나라 상인에게 딸을 팔았다. 저자 사람들이 그 일로 장사꾼을 드러내놓고 욕하지 못했다. 그게 아버지로서 차마 할 짓이 아님을 알고는 있었으나 자신도 언제 자식을 팔지 모르는 처지였으므로 입을 다문 것이다.

얘기를 마무리하면서 주모가 어떻게 딸을 파느냐고 또 핏대를 올렸다.

"오죽했으면 그랬겠어?"

"내 말은 그게 아니라 자식을 팔 수밖에 없을 때 아들을 팔아야 한다, 이거지. 그러면 벽란도에다 사내종으로 팔 수 있고, 돈 모아서 훗날 빼낼 수도 있고. 왜 여자야? 송나라 그놈들이 혼인한다고 여자를 사가지만 실은 중원의 술집에다 웃돈 얹어서 팔아먹으려는 거라고."

"하긴 아들부터 팔았다는 말은 없었어."

"내가 듣기로는 귀족들이 《논어》를 많이 읽게 되면서 남자, 남자, 하고 으스댄대. 거기에는 잘난 사람은 군자다, 하고 돼 있는데 그 군자라는 것이 제대로 된 남자라나 뭐라나. 여자는 애초에 군자가 될 수 없고 사내로 태어나야만 군자가 돼. 이게 뭐야? 남자만 잘났다, 이거지. 그걸 귀족만이 아니라 양민도 받아들였어. 그 잘난 남자를 집 안에다 남겨두려고 양민이 자식을 팔게 되면 딸부터 파는 거라고."

주모는 식칼로 도마를 내리쩍었다. 식칼이 박히고 도마가 신음을 내뱉었다.

"장사하는 집에 남자 일손이 필요해 아들을 남겨두었겠지."

"아냐. 김부식이 묘청과 싸워 이긴 후부터 고려에서는 불경보다 《논어》가 많이 읽히고 있대. 정말이라니까. 송나라에서도 《논어》가 판을 친대. 남자가 잘났다는 건 그들이 위에 있다는 거지. 위에 있어야 한다면 밤일에도 남자가 꼭 여자 위로 올라가야 한다는 건가?"

"그런 일에도 남자가 꼭 위로 가라고 《논어》에 쓰여 있기야 하려고?"

"책에는 별별 게 다 쓰여 있다는데?"

"아무리 그렇지만……"

"귀족 늙은 것들이 젊은 첩을 데리고 살아. 밤이면 누워서 이렇게 떠들어. 첩아, 네가 올라가서 힘 좀 써라. 그 짓도, 남자가 항상 위에 있어야 한다는 《논어》 말씀을 따르자면 못 하게 되겠네. 귀족이란 것들은 그저 책이라고 하면 고개 숙이니까. 말해놓고 보니 생각나는 게 있어. 송나라에서 온 춘화 말이야. 거기에 전에는 여자가 위에 있었는데 지금은 그 반대야. 이것도 《논어》 때문일 거야."

"춘화는 또 언제 봤어?"

"다른 나라에서는 남녀가 어떻게 일을 치르는지 궁금하던 차에 대식국(사라센제국) 남자가 보여준다기에 한번 봤을 뿐이야. 처음에 본 건 송나라 거였어. 나중에는 왜국에서 온 걸 보여주더라고. 그게 송나라 것보다 색깔이 진했어."

주모가 도마에서 식칼을 뽑아냈다. 도마에는 칼자국이 청자의 번잡한 식은태처럼 얼기설기 얽혀 있었다.

"대동강 가의 서경으로 궁궐을 옮기면 음양오행으로 볼 때 물에 가까운 여자들이 기를 펴고 살게 될 거란 말이 있긴 있었지. 그게 이뤄지지 않아서 여자들이 남자들한테 눌리고 사는 걸까?"

"남자들은 궁궐을 대동강 아닌 한수(한강) 가의 삼각산 아래로 옮겨야 한다고 떠들고 다녀. 삼각산에 불기운이 많아서 남자들이 더 기를 펴고 살 거래."

"요즘엔 떠도는 참언도 예전보다 더 많아졌어. 세상에는 너무 말이 많아. 먹을 게 적어질수록 말이 늘어난다고 하더니 그게 맞는 것 같기도 하고."

"가짜 점쟁이도 수두룩해. 그것들은 헛소리 떠들어서 곡식 얻으려 든다니까. 내가 하도 같잖아서 웃어버리면 내 몸뚱이를 보면서 복채는 뭘 주던지 다 받는다며 다가와."

*

돛배는 탐진강 하구를 향해 나아갔다. 왼쪽으로 만덕산이, 오른쪽으로 천태산이 보였다. 천태산 아래에는 청자 가마들이 모여 있었다. 청허는 도공으로 지낼 적에 천태산 밑자락에서 살았다.

주상모는 탐진강을 보다가 상류에 있는 두리마을의 처가를 떠올렸다. 아내와 사별하기 전에 한 해 남짓 살았던 곳이었다. 아내는 생전에 탐진강의 가을 강물처럼 눈이 맑았다. 주상모도 어려서는 어머니에게서 눈이 맑다는 말을 들었다.

"탐진에 돌아오니까 어떻습니까?"

주상모의 물음에 청허는 대답 대신 웃음을 지었다.

"나는 반갑네요. 이곳에서 몇 년 지냈거든요. 형이 장흥부사를 할 때요. 그때 이곳 나루도 많이 드나들었고요."

탐진은 수령, 회령, 장택과 함께 전라도 장흥부에 속한 고을이다. 탐진강의 하구에 있는 탐진나루는 뭍과 탐라를 잇는 나루이다. 이름에 걸맞게 여전히 뭍과 탐라를 잇고 있는데 탐진나루, 하면 많은 이들이 탐라만큼이나 청자를 떠올린다. 탐진나루에는 고려 천지에서 가장 큰 청자 저자가 있다. 탐진나루에서 배에 실리는 청자는 나루 인근의 가마들에서 나온 것이다. 탐진에는 청자의 바탕흙으로 쓰기 좋은 흙이 많고 땔감을 얻을 수 있는 산들이 솟아 있어서 가마가 들어서기에 좋다. 가마는 수백 개에 이른다. 탐진의 청자는 개경만이 아니라 오도양계로 팔려 나간다. 고려 각지에 청자 가마가 있기는 하지만 탐진의 청자에 비하면 빛깔이며 모양에서 뒤처진다. 청자는 바다를 통해 송나라, 왜국은 물론이고 천축 너머까지도 실려 간다. 청자를 사러 대식국 사람들까지 탐진나루를 찾는다.

돛배가 정박하고 주상모, 청허, 운달이가 거룻배로 옮겨 탔다. 뱃사공이 노를 저어서 거룻배를 바닷가에 댔다.

주상모가 바닷가의 주막을 턱짓했다.

"점심을 먹읍시다. 술을 곁들여서."

"나는 다점에서 차나 한잔하고 싶은데."

청허가 그렇게 나오자 주상모가 운달이에게로 고개를 돌렸다. 운달이가 손사래를 쳤다.

"탐진나루 풍경이 하도 좋아서 눈요기만 해도 배가 부를 듯합니다. 나는 나루를 구경하렵니다."

주상모가 얼굴을 찌푸렸다. 셋이 헤어졌다가 이곳에서 다시 만나자고 하려다가 말을 바꾸었다.

"이곳에서 일단 헤어졌다가 청룡요 정문에서 만납시다."

주상모는 탐진나루에서 동쪽으로 오십 리 떨어져 있는 장흥부에서 청룡요 출입 허가를 받아낼 참인데 혼자 가는 게 좋았다. 그러면 말을 빌려 타고 내달릴 수 있었다.

"나는 장흥부를 거쳐서 가야 하니까 내일에나 청룡요에 도착할 겁니다. 당신들은 이곳 구경을 실컷 하고 천천히 출발하세요."

주상모와 헤어진 청허는 저자를 향해 걸어갔다. 길에 수레바퀴 자국이 뚜렷하고 군데군데 말똥이 뒹굴었다. 길가에 유랑민이 웅크리고 앉아 있었다. 청허가 다가가자 유랑민이 고개를 처들었다. 갯벌 빛깔의 얼굴이 드러났다. 퀭한 눈동자는 배가 퀭하게 비어 있다는 걸 알려주었다. 청허가 해동통보 한 닢을 꺼내 유랑민 앞에 놓았다. 유랑민의 눈이 바탕흙의 반죽처럼 촉촉해졌다.

저자에 사람들이 북적거렸다. 한쪽에서는 선지를, 다른 한쪽에서는 국수를 삶았다. 보리쌀 석 되와 조기 한 두름을 맞바꾸는 사람이 있고 가죽신 두 켤레와 염소를 맞바꾸는 사람도 있었다.

청허가 가게 한 곳으로 들어갔다. 예전에 이곳은 색다른 자기를 팔았다.

가게 주인이 청허를 알아보고 반가워했다. 청허는 시렁에 놓인 그릇들을 보았다. 비색 청자만 있고 상감청자는 없다.

"상감청자를 보러 왔소이다마는."

"그건 없습니다."

"본 적도 없소?"

"이미 여럿 팔았지요. 어제 판 것은 물병이었어요."

"거기 무슨 무늬가 새겨져 있었소?"

"모란이었지요. 백모란이 아주 볼 만했지요."

주인은 그걸 되살리는지 실눈을 떴다.

"그걸 누가 사갔소?"

"중원에서 온 장사꾼이었어요."

"그걸 만든 도공은 만날 수 있겠지요?"

"청룡요에서 난리가 났을 때 관군의 칼에 죽었다고 소문이 났어요."

그 도공이 상감청자 찻잔을 만든 게 아닌가 하는 생각이 청허를 스치고 지나갔다.

"혹시 내 제자인 윤누리의 안부를 아시오?"

"글쎄요, 청룡요에 있다든가 어쩐다든가."

청허가 저자거리로 나서자 운달이가 다가와 머리를 숙였다. 청허는 그가 작별 인사를 하는 것임을 알았다.

"어디로 갈 건가?"

"이야기를 찾아가려고요."

"주상모나 시랑에게 전할 말이 있나?"

"시랑을 만나거든 말해주세요, 운달이가 이야기꾼답게 잘 떠들었다고."

"시랑은 일행이 어려움에 처했을 때 자네가 꾀를 낼 거라고 했는데……"

"내게도 그렇게 말했지요. 그건 한 번이었어요. 자신이 일행에 끼어 있다고 소문이 나야 그 누구도 동생을 건드리지 않는다, 동생이 탐진을 안

전하게 다녀온다, 하고 세 번이나 말했고요. 그래서 나는 개경의 술집과 벽란도의 다점에서 우리 일행 가운데 공부의 시랑이 끼어 있다고 떠들었지요. 이곳 탐진에서도 조금 전에 떠들었고요.'

*

주상모가 말을 몰아 솔숲 가운데로 난 산길로 들어섰다. 아직 달이 뜨지 않아서 곰솔은 시꺼먼 덩어리로 보였다.

비탈길이 이어지자 말이 거친 숨을 몰아쉬었다. 주상모가 탐진나루의 역참에서 빌린 말이었다. 주상모는 목덜미를 토닥여주었다.

청허와 헤어진 직후 주상모는 탐진나루의 역참으로 갔다. 전임 장흥부사의 동생임을 밝히고 장흥부에 볼일이 있다면서 파발마를 잠시 빌려달라고 부탁했다. 역참의 군졸이 파발마를 내주지 않았다. 장흥부에서 역리가 올 거라면서 그에게 허락을 받으라는 말만 거듭했다. 주상모는 해거름에야 역리를 만났다. 역리는 그가 전임 장흥부사의 동생임을 알면서도 마패가 없으면 곤란하다고 했다. 주상모는 형이 개경에서 공부의 시랑을 하고 있어서 자신도 곧 관직에 오를 거라고 했다. 역리가 파발마 한 필을 내주었다. 말의 갈기는 늙은 기녀의 머리카락처럼 축 늘어져 있었다. 그 말을 타고 장흥부사에게 청룡요를 출입할 허가를 받으러 가고 있었다.

사월 열이레 달이 떠올라 곰솔 사이로 몸을 드러냈다. 솔숲에서는 달빛이 곰솔 우듬지에서 놀았으나 산길에서는 바닥까지 내려왔다.

산길이 내리막으로 접어들자 주상모는 적진으로 야간 기습을 감행하는 기마병처럼 말을 몰았다. 일광을 뽑아서 산길로 뻗어 나온 솔가지를 적의 목을 치는 기분으로 잘랐다. 검광이 번뜩이자 말이 놀란 소리를 냈다.

귀족이 태어나면서부터 귀족이듯이 칼은 그 시작부터 피를 부르기 위해 만들어진다. 그 때문에 칼은 오래도록 피 맛을 보지 못하면 울부짖는다. 한밤중에 칼을 들어 허공을 가르면 귀신 소리처럼 날카롭고도 길게 이어지는 원성이 들린다. 검술을 막 익히던 때 주상모는 그 원성을 들어보려고 한밤중에 휘둘러보았다. 낮의 소리와 크게 다르지 않았다. 검술을 연마하면서 무인에게는 그 마음에 칼이 깃들어 있다는 걸 깨달았다. 마음의 칼이 울부짖어야만 손에 든 칼이 울부짖는 것이다.

주상모는 타국의 침략을 바랐다. 문신들이 무신 자리까지 꿰차고 있지만 막상 전쟁이 터지면 무인이 필요할 터이다. 타국의 침략은 없었다. 중원은 남북으로 나누어져서 송나라와 금나라가 맞서고 있다. 두 나라는 고려를 한편으로 만들려고 한다. 고려에 자주 친선 사절을 보낸다. 바다 건너의 왜, 천축 너머의 대식국에서 오는 것은 군선이 아니라 상선이다. 타국과의 전쟁이 없다면 민란이라도 크게 일어나길 바랐다. 자잘한 민란들은 가끔 일어났다. 명태 눈이 썩으면 머지않아 꼬리에도 구더기가 슬게 되듯이 이자겸의 난과 묘청의 난이 일어나 나라의 위쪽이 흔들린 이후 아래도 시끄러웠던 것이다. 그래도 나라에서는 무인들을 부르지 않았다. 형이 평온한 세상을 들먹였다. 하늘에 구름이 약간 끼어 있어도 맑은 날씨이듯이, 자잘한 민란이 가끔 터진다고 해도 고려는 그런대로 평온한 세상이다. 이런 평온한 세상을 더 평온하게 만들겠다고 문신들이 무인들을 불러들여서 벼슬을 주어 우대한다? 그럴 일은 없다. 문신들은 민란보다 자신들의 벼슬자리가 무인들에게 넘어가는 걸 더 싫어하니까.

말이 놀란 소리를 냈다. 저 앞에서 뭔가 움직이는 걸 본 모양이었다. 주상모는 산적이 곰솔 뒤에 숨어 있다고 판단했다. 말고삐를 왼손으로 옮기고 일광을 뽑아들었다.

　말이 아름드리 곰솔 옆을 지나는 순간 칼이 옆구리로 밀려왔다. 주상모가 일광으로 칼을 막았다. 이번에는 앞에서 창이 번뜩였다. 그는 허리를 틀어서 창을 피하고 말고삐를 낚아챘다. 말이 앞으로 나갔다. 돌아보니 두 명의 복면한 자객이 쫓아오고 있었다.

　자객들의 말은 주상모의 말처럼 가라말이었다. 그들은 옷도 검은색이었다. 시꺼먼 덩어리 둘이 때로는 함께, 때로는 좌우에서 각각 그를 협공했다. 주상모는 칼은 칼로 막고 창은 피하면서 상대방의 틈을 노렸다.

　주상모는 칼을 든 자객부터 처치하기로 맘먹었다. 두세 합 싸우다가 '폭포 검술'을 쓸 참이었다. 금강산 만폭동에서 무인이 제자들을 가르치는 걸 훔쳐보고 익힌 검술이었다. 칼로 얼굴을 겨누고 들어가다가 상대방 앞에서 갑자기 밑으로 꺾어서 허벅지를 찌른다. 앞으로 흘러가는 계류가 바위 벼랑에 이르러 저 밑으로 내리꽂히듯이 칼이 그러는 것이다. 이 검술은 칼끝을 얼마나 가까이 상대방 얼굴로 들이미느냐에 성패가 달려 있다. 칼끝을 바싹 내밀어야 상대방은 그걸 피하려고 얼굴을 돌리거나 허리를 비튼다. 바로 이 순간 상대방의 허벅지에 칼을 박는다.

　주상모는 칼을 내뻗고 그대로 나아갔다. 칼끝은 칼을 든 자객의 이마를 향했다. 자객이 칼끝을 피하려고 허리를 숙였다. 그 순간 그는 칼끝을 돌려서 자객의 허벅지로 찔러 들어갔다. 폭포가 내리꽂히듯이 칼에는 힘이 넘쳤다. 칼이 허벅지를 찔렀다. 자객이 말에서 떨어지지는 않았다.

　주상모는 자객들과 몇 합을 더 싸웠다. 싸우면 싸울수록 만만한 상대가 아니었다. 그는 산길을 힐끗거리다가 말고삐를 잡아채서 말을 달리게 하였다. 산길은 솔숲에 묻혀 저 앞이 보이지 않았다. 저 끝에 다른 자객이 매복하고 있다고 해도 지금은 앞으로 내달릴 수밖에 없었다.

주상모는 말의 헐떡이는 숨소리를 들었다. 아무래도 말이 오래 버틸 성싶지 않았다. 그는 길가에다 말을 세우고 뛰어내렸다. 아름드리 곰솔을 등지고 섰다. 뒤쫓아온 자들도 말에서 내렸다.

"도대체 너희는 누구냐?"

자객들은 아무런 말도 하지 않았다.

"나는 주상모다. 공부 시랑인 주상우 나리의 친동생이다."

자객들이 마주 보더니 한 명이 물었다.

"주상우가 아니라고?"

"조정의 고관이 이런 길을 혼자 가겠느냐?"

"지극히 고귀하신 분도 때로는 미복 차림으로 저자를 나다니신다. 시랑 정도면 혼자 천 리도 간다."

"아무래도 좋다. 나는 주상우가 아니다."

"네놈이 주상우 아닌 그 동생이라고 해도 살려둘 수는 없다."

주상모가 숲을 곁눈질했다. 가까이에 잔솔밭이 보였다. 주상모는 칼로 바로 앞의 자객을 겨누고 나아갔다. 자객이 한 발 물러나는 순간 그는 옆으로 내달렸다. 잔솔밭에 이르자 몸을 솟구쳐서 그리로 뛰어들었다.

*

탐진에는 가마가 수백 개나 있다. 그 어떤 가마보다도 더 큰 청룡요는 탐진나루에서 해안을 따라 남쪽으로 오십 리를 가면 닿는다. 용흥산 남쪽의 밑자락에 들어앉아 있다. 서쪽으로 나서면 곧바로 포구에 이른다. 개경으로 청자를 실어가야 하기에 바닷가에서 가까운 데에 위치하고 있는 것이다.

청룡요는 토담으로 둘러싸여 있다. 두 길 높이의 토담은 오 리에 이르고 동서남북의 대문으로 바깥과 통한다. 남쪽 대문을 들어서면 흙을 쌓아둔 작은 산이 보인다. 이 옆에서 도공은 흙을 물에 풀어서 체로 고르고 앙금을 가라앉게 하여 고운 것만을 모은다. 이런 흙도 바로 청자의 바탕흙으로 쓰지 않는다. 흙다지기를 한다. 쇳물을 부어놓고 두들겨야만 제대로 된 무쇠가 만들어지는 것처럼 청자의 바탕흙도 메로 치고 발로 밟아야 차지게 된다.

청룡요의 동쪽에는 회랑 모양의 초가들이 줄지어 있다. 초가는 지붕 아래에 마루만 있고 그 길이가 서른 길에 이른다. 앞쪽의 초가들에서 도공이 물레를 돌려 그릇을 빚는다. 물레질은 도공이 된 지 삼 년은 시나야 얼추 한다는 말이 있을 정도로 어려운 일이다. 물레질의 시작은 중심 잡기이다. 물레 위에서 돌고 있는 바탕흙에 엄지로 오목하게 들어가는 중심을 잡고 나면 그릇의 모양을 만들어나갈 수 있다. 바탕흙 한 덩이가 물레 위에서 그릇이 돼가는 것을 마주하고 있노라면 처음의 큰 하나가 태극이 되고 거기서 만물이 만들어지는 삼라만상의 생성을 다시 볼 수 있다. 빚어낸 흙 그릇은 뒤쪽의 초가들로 옮겨진다. 이곳에서 도공들이 모양다듬기를 한다. 모양다듬기는 빚어낸 흙 그릇을 닷새 정도 말린 후에 하는데 굽과 두꺼운 부분을 가리새로 깎아내 매끈한 모양을 만드는 일이다. 무늬 없는 청자는 흙 그릇 그대로 초벌구이에 들어가지만 상감청자를 만들려면 무늬새기기를 해야 한다. 무늬새기기는 먼저 밑그림을 그리고 그곳을 칼로 파낸다. 그곳에 다른 흙을, 주로 백토와 자토를 채운다.

청룡요의 북쪽에는 연기를 뿜어대는 가마들이 있다. 서른 개에 이르는 가마는 산 밑자락의 비탈을 따라 누워 있는 용가마이다. 용을 닮았다고 해서 그런 이름이 붙어 있다. 가마 앞에는 불을 지피는 아궁이가, 그 뒤편에는 흙 그릇이 청자로 구워지는 방이 있다. 여기에다 흙 그릇을 넣고 가마호수가 하루 정도 아궁이에다 불을 때면 초벌구이가 끝난다. 초벌구이를 마친 그릇은 가마에서 꺼내 살펴본다. 흠이 있는 것은 버리고 나머지는 잿물을 바른다. 그릇은 이제 막 출산한 아이처럼 축축하고 미끈거린다. 잿물이 마르면 그릇은 두벌구이에 들어간다. 두벌구이의 불넣기는 이틀 동안 이어진다. 땔감은 이미 석 달 전에 도끼로 패놓은 소나무 장작이다. 불넣기가 끝났을 때 준비해둔 진흙으로 아궁이와 굴뚝을 막는다. 청자를 꺼내기 전까지 닷새 가량을 막아둔다. 그 안에서 청자가 탄생하는 것이다. 볍씨를 논에 뿌려서 쌀을 얻기까지 삼백예순 번 손이 들어간다고, 그 때문에 한 해가 그만큼의 날짜가 됐다는 말이 있지만 청자도 쌀에 못지않다. 손길이 많이 들어갈 뿐만 아니라 정성이 지극해야 한다.

청룡요 서쪽에는 기와집 두 채가 나란히 서 있다. 한 채는 청룡요 행수가 지내는 집이고 다른 한 채는 청자 창고이다. 청자는 개경으로 옮겨가기 전까지 창고에 둔다. 기와집 뒤편에는 초가 서른 채가 늘어서 있다. 도공이 기거하는 곳이다. 청룡요가 관요이니까 초가에는 관노만 있어야 하지만 양민이 흔하다. 개경에서 청자의 여러 품목을 한두 달 이내로 요구하면 일손이 달린다. 장흥부에서는 삯을 주고 도공인 양민을 청룡요로 불러들인다.

청룡요 행수가 머무는 기와집은 손님을 맞아들이는 곳이기도 하다. 주상모 일행도 어젯밤에 여기서 머물렀다. 주상모가 장흥부사의 출입 허가를 받고 청룡요로 오자 행수가 일행에게 기와집을 내주었던 것이다.

청허가 기와집에서 나왔다. 청룡요를 둘러보면서 상감청자 찻잔을 만든 도공을 찾고 제자도 만나볼 참이었다.

오전 햇살 속에서 도공들이 웃통을 드러낸 채 일하고 있었다. 그들의
몸은 초벌구이가 막 끝난 그릇처럼 윤기가 없었다.

청허는 청자 창고 뒤편에 있는, 청자 조각들이 쌓인 곳에 이르렀다. 흠
이 있는 청자를 깨뜨리는 곳이었다. 청자 조각을 살펴나가다가 그는 조
각 하나를 집어들었다. 손바닥만 한 조각에 눈에 드는 비색이 담겨 있다.
비색은 잘 풀려 있고 은은하다. 가지산 보림사의 샘물에다 쪽물을 풀어
놓은 듯하다. 개경에서 가져온 상감청자 찻잔의 바탕색과 같아 보였다.
청허는 품에서 찻잔을 꺼내서 바탕색과 조각의 빛깔을 비교했다. 둘은
거의 같다. 한 도공의 잿물에서 나온 빛깔이다.

이 조각에는 드러나지 않아도 원래의 그릇에는 흠이 있었던 모양이다.
도대체 어떤 흠이어서 이토록 잘 나온 빛깔마저 버린 것일까? 청허는 손
에 든 조각과 맞물리는 다른 조각을 찾아냈다. 이렇게 해서 일곱 개의 조
각을 찾아냈고 그것들을 맞추어보았다. 여기저기 금이 간 항아리가 모습
을 드러냈다. 어느 곳이나 비색이 은은하고 표면이 매끈하다. 무엇보다
도 항아리의 선이 돋보인다. 선은 주둥이에서 작은 동그라미를 그리지만
그 바로 아래에서는 옆으로 확 뻗어나간다. 그 선이 만든 항아리의 어깨
는 넓다. 어깨에서 아래로 흐르는, 안으로 모아들이는 선은 조급하지도
느슨하지도 않다. 몸통이 아래에서 좁아지면서 선은 긴장감을 보이지만
맨 아래에 이르러서는 살짝 벌어지면서 그 긴장감을 풀어낸다. 청허는
예전에 자신이 만들었던 항아리를 만난 듯했다.

또다시 살펴보아도 항아리에 흠이 없었다. 이 정도 항아리라면 파기장
(破器匠)이 깨뜨릴 리가 없다. 그렇다면 누가 이걸……?

청허는 옆을 지나가는, 서른 살 안팎이어서 윤누리의 또래로 보이는
도공을 불렀다.

"여보게."

도공이 쭈뼛거리며 다가왔다.

"윤누리를 찾고 있네."

"그는 지금 그릇 빚는 데 있지요."

"불러주면 고맙겠네."

"행수가 보내주지 않을 텐데요."

"행수에게 청허의 심부름을 왔다고 말하게."

도공이 바닥에 엎드렸다.

"고려 제일의 비색을 만들었던 도공 아니신가요? 지금은 개경에서 대비 옆에 계시는……?"

"나는 자네와 같은 도공일세. 자, 일어나게."

도공이 조심스럽게 일어나 종종걸음으로 떠나갔다.

청허가 조각을 맞춰놓은 항아리를 들여다보고 있을 때 윤누리가 왔다. 덩덕새머리에 얼굴에는 땟국이 흘렀으나 그 눈빛은 가마에서 막 꺼낸 청자처럼 반짝거렸다.

윤누리가 큰절을 하고 나서 머리를 조아렸다. 스승의 가죽신에 흙먼지가 올라앉아 있었다.

"돌아오신 겁니까?"

"아니다."

"그럼 무슨 일로?"

청허는 윤누리가 제자가 되겠다고 왔던 때를 떠올렸다. 그때도 그는 질문이 많았다. 제자가 되려고 왔다고 하더니 스승으로 모실 사람의 말은 들으려고 하지 않고 제 질문만 했다. 청허가 대답하지 않자 그가 입을 다물었다. 비로소 청허가 물었다. 탐진의 그 많은 도공 가운데서 왜 나를, 그것도 열 살 정도밖에 더 먹지 않은 나를 찾아왔느냐? 민란에 나갔다는 말을 어머니한테 들었어요. 민란에 나간 도공이라면 열 살 적게 먹었다고 해도 스승으로 모실 만해요.

청허는 제자의 질문에 대답하지 않고 항아리를 보았다. 처음에는 자신의 항아리에 견줄 만하다고 여겼는데 이제는 자신 것보다 더 낫다는 느낌이 밀려들었다.

청허가 항아리를 가리켰다.

"누리야, 이걸 보아라."

"이런 비색은 고려 천지에서 또 만나기 어렵지요."

"너도 아는구나."

"비색을 볼 줄은 알게 됐습니다."

윤누리가 천태산 밑자락의 가마로 도공이 되겠다고 찾아갔던 열아홉 살 때, 청허는 그의 눈을 들여다보았다. 눈빛이 흐리구나. 아닙니다, 하고 윤누리는 외쳤으나 청허는 목소리를 높이지 않았다. 나는 도공이다. 도공은 빛깔로 많은 것을 알아낸다. 흙을 고를 때도, 반죽이 제대로 됐는지 아닌지 알아볼 때도 빛깔을 보면 알 수 있어. 그릇을 빚어 말릴 때도 마찬가지. 겉의 빛깔만 봐도 속이 말랐는지 아닌지 판단이 선다. 이런 내가 네 눈빛을 모르겠느냐? 네 눈빛은 살기로 가득 차 있어서 흐리다.

윤누리는 제자로 받아들여달라고 말했다. 청허는 그를 감나무 아래로 데려갔다. 여기 앉아라. 똘기 몇이 뒹구는 감나무 그늘에 윤누리가 앉았다. 네 마음의 살기를 꺼내라. 내가 그릇을 가져다줄 터이니 거기에 담아라. 청허가 아직 굽지 않은 흙 그릇인 정병을 가져왔다. 윤누리는 그걸 노려보았다. 어떻게 살기를 꺼내고 또 어떻게 그걸 정병에 담는단 말인가?

이튿날 새벽에 청허가 감나무 아래로 왔다. 윤누리를 일별하고 나서 정병을 들어올렸다. 여기에 살기가 담겨 있지 않구나, 하고 단언했다.

청허가 자리를 뜨자 윤누리는 정병과 마주했다. 마음에는 살기가 그득했다. 어머니를 죽인 원수한테 복수하지 않기로 했으나 마음은 살기로 채워져 있었던 것이다.

농사꾼인 어머니, 박동동은 마을 뒤편의, 남북으로 길게 뻗어 있는 언덕을 개간해서 마을의 공동밭을 만들기로 맘먹었다. 억새와 싸리나무가 무성해서 아무나 나무하러 들락날락하는 곳이었지만 그래도 혹 주인이 있을지 몰랐다. 어머니는 향리(鄕吏)를 찾아갔다. 향리는 언덕이 그 누구의 소유도 아니니까 개간해도 좋다고 허락했다. 어머니는 그걸 마을 사람들에게 알렸다. 마을 사람들이 언덕 개간에 나섰다. 일백 뙈기가 넘는, 마을의 공동밭이 만들어졌다. 그 무렵 마을의 부자가 찾아왔다. 부자는 사람들을 앞에 두고 떡 벌어진 몸집에 어울리는 큼직한 목소리로 떠들었다. 문서가 유실돼버려서 이제껏 말하지 않았지만 너희가 개간해온 언덕은 실은 내 것이다. 문서를 찾았으니 분명히 말한다. 언덕은 내 소유이고 개간지 역시 마찬가지다. 남의 땅을 제멋대로 파헤친 죄를 물 수도 있다. 나라에서도 그것은 죄라고 한다. 그렇지만 나는 너희에게 죄를 묻지 않을 참이다. 같은 동네에 사는 양민들에게 인정을 베풀겠다. 개간한 공을 인정해서 개간지 밭 가운데서 서른 뙈기를 내주겠다. 그러고는 지난 열두 해 동안 책 속에 있어서 잃어버린 줄 알았다가 이제야 찾았다는 그 문서를 보여주었다. 농사꾼들은 글을 아는 사람이 없었으므로 그 문서를 알아볼 수 없었다. 어머니는 향리를 찾아가서 언덕은 주인이 없다고 분명히 말했지 않느냐고 따졌다. 향리는 그게 부자의 것인지 몰랐다는 말만 거듭했다. 어머니는 물러나지 않았다. 부자네로 가서 공동밭은 한 뙈기도 빼앗길 수 없다고 말했다. 부자는 어머니를 내쫓고 대문을 닫았다. 어머니는 부자와 얘길 하고 싶다고 소리쳤다. 부자가 나오지 않자 어머니는 대문 밖에다 거적을 깔고 앉았다. 부자는 모른 척했고 그렇게 이레가 지났다. 어머니가 집으로 왔다. 뒤란 대밭에서 대를 베어 죽창을 만들었다. 길이는 다섯 척으로 여느 죽창보다 짧았고 두께는 엄지 둘을 합친 정도여서 약간 가늘었다. 누구와 싸우기 위한 게 아니었다. 잠든 사람의 심장을 찌르기 위한 것임을 윤누리는 눈치챘다. 자신이 그걸 가지고 부자네로 가겠다고 나섰다. 어머니는 죽창을 내어놓지 않았다. '너는 열아홉 살이다. 자신의 세상을 찾아 떠날 때이다. 나보다 더 아름답게 살아라. 그리고 나중에라도 복수니 뭐니 하고 나서지 마라. 이 일은 내 일이므로 내게서 끝나야 한다.' 어머니는 그 죽창을 가지고 그날 밤 부자를 죽였으나 그 자신도 잡히는 몸이 됐다. 부자의 작은아들이 어머니를 칼로 난도질했다. 부자 작은아들은 물론이고 관군까지 나서서 윤누리를 찾았으나 그는 어머니가 엄하게 명한 대로 미리 마을을 떠났던 터라서 잡히지 않았다.

윤누리는 감나무 아래서 살기를 정병에 담지 못한 채 또 하루를 보냈다. 더는 제자로 받아달라고 사정하지 말고 그냥 떠나버리자는 맘이 일어났다. 그걸 누른 것은 갈 데가 없다는 사실이었다. 가마 이외에는 떠돌이를 받아주는 데가 없었다.

사흘째 되는 날 아침에도 청허가 와서 정병에 살기가 담겨 있지 않다고 단언했다. 윤누리는 살기가 보이지도 않은데 어떻게 그렇게 단언하느냐고 묻고 싶었다. 대답해주지 않을 게 분명해서 묻지 않았다. 청허가 선언했다. 내일 아침까지 여기에다 네 살기를 담아놓지 못하면 제자로 받아들이지 않겠다.

윤누리는 어머니가 부자를 죽인 날을 되새겼다. 그날은 초파일이었다.

고려 백성이 믿는 부처님이 태어난 날, 그 어떤 살생도 해서는 안 되는 날, 바로 그날 어머니는 살인을 감행했다.

윤누리는 집을 떠날 때부터 지녀온 단도를 품에서 꺼냈다. 흙 그릇인 정병의 겉을 단도로 그어댔다. 어머니의 분노를, 어머니를 죽인 자에게 보내는 그의 살기를 담아서 그랬다. 마음을 그대로 드러내자 조금은 후련했다. 감나무 아래 네 활개를 펼치고 누웠다. 잠이 오자 그대로 잠들어 버렸다.

새벽에 청허가 왔다. 정병을 들어올렸다. 살기를 정병에 남지 못했으나 겉에 옮겨놓기는 했구나. 그 말에 윤누리는 몸을 일으켜서 그 앞에 엎드렸다. 청허의 말이 위에서 떨어졌다. 살기를 정병에다 담을 수 있을 때까지 내 옆에 머물러도 좋다.

훗날 윤누리는 스승에게 물었다. 예전에 감나무 아래서 정병을 보고 살기가 담겨 있지 않다고 단언하셨는데 그걸 어떻게 알 수 있었습니까? 네 눈빛에 살기가 있다면 그게 정병에 담기지 않았다는 뜻 아니겠냐? 그 감나무 아래서 나는 정병을 보기 전에 네 눈빛을 봤느니라.

스승이 대비의 비색 청자를 감별하러 떠날 때 윤누리는 배신당한 기분이었다. 민란에 참여했다는 게 거짓말인 듯했다. 스승을 배웅할 때 눈을 내리깔았다. 스승이 그랬다. 죽창을 들었을 때는 왕을 만나고 싶었다. 청자를 만들 때는 고려 최고의 청자를 만나고 싶었다.

청허가 항아리에 얼굴을 들이밀었다.

"이걸 누가 만들었는지 아느냐?"

"늙은 도공이 만들었습니다."

"왜 깨뜨려졌는지도 아느냐?"

"지난번 싸움 때 이렇게 됐습니다. 이것 말고도 많은 청자들이 깨졌지요."

청허가 품에서 찻잔을 꺼냈다.

"이것도 그 도공이 만든 것이냐?"

"청룡요에서 싸움이 나기 전에 늙은 도공이 찻잔을 빚었지요. 그중 하나에 제가 학을 상감했습니다. 늙은 도공은 상감 찻잔도 잿물을 발라 구워주었습니다."

청허가 잠시 숨을 골랐다.

"무늬가 비색을 어지럽힌다고 생각한 적은 없느냐?"

"무늬가 있어야 비색이 더 살아납니다. 제 찻잔을 구워낸 후에 그걸 확신하게 됐고요."

"그렇다고 하더라도 궁궐의 찻잔에는 용이나 봉황이 무늬로 어울리지 않느냐?"

"찻잔이 어디에서 쓰이든 그 무늬는 왕의 것이 아닌 제 것입니다. 용이나 봉황은 어울리지 않지요. 제가 어릴 적부터 보아온 학이 어울리지요."

"네 무늬가 새겨진 찻잔은 궁궐로 올 수 없었을 텐데?"

"비색 청자 찻잔들을 상자에 담을 때 하나를 상감청자 찻잔과 몰래 바꿔치기했지요."

"그 연유를 알고 싶다."

"고려에만 있는 상감청자를 왕께서 알아야 한다고 진즉부터 생각했어요. 개경의 대신과 백성도 알아야 하고요."

그걸 만든 도공이 윤누리라는 것도 알아야 한다는 말은 속으로 삼켰다.

*

갈밭이었다. 가고 또 가도 바닷바람에 넘실대는 갈잎이었다. 배 우현

쪽으로 갈밭이 바닷가를 따라 이어졌다. 지금은 밀물이어서 갈밭 가까이 배를 몰 수 있다. 썰물 때 여기는 뱃길 아닌 갯벌이다.

청허의 제자 신분으로 윤누리는 놀잇배에 올라와 있었다. 놀잇배는 청룡요 행수를 겸한 향리의 것이었다. 원래 쌍돛을 달고 황수양(황해)을 건너 중원의 장강까지 장사를 다니는 배인데 여기저기에 종이꽃을 달아서 놀잇배로 꾸며져 있다.

윤누리는 놀잇배의 이물에 서서 갈밭을 쳐다보았다. 한낮의 햇빛에 초록색으로 불타는 갈밭이 맘에 들었다. 만 리에 이른다는 장강의 길이와 너비가 어떻고 송나라에 다녀온 뱃사공들이 조금 전에 떠들어댔다. 그 얘기 중에는 거기의 갈밭이 또 하나의 강처럼 넓고 물결처럼 출렁인다는 대목도 있었다. 그 말 그대로라면 장강의 갈밭이 지금 눈앞의 이것과 비슷하지 않을까 싶었다.

고물에는 청허, 향리의 우두머리인 호장(戸長), 장흥부의 관리인 판관(判官)이 있었다. 호장은 향리를 대표해서, 판관은 장흥부사를 대신해서 나와 있었다. 호장은 청허에게 공손했다. 그는 장흥 임(任)씨이기에 같은 성씨인 대비에게 잘 보이면 음서로써 자식을 조정에 심을 수 있는 것이다. 오늘의 뱃놀이도 호장이 마련한 거였다. 청허가 계속 술자리를 거절하자 그가 뱃놀이를 제안했다. 청허는 그것마저 거절하지는 못했다.

마파람이 불자 놀잇배가 나머지 돛을 올렸다. 기녀 열 명이 고물에서 부채춤을 추기 시작했다. 기녀들은 꽃이 수놓아진 비단 부채를 들었다. 비단 부채가 일출처럼 떠올랐다가 일몰처럼 가라앉았다. 바닷바람에 기녀의 옷자락과 댕기가 흐느적거렸다. 춤이 끝나자 한 기녀가 해금을 타기 시작했다. 해금 소리가 바닷바람 소리를 올라타기도 하고 거기에 섞이기도 하면서 윤누리에게 다가왔다. 그는 청자의 선을 떠올렸다. 청자 찻잔에서는 선이 전두리의 동그라미로 시작한다. 찻잔 안쪽에는 많은 동심원이 겹겹이 쌓여 있다. 청자 접시는 동그란 선들로 이루어져서 한가위 보름달을 불러온다. 청자 주전자에서는 선이 주둥이를 따라 날아오른다. 그 날아오름의 끝에서 물이 나온다. 청자 정병의 선은 밑에서는 휘돌다가 위에서는 솟구친다. 너럭바위 틈에서 솟아나는 샘물 같다. 청자 투각 향로는 또 얼마나 많은 선을 가지고 있는가. 그것은 향로에서 뿜어져 나오는 연기처럼 오르내리고 좌우로 흔들리고 나가다가 안으로 돌아온다.

배가 탐진나루로 다가갔다. 윤누리는 탐진강 하구를 쳐다보았다. 강을 따라 육십 리를 올라가면 고향인 두리마을이 있다. 어머니 시신마저 수습해드리지 못하고 도망쳐 나온 두리마을. 그 마을 뒤편의 언덕바시에서 살았던 다물이는 진즉 어떤 남자의 아내가 됐으리라.

다물이의 아버지는 옹기 도공이었다. 탐진은 청자 고장이지만 여느 백성은 옹기를 썼다. 옹기를 만드는 다물이 아버지에게서 윤누리는 처음으로 그릇 빚는 걸 배웠다. 훗날 다물이와 농사짓고 옹기도 구우려고 했다.

놀잇배는 나루에 정박했다. 윤누리는 뱃전에서 나루를 둘러보았다. 뭍에는 사람들이 북적이고 바다에는 배들이 부산했다. 배는 고깃배보다 장삿배가 더 많았다. 탐진나루의 가장 큰 거래 물품은 청자와 인삼이다. 청자와 인삼은 중원과 왜국으로 팔려 나간다. 인삼은 이곳 산물이 아니지만 바다 건너온 장사꾼들이 무엇보다 원하므로 밀매꾼들이 동계(강원도)나 양광도에서 가져온 것이다.

놀잇배 고물에 다담상이 차려졌다. 청허, 판관, 호장이 둘러앉았다. 청허가 호장의 비단옷 앞자락에 있는, 꽃술이 금실로 수놓아진 함박꽃에 눈길을 주었다. 붉은 꽃잎은 넓어서 손바닥 크기이고 꽃술은 금빛으로 빛나고 있다. 이토록 화려한 옷을 개경 아닌 탐진에서 보기는 처음이었다.

기녀가 내민 찻잔을 청허가 양손으로 받쳐 들었다. 찻잔은 석류를 반으로 쪼개놓은 정도의 크기였다. 바다를 오래 보아서 그런지 찻잔에는 푸르스름한 바다 빛깔이 어려 있는 듯했다.

　여느 다점의 차는 가루차와 물을 섞어 만든 것인데 이곳의 차는 찻잎에 뜨거운 물을 부어 우려낸 것이었다. 다점의 차는 초록색이 짙어서 여름 빛깔이라면 이곳의 차는 연둣빛이 어려 있어서 봄빛이었다. 청허가 차를 한 모금 마셨다. 향이 은은하고 맛이 부드러웠다. 이 맛을 주상모는 알려고 하지 않았다. 그는 놀잇배에 술이 없다는 말을 듣고 타지 않았다. 그의 형과 안면이 있는 호장은 좋을 대로 하라며 강권하지는 않았다.

　차를 또 한 모금 마시고 나서 청허가 호장에게 물었다.

　"차밭이 있소?"

　호장이 서리 앉은 수염을 쓰다듬었다.

　"천관산 남쪽 기슭에 기생 치맛자락만 한 차밭을 만들어두었나이다."

　"부러운 일이오. 차는 예로부터 도사와 선승이 마시는 것 아니오? 한 가닥 다향으로 신선의 세계나 수미산 자락에 이르고자 함은 욕심이겠으나 그 흉내라도 내보면 때로 세상의 먼지를 씻는 데 도움이 되겠지요."

　"깨끗하게 지내려면 녹음으로 눈을 씻고 계곡의 물소리로 귀를 적시면서 청산에 살아야지요. 꼬이고 뒤틀린 세상에 살면 먼지 묻어 때가 끼는 게 당연합니다. 나는 도사나 선승 흉내는 내지 않고 있습니다. 어차피 더러운 몸, 아닌 척함도 우스운 노릇이지요."

　"호장이 알다시피 해가 청천에 찬란해도 음지는 있습니다. 해는 천지의 구석구석, 삼라만상을 빠짐없이 비추려 들지만 미치지 못하는 곳이 있거든요. 그게 어찌 해의 잘못이겠소? 음양의 법도가 그런 것을. 허나 법도가 그렇다고 해서 거기 묻혀버림은 미물의 모습. 혼백이 있는 사람은 그래서는 안 되지요. 참된 자는 어두운 곳에서 밝은 데로 발걸음을 옮기고 몸을 씻어 더러움을 줄여나간다고 알고 있소. 몸에 때가 있음보다도 그걸 씻지 않은 게 더 부끄러운 일 아니겠소?"

"벼슬길에 나서서 자리를 얻었음은 거기 물든 것을 의미합니다. 물든 것은 씻는 정도로 깨끗해지지 않지요."

청허는 자신이 벼슬길에 나선 게 아니라고 말하려다가 그만두었다. 호장이 찻잔을 들어올렸다.

바다를 보고 있던 판관이 끼어들었다.

"두보의 시에 '현인의 집 굴뚝에는 그을음이 없고 성인의 집 앉은자리는 따뜻하지 않다(賢有不黔突 聖有不煖席)'라는 구절이 있지요. 현인은 묵적이요 성인은 공자인바, 세상의 어지러움을 바로 잡고자 해서 집에 있지 않았다는 뜻입니다. 원래는 반고의 답빈희(答賓戲)에 있는 말인데 두보가 가져다 쓴 것이라고 들었습니다. 집 떠나 변방에 와 있는 내게 들어맞는 구석이 있는 말입니다. 개경의 집 사랑채에 있는 내 방은 아궁이에 군불이 들어가지 않아요. 굴뚝에 그을음 낄 일도, 아랫목이 따뜻할 때도 없지요. 그걸 되새기는 것은 감히 묵적과 공자의 반열에 날 세우자는 게 아닙니다. 그분들의 뜻을 조금이나마 본받자는 마음 때문입니다. 어차피 집을 떠난 마당이니 세상을 위해 세월을 쓰자고 결심하고 있습니다. 공자의 주유천하 뜻과 나 같은 미관의 의도를 비교한다면 그 높이에서는 산봉우리와 골짜기처럼 그 차가 현격할 터이나, 백성을 위하고자 하는 그 심정에 이르면 눈 내린 후의 산처럼 위아래 구분 없이 한 빛깔이겠지요. 이런 내 심정을 외면하고 벼슬길은 더러운 길이라는 말을 면전에서 하는 것은 멀리서 구름에 덮인 금강산을 보고 나서 볼품없다고 내뱉는 단언처럼 경솔한 면이 있다고 여겨집니다."

판관의 목소리는 점점 높아져서 마지막에는 배에 있는 누구나 들을 수 있을 정도로 커졌다.

호장이 찻잔을 내려놓았다.

"세상의 바람에는 꽃향기보다 저잣거리의 온갖 역겨운 냄새들이 더 자주 실리기에 오류선생(도연명)은 관아를 떠나 들판의 바람을 불러들이는 버드나무를 찾아서 고향 집으로 돌아갔지요. 오류선생은 '집의 동쪽 언덕에 올라 휘파람도 불고 물가에서 시도 짓다가(登東皐而舒嘯 臨淸流而 賦詩)' 무릉도원에 놀러 가기도 했고요. 거기는 진나라 사람들이 세상을 잊고 산 곳이지요. 세상을 잊었으니 굳이 세월을 따져 어디다 쓰겠습니까? 세월에 얽매이지 않으면 나이도 잊는 법. 하지만 나처럼 욕심이 많은 사람은 세월에서 뭘 얻으려고 합니다. 거기서 벗어나지 못하지요. 도사도, 선승도 아닌 속세의 사람으로서 어쩔 수 없습니다. 마음에 때가 끼지요. 이런 탓에 주위 사람들도 나처럼 때가 끼었다고 여기게 됩니다. 제 불찰이지요."

호장이 가볍게 고개를 숙이고 나서 말을 이었다.

"저자의 불당에서는 비린내가 납니다. 담을 높이 쌓아도 마찬가지이지요. 그것은 스님의 잘못이 아닙니다. 세상의 냄새가 흘러들어왔다가 흘러나가는 걸 스님인들 어쩌겠습니까? 내 마음에도 역겨운 냄새가 들고 납니다. 세상이 그럴진대 그 가운데서 사는 내가 어쩌겠습니까? 역겨운 냄새가 나는 마음을 애써 숨기려 들지 않고 그냥 사람들과 어울리며 살아갑니다. 자, 우리도 차로 어울려봅시다."

판관이 찻잔을 들고서 중얼거렸다.

"어울림이라……"

판관이 차를 마시자 호장이 은근한 목소리로 말했다.

"어울림은 어렵지만 모두에게 득이 됩니다. 판관께서도 벼슬의 품계를 올리기 바란다면 미리미리 손을 써야 합니다. 그러자면 개경 조정의 나리들과 잘 어울려 지내야겠지요. 어울릴 자리를 만들 때 돈이 들어가지만 그만큼 되돌아오는 것도 있지요. 그렇지 않습니까?"

판관이 대꾸하지 않자 호장이 다시 물었다.

"혹, 대업(大業)이란 말을 어느 서책에서 보았는지 기억하고 계시는지요?"

"대업은 개국과 같은 큰일을 말하는 것일지니《춘추》나《사기》에 나와 있을 터이지요."

"이 말을 본 것은《주역》에서였습니다. 거기에 부유함은 대업이다, 하고 나와 있더군요. 그 말의 앞뒤는 잊었습니다. 오직 그 말만 나는 기억합니다. 그 말을 있는 그대로 숙고해보시지요. 부유함이 바로 큰일이다. 돈을 모으라는 말 같기도 하고 돈이 있어야 큰일을 할 수 있다는 뜻으로도 들립니다. 어떻게 들리건 돈이 바로 큰일입니다. 돈이 없으면 일이 이루어지지 않지요. 훗날을 준비하는 사람이라면 돈을 외면해서는 안 됩니다."

청허가 헛기침을 하자 호장과 판관이 입을 다물었다.

다담상에는 침묵이 흘렀다. 청허가 찻잔을 비웠다. 그는 밑바닥에 상감된 매화를 보았다. 처음에 그는 찻잔에 무늬가 없다고 여겼다. 차를 마시려고 잔을 집어들었을 때 찻물 아래 꽃무늬가 있다는 걸 알았다. 처음에는 흐릿했는데 차를 다 마시고 나자 매화가 뚜렷해졌다. 찻잔의 바닥 무늬가 천천히 드러나는 것은, 차 맛에 비견될 만한 또 하나의 맛이었다.

청허는 이 맛을 제자에게도 알려주고 싶었다. 손짓으로 이물에 있는 제자를 불렀다. 윤누리가 멀미 난 표정으로 고물로 와서 청허 옆에 앉았다. 청허가 그에게 찻잔을 건넸다.

호장이 실눈을 뜨고 윤누리를 훑어보았다.

"네 스승께서 널 많이 아끼는 모양이구나. 이런 데는 도공 따위가 올 자리가 아닌데도 데려온 걸 보니."

윤누리의 떨떠름한 표정이 더 심해지자 청허가 나섰다.

"예, 내가 많이 아끼고 있습니다. 앞으로 고려 최고의 상감청자를 만들어낼 도공이거든요."

"호오, 그래요? 그럼, 하나 물어보고 싶네요. 상감청자를 누가 맨 처음 만들었는지 말입니다."

윤누리가 여기저기서 주워들은 말에 의하면 탐진에 청자 가마가 들어선 때는 신라 말기였다. 장보고 대사가 청해진을 설치해서 서쪽으로는 중원의 황하와 장강까지, 동쪽으로는 왜국까지 돛배로 내달리던 시절이었다. 장보고 대사는 청해진을 설치해 해적을 쳐 없애는 동시에 바다의 장삿길을 열었다. 그는 바다의 평온을 지킨 수군의 장군이자 여러 나라를 누빈 상인이었다. 장사 중에는 중원 월주요의 청색 자기, 특히 다기를 가져와 신라에 파는 일이 많았다. 중원에서처럼 신라에도 절에 선승들이 늘어나면서 그들은 선의 한 방법으로 차를 음미했던 것이다. 이런 차 마시기가 나중에는 민가에도 퍼져 부자들도 다기를 사들였다. 신라의 부자들이 청색 다기를 갖고 싶어 안달하자 장보고 대사는 그걸 직접 만들어버리려고 신라의 도공을 모았다. 그들에게 청해진 인근에서 가마터를 찾으라고 하자 그들은 탐진 해안을 골랐다. 여기의 흙이 청자의 바탕흙으로 훌륭했고 인근 산에는 솔숲이 우거져 가마에 불 지필 땔감으로 충분했다. 장보고 대사가 탐진 해안을 가마터로 결정하자 신라 도공들은 청색 자기를 만드는 일에 매달렸다. 이렇게 시작된 가마는 장보고 대사가 죽게 되자 폐쇄돼버렸고 도공 대부분이 떠나갔다.

신라에서 고려로 나라가 바뀌자 고려 각지에서 도공들이 신라 때와는 다른 자기를 만들려고 나섰다. 탐진에서도 도공들이 대를 이어가며 자기의 새로운 빛깔을 찾고 또 찾았다. 마침내 이전의 자기와 다르고 중국의 청색 자기와도 다른, 해맑은 가을 하늘빛이 묻어나는 청자가 만들어지기 시작했다. 이 색이 더 맑고 깊어지는 데는 수십 년이 지나야 했다. 이 색이 바로 비색이었다. 가을 하늘 저 깊은 데서 함지박으로 떠 온 빛깔을 그대로 그릇에 발라놓았다고 하면 딱 맞을 비색. 비색 청자는 고려만이 아니라 중원과 왜국에까지 알려졌다. 천하에 이보다 더 나은 청자는 없다는 말이 돌았다. 이런 청자를 바꾼 도공들이 있었다. 그들은 자신의 무늬를 새겨넣고 거기에 백토와 자토를 채워서 상감청자로 구워냈다.

상감청자가 어떤 도공에게서 처음 시작했는지 윤누리는 알지 못했다. 어떤 도공이 청동 그릇의 은입사를 보다가 상감을 시작했을지도 모른다는 말이 있었다. 은입사는 동이나 쇠로 된 병에 선으로 무늬를 그리고 그곳에 은을 집어넣는 방법이니까 그럴 만도 했다. 하지만 짐작일 뿐이었다. 윤누리는 자신의 경우처럼 예전에 어떤 도공이 손자국을 무늬로 바꾸다가 상감을 시작했다고 여겼다. 작년에 그는 다물이 생각에 빠져서 무심결에 막 빚어놓은 밥그릇을 만지작거렸다. 거기에 손자국이 남았다. 손자국 대신 다물이와 함께 본, 고향 두리마을 냇가의 학을 남기고 싶었다. 손톱으로 밥그릇에 학을 새겼다. 그것이 그의 첫 상감이었다.

윤누리가 찻잔을 들었을 때 호장이 물었다.

"상감청자는 누가 시작한 것이냐?"

윤누리는 찻잔 바닥에 어른거리는 매화를 보고 있다가 찻잔을 단숨에 비웠다.

"모릅니다."

"모르는 놈이 목소리는 크구나."

*

분 냄새를 피우면서 여인들이 탐진나루 바닷가를 지나갔다. 한 무리의 술꾼들이 여인들을 뒤따라갔다. 술집 여인들과 술꾼들이 바닷가의 호젓한 자리로 옮겨가는 거라고 청허는 여겼다.

청허가 윤누리와 함께 바닷가를 따라 걷다가 걸음을 멈추었다.

"누리야."

"예."

"나와 개경으로 가자. 거기에서 상감청자의 세상이 오고 있다는 걸 왕과 대신들에게 말해라. 개경 사람들에게도 알려주고."

"그것은 말이 필요 없는 일이지요. 상감청자 한 점만 보면 알 수 있어요. 그래서 제가 상감청자 찻잔을 궁궐로 보낸 것이고요."

궁궐에서 상감청자를 보고 감탄할 거라고 윤누리는 예상했다. 대신들이 상감청자를 만든 도공을 찾아내 상을 주어야 한다고 주청할 줄 알았는데 결과는 반대였다.

"매화 한 송이를 구중궁궐로 보낸다고 해서 만인에게 봄이 왔다는 걸 알릴 수는 없다. 누군가 매화 꽃가지를 들고 저잣거리를 걸어간다면 만인에게 봄이 왔다는 걸 알릴 수 있다. 그렇지 않느냐?"

청허는 제자의 대답을 기다리며 바다에 떠 있는 조운선과 상선을 보았다. 그 가운데 놀잇배가 정박해 있었다. 청허는 속이 거북하다며 잠시 뭍을 밟고 오겠다고 놀잇배에서 내렸던 터였다. 실은 제자에게 개경으로 가자는 말을 하려고 그랬다. 오늘 아침까지도 제자와 함께 갈까 말까 망설렸는데 놀잇배에서 매화가 상감된 찻잔을 보자 결심이 섰다.

비린내와 해감내가 밀려왔다. 청허는 밀물이 들고 있다는 걸 알았다. 놀잇배가 바다로 나갈 시간이 다 됐다.

"누리야, 개경으로 가자."

윤누리는 밀물이 드는 바다를 보았다. 저 멀리 바다는 반석처럼 가라앉아 있고 쪽빛이다. 바로 앞의 바다는 출렁거리고 갯벌 빛깔이다. 밀물도 갯벌 빛깔이다. 해감내를 풍기며 뭍으로 달려든다. 그 기세를 누그러뜨리지 않은 채 뭍에서 부서져 하얗게 빛난다. 하얀 빛깔은 저 멀리의 쪽빛처럼 산뜻하다.

"개경으로 가겠습니다."

"다시 말하지만 개경에서 상감청자가 무엇인지 왕과 대신들에게 말해야 한다. 대비에게도 그래야 하고. 상감청자를 말할 때 네 것만 내놓아서는 안 된다. 탐진의 여러 상감청자를 내놓아야 한다. 매화 수십 송이가 핀 꽃가지라야 외면하지 않을 테니까."

"상감청자를 여러 점 모으겠습니다."

"상감청자 도공들에게 왜 그걸 만들게 됐는지도 알아보고."

윤누리의 표정이 밝지 않은 걸 보고 청허가 물었다.

"뭐가 걱정이냐?"

"주상모가 걸립니다."

"안심해도 된다. 나는 그 찻잔을 네가 만들었다고 절대로 말하지 않을 테니까."

윤누리가 듣기로 주상모는 두리마을 부자네 딸과 혼인했다. 그가 고향을 떠난 후의 일이었다. 주상모는 아내와 무척이나 사이가 좋았다고 한다. 아내에게서 혼인 전에 있었던, 농사꾼 아낙이 그의 장인을 죽인 일을 들었으리라. 그 아낙의 아들 이름도.

"주상모는 제 장인을 죽인 농사꾼 아들의 이름을 기억하고 있을 겁니다."

"아내와 사별한 후에도 처가네 일에, 더구나 혼인 전의 일에 관심을 둘까? 네 이름은 진즉 잊었을 것이다."

"주상모의 아내를 겁탈한 산적을 장흥부에서 잡지 못했답니다. 주상모는 돈으로 칼잡이를 사서 산적을 기어이 죽였어요. 그의 아내가 생전에 아버지의 죽음을 안타까워했다면 그는 농사꾼 아들의 이름을 잊지 않고 있을 겁니다."

"만약에 그가 네 이름을 기억한다고 해도 걱정하지 마라. 상감청자를 궁궐과 조정에 잘 알리고 나면 너는 나랏일을 하는 도공이 될 수 있다. 그때는 주상모가 널 어쩌지 못한다."

윤누리는 탐진 바다에서 반짝이는 오후 햇빛을 보았다. 햇빛은 물마루에서 놀고 있다.

"자, 상감청자 도공들을 만나러 가거라. 이레 후에 청룡요에서 만나자."

"알겠습니다."

윤누리가 고개를 숙이자 스승이 총총히 놀잇배 쪽으로 걸어갔다.

바닷바람을 맞으며 윤누리는 그 자리에 서 있었다. 바닷가에서 부서지는 파도를 다시금 보았다. 포말에서 햇빛이 다물이의 눈빛처럼 반짝거렸다.

윤누리는 탐진강 하구로 가서 강둑길로 접어들었다. 이 길로 사십 리를 가다가 냇둑으로 옮겨 이십 리를 더 가면 고향마을에 이른다. 개경으로 떠나기 전에 고향마을 앞길에 묻혀 있는 어머니에게 절을 올려야 하리라. 부자네 작은아들은 어머니의 시신을 마을 사람들이 화장하지 못하게 만들었다. 그는 사내종을 시켜서 시신을 마을 앞길에 묻도록 했다. 사람들 발길에 밟히게 만든 거였다.

아버지에게는 작별인사로 절을 올릴 수 없었다. 아버지는 그가 어릴 적에 집을 나갔다. 신선이 될 거라며 천관산으로 불로초를 구하러 갔다. 빈손으로 돌아왔고 농사를 지었다. 몇 달 후에는 두류산(지리산)으로 불로초를 구하러 갔다. 이번에는 돌아오지 않았다. 도사를 만나 바위굴로 들어갔다느니, 불로초를 찾다가 벼랑에서 떨어져 죽었다느니 하는 소문이 떠돌았다. 어머니는 불로초를 믿지 않았듯이 소문도 믿지 않았다. 해가 바뀌자 아버지의 귀가도 믿지 않게 됐다.

윤누리는 강둑길에서 고향마을로 이어지는 냇둑 길로 옮겨갔다. 다물이는 혼인했을 텐데 그 남편은 어떤 사람일까? 그녀의 아버지 개부리는 고향마을 뒤편 언덕바지에서 지금도 옹기 굽는 일을 하고 있을까.

예전에 개부리는 부자네 가마에서 일하는 노예였다. 주인이 시키는 대로 청자를 만들었다. 주인은 효성이 지극한 사람이었다. 어머니가 중병을 얻어 죽게 되자 극락왕생을 아미타불에게 기원하면서 어머니 이름으로 선행을 베풀었다. 그중에는 방생이 있었다. 잡힌 산짐승이나 물고기를 돈 주고 사들여서 산하에 놓아주는 일이었다. 나이 든 노예를 놓아주는 사람 방생도 있었다. 사람 방생은 개부리로서는 들어보지도 못한 일이었다. 이것이야말로 적선이 되는 일이겠구나, 하고 여겼을 뿐 자신이 방생되길 바라지는 않았다. 아내는 저세상으로 떠났지만 딸 다물이가 있는 것만으로도 천민으로서는 과한 복인데 새삼 더 무얼 얻겠다고 욕심을 내랴 하는 맘이었다. 방생까지 원하지는 않는다고 주인 앞에서 말한 적도 있었는데 주인은 다른 두 명의 도공과 함께 그를 놓아주었다. 신분은 계속 천민이지만 이제부터는 노예 아닌 유랑민이나 화전민으로 살수 있었다. 개부리는 놓여난 후에도 가마 주위를 떠나지 않았다. 딸이 노예에서 놓여난 게 아니어서 그곳을 떠날 수 없었던 것이다. 낮에 주인은 개부리와 마주쳐도 왜 머물러 있느냐고 묻지 않았다. 그도 왜 그러고 있는지 굳이 말하지 않았다. 가마 옆에서 이레를 지낸 개부리를 보고도 주인은 다물이를 놓아주지 않았다. 곧 몸종으로 부려먹을 수 있는, 언제든지 팔아서 돈을 만들 수 있는 일곱 살 먹은 여종을 주인이 값지게 여긴다는 걸 개부리는 잘 알고 있었다. 다물이를 풀어주지 않으리라 여겼다. 그렇게 알고 있어도 발길이 떨어지지 않았다. 수십 명이 달려들어도 꿈쩍 않는 바위가 굴러내릴 때가 있다. 한 사흘 비가 내려 산사태가 나면 바위는 굴러서 저 아래로 내려간다. 산 위의 바위와 골짜기의 계류가, 수백 년이 지난다고 해도 만나지 못할 것 같던 그것들이 한순간에 만나게 되는 것이다. 개부리와 다물이의 만남도 그렇게 한순간이었다. 그가 가마 옆에서 서성거린 지 열흘째 되는 날, 주인이 다물이를 데리고 나와서 함께 가라고 해주었다. 수십 년이 지나도 이뤄지지 않을 성싶었던 일이 이뤄진 거였다. 왜 그런 마음이 들었는지 주인이 말해주지 않았지만 짐작은 갔다. 어머니를 위해서 했던 사람 방생이었다. 그게 부녀 사이를 갈라놓는 게 돼버려서 선행은커녕 악행이 될 판국에 이르렀다. 이렇게 되자 애초에 맘먹은 대로 선행을 하기 위해서 그랬으리라. 개부리가 다물이를 데리고 떠돌다가 정착한 곳이 두리마을 뒤편의 언덕이었다. 언덕배기에다 초가를 짓고 옹기 가마도 만들었다.

윤누리가 두리마을의 언덕에 이른 건 한밤중이었다. 언덕바지로 올라가자 어둠 속에서도 옹기 가마가 우뚝했다. 초가삼간은 예전 그대로였다.

윤누리는 마른침을 삼키고 나서 바자울로 바싹 다가갔다. 방 안에서 불빛이 새나왔다. 그는 헛기침을 했다.

다물이는 인기척을 들었으나 혼자만 있는 터여서 문을 열지 않고 물었다.

"누구……?"

대답이 없자 문을 조금 열었다. 덩덕새머리를 한 키 큰 남자가 서 있었다. 다물이는 심장이 뛰는 소리를 들었다. 그 소리는 우물에 두레박이 떨어지는 소리처럼 저 깊은 데서 생겨나 밖으로 퍼져 나왔다. 다물이는 문 밖으로 나갔다. 윤누리에게 와락 달려들었다.

윤누리는 다물이의 숨결이 볼에 닿는 것을 느꼈다. 두리마을 언덕에서 헤어질 때 그랬던 것처럼 눈동자를 들여다보았다. 눈물이 차 있는 눈동자가 반짝거렸다. 그는 두 팔로 그녀의 허리를 껴안았다. 허리가 파르르 떨었다. 돌아가기 시작한 물레의 바탕흙 덩이에 손을 얹으면 이런 떨림이 느껴졌다. 처음에는 물레가 돌아가고 있기 때문에 그런 떨림이 당연하다고 여겼다. 도공으로 삼 년가량 지내고 나자 그건 물레 아닌 바탕흙의 떨림이란 걸 알았다. 그릇으로 새롭게 태어나는 길에 접어든 바탕흙의 떨림. 그게 손끝을 타고 들면 이제는 자신이 떨었다. 그는 빚어놓은 그릇을 쓰다듬듯이 손끝으로 다물이의 허리를 쓸어나갔다. 손끝이 하나의 선을 그어 나갔다. 아주 천천히. 그만큼 선은 부드럽게 흘렀다. 도공으로 살면서 선을 눈에 익혔다. 오뉴월 연잎, 모란 꽃봉오리, 애호박 몸통, 고양이 목, 오리 대가리, 초가지붕의 마루, 솔가지의 초승달, 아기의 손, 가을 민둥산 등등의 선을. 또한 남들이 만들어놓은 청자의 선을 보았다. 밥그릇 몸통의 두루뭉술한 선, 주전자 주둥이의 내뻗은 선, 투각 향로에서 만나는 끊어진 선, 찻잔 굽의 다소곳한 선, 항아리 몸통의 터질 듯한 선. 눈에 들어온 선을 자신의 그릇으로 불러들일 수 있었다. 그 어느 도공에게도 뒤지지 않게 매끈한 선을 만들었다. 그런데도 선은 그릇에 붙잡혀 있을 뿐이라는 느낌이 들었다. 지금, 손가락 끝이 다물이의 허리에서 만드는 선은 살아 움직였다. 그는 선을 따라 손을 뻗어나갔다. 다물이의 몸에서 선은 굽어들다가 내뻗고, 숨죽이다가 터져 나왔다.

*

두리마을은 마을의 집들이 둥그스름하게 모여 있어서 지어진 이름이다. 지금은 마을 이름과 달리 부자네 기와집과 마흔세 호에 이르는 농사꾼 양민의 초가가 따로 떨어져 있다. 주상모의 처남댁인 부자네는 안채, 사랑채, 곳간에다 노비들의 초가들까지 있다. 솟을대문에 들어서면 마주치는 사랑채는 넓은 마루를 지닌 기와집이고 그 뒤로 들어앉은 안채는 일(一) 자 모양으로 한때 벼슬아치를 내었던 가문의 위엄을 드러낸다. 후원까지 있는 부자네 집터는 여느 양민의 집터에 비하면 열 배도 넘는다. 양민의 집터에는 초가인 안채와 문간채가 있다. 안채에는 안방, 건넌방, 마루, 부엌을 갖추고 있다. 문간채에는 곳간, 뒷간, 집짐승 우리가 있다. 마당이나 뒤란 구석에 터앝이 자리한다.

꼭두새벽에 다물이네 초가에서 나왔던 윤누리는 두리마을에 이르렀다. 이 마을을 당장 떠나라면서 했던 어머니의 말이 돌이켜졌다. 나중에라도 복수니 뭐니 하고 나서지 마라. 이 일은 내 일이므로 내게서 끝나야 한다.

새벽이어서 마을 앞길에는 사람이 없었다. 윤누리는 앞길 한가운데서 무릎을 꿇고 지하의 어머니에게 도공으로 살고 있다는 것과 개경으로 간다는 걸 알려드렸다. 큰절을 하고 났을 때 마을 동쪽에서 말발굽 소리가 들렸다. 그는 두리마을에서 말을 가진 집은 부자네뿐일 거라고 여겼다. 부자네 아들이 새벽에 말을 타고 길을 나선 모양이었다. 새벽 어스름

속에서 큰절을 올렸기에 말 탄 자가 그걸 보지 못했을 거라고 여기면서 마을 앞길에서 논둑길로 옮겨갔다.

윤누리가 농사꾼인 척하며 논둑길을 걷고 있을 때 말발굽 소리가 멈추었다.

"왜 길에다 큰절을 했느냐?"

윤누리는 못 들은 척 계속 걸어갔다.

"내가 모처럼 처남댁에 와서 놀고먹었다마는 오늘은 그러지 않아도 되겠구나. 이놈, 거기 서라."

윤누리는 그가 주상모임을 알아채고 냅다 뛰었다. 마을 옆에 펼쳐져 있는 대밭으로 일단 들어갔다. 죽창으로 쓰려고 베어진 대나무를 찾았으나 보이지 않았다. 대밭 깊숙이 들어가서 엎드렸다. 말발굽 소리도, 인기척도 들리지 않았다. 윤누리는 계속 엎드려 있었고 어스름이 걷힌 자리에 안개가 밀려들었다. 안개에 몸을 숨기고 여길 벗어날 수 있겠구나 하고 있을 때 화살 소리가 들렸다. 잠시 후, 화살이 연달아 날아들면서 대나무에 부딪혔다. 파기장이 청자를 망치로 내리칠 때처럼 소리가 날카로웠다. 대밭 더 깊은 데로 들어가기 위해 몸을 일으켰다가 그는 왼쪽 어깻죽지에 화살을 맞았다. 대나무에서 튕겨 나온 화살이어서 촉은 깊게 박히지 않았다. 오른손으로 잡아당기자 촉이 빠져나왔다.

화살이 더는 날아오지 않았다. 말발굽 소리도 나지 않았다. 안개가 짙어지자 윤누리는 대밭에서 빠져나와 마을 뒤편 언덕으로 뛰었다. 언덕은 마을 뒤편에서 덕운산까지 오 리에 걸쳐 뻗어 있는데 가운데서는 굽이쳐 태극 모양을 이룬다. 그 태극의 가운데 다물이의 초가가 있다. 그는 언덕에 올라 저 북쪽 덕운산에 눈길을 내쏘았다. 덕운산은 봉우리에 아침놀을 받아들이고 허리 아래에 솔숲을 두르고 있었다. 솔숲으로 들어가면 주상모를 따돌릴 수 있다는 판단을 내리고 다리에 힘을 주었다.

윤누리는 높낮이가 크게 지지 않는 언덕길을 내달렸다. 언덕길은 언덕 마루를 따라 보리밭 사이로 이어졌다. 바람이 쓸어가자 보리밭이 밀물 든 탐진나루처럼 출렁거렸다. 굽잇길이 나오자 그는 보리밭을 가로질렀다. 보릿대가 무릎에 감기고 보리 이삭이 짚신에 채여 위로 치솟았다. 이곳 보리밭은 어머니와 마을 사람들이 억새와 싸리나무가 무성한 언덕을 개간해서 만든 것이었다. 어젯밤 다물이한테 들었는데 개간지의 모든 밭은 부자네가 손대지 못하는, 마을 사람들의 공동밭이 됐다. 어머니가 밭을 뺏길 수 없다고 목숨을 걸고 싸운 이후 부자네에서는 더 이상 제 것이라고 나서지 못한 거였다. 하지만 윤누리네의 고래실은 사람을 죽인 죄인의 논이라고 해서 나라에서 몰수해갔다고 했다.

언덕길은 다물이네에 닿았다. 윤누리는 사립문 밖에 서 있는 다물이를 보았다. 손으로 얼굴의 땀을 닦아내면서 그곳으로 뛰어갔다.

"집에 죽창 있지?"

"우선 내 말을 들어봐."

"산짐승을 죽이는 게 뭐든 있을 거 아냐? 목창이나 몽둥이 같은 것이어도 괜찮아."

"그런 건 없어. 아버지께서는 소리를 질러서 산짐승을 밭에서 내쫓아."

"칼이나 낫은 없어?"

다물이가 윤누리의 손을 잡았고 그는 왜 이러느냐는 투로 쳐다보았다.

"이 길을 따라가면 안 돼. 다른 길을 찾아야 해."

다물이의 목소리는 다급했다. 윤누리는 뭔가 심상치 않은 걸 느끼고 주위를 휘둘러보았다.

"부자네 사위가 아까 말을 타고 지나갔어."

동네 대밭에서 활로 상대방을 잡지 못했다는 걸 알자마자 주상모는 바로 말을 몰아 덕운산으로 내달린 듯했다. 산자락의 솔숲으로 도망자가 갈 거라는 걸 예상했으리라. 윤누리는 어디로 가야 할지 알 수 없었다. 왼쪽 어깻죽지의 화살 맞은 데가 쑤셔왔다.

"등이 왜 이래?"

다물이가 소리쳤다. 윤누리는 다물이를 안심시켜주려고 그녀와 눈을 맞추었다. 청자처럼 매끈한 얼굴에서 포도 같은 눈망울이 반짝거렸다.

*

솔숲에서 안개가 빠져나가고 언덕을 덮은 안개도 풀렸다. 언덕의 보리밭이 주상모에게 뚜렷이 다가왔다. 시야가 터지자 말이 달릴 만하다는 듯이 뒷다리를 들어 바닥을 차댔다. 주상모는 전의를 불태우는 듯한 말의 모습이 맘에 들어 목덜미를 서너 번 토닥여주었다.

아까 누군가가 언덕의 남쪽 끝에 나타났다. 도망자일 거라고 주상모는 확신했다. 도망자가 이곳 솔숲으로 숨어들 거라고 마을에서부터 예상했고 말을 몰아 이곳으로 미리 와 있었다. 주상모는 말에 앉아 언덕의 안개 속으로 사라진 놈을 기다렸다. 놈은 이곳으로 올 때가 지났는데도 아직도 나타나지 않고 있다. 언덕길을 되돌아갈 수도 있어서 그럴 경우를 대비해두었다. 큰처남에게 사내종들을 데리고 뒤따라오라고 부탁해두었던 것이다. 큰처남은 걸음걸이가 늦은 사람이지만 지금쯤은 언덕 남쪽 끝에 도착했으리라.

도망자가 나타나지 않자 주상모는 초조해지기 시작했다. 장인은 생전에 처남들에게 여러 번 그런 말을 했다고 한다. 천한 것들을 다스리자면 그들과 마주해서는 안 된다. 위에서 노려보아야 해. 농사꾼 아낙인 박동동이가 개간지의 밭을 되돌려달라고 대문 앞에 앉아 있을 때 장인은 당연히 거들떠보지도 않았다고 한다. 큰처남이 농사꾼을 집 안으로 불러들여 타협하자고 하자 불같이 화를 냈다고 들었다. 이놈아, 저런 무지렁이와 타협이라니. 타협은 저쪽과 마주한다는 것임을 모른단 말이냐? 나는 농사꾼들의 개간지를 뺏기 위해서 향리에게 은병(銀甁)을 주었지만 농사꾼 아낙에게는 밭뙈기 하나 줄 수 없다. 절대로. 그런 장인이 농사꾼 아낙의 죽창에 허망하게 무너졌다. 장인의 죽음을 떠올릴 때마다 주상모는 적의 기습을 염두에 두어야 한다는 걸 되새겼다. 그가 처남댁에 와 있는 것도 자객의 기습을 염두에 두었기 때문이다. 장흥부로 가는 길에서는 자객을 피했지만 그들이 다시 습격해올 수 있다. 자신을 드러내지 않으려고 호장이 연 뱃놀이에도 가지 않았다. 청허가 상감청자 찻잔을 만든 도공을 찾아낼 때까지 이곳에서 지내면서 자객의 습격을 피할 셈이다. 그냥 숨어 있기만 하려는 것은 아니다. 장흥부에서 지낼 때 알았던 무인들을 은밀하게 처남댁으로 불러들일 참이다. 그들에게 누가 자객을 보냈는지 알아보라고 부탁한다. 웬일로 자객까지 달고 다니느냐고 그들이 물으면 자신이 지금 어명을 받고 내려왔다고 귀띔해주어야 하리라. 이 일을 잘 마무리하면 벼슬길로 나갈 것이고 그때는 벗들에게 힘이 될 거라는 것도 덧붙이고.

주상모가 고개를 빼내 언덕 저 끝을 살펴보았다. 도망자도, 큰처남도 보이지 않았다. 아무리 책만 읽는 큰처남이라지만 아버지의 원수를 쫓는 일에도 이렇게 발걸음이 느려서야, 하는 마음에 기분이 울컥했다. 여자도, 술병도 멀리하고 책만 끼고 방 안에 앉아 있는 큰처남을 그는 달가워하지 않았다. 작은처남이 집에 있었다면 오늘 일도 그에게 맡겼을 것이다. 작은처남은 탐진나루 저자로 쌀값을 알아보러 나가고 없었다. 작은 처남은 곳간의 쌀을 팔기 전에 서너 번은 저자를 오갔다.

오늘 새벽에도 큰처남은 사랑방에서 큰소리로 시를 읽었다. 주상모가 아침 문안 인사를 하자 큰처남은 지금 김황원의 시를 읽고 있노라고 말했다. 김황원이 대동강 부벽루에 올랐다가 시를 마무리하지 못하고 통곡했다는 말을 주상모는 들어본 적이 있다. 그의 시를 읽은 적은 없다. 큰처남이 함께 시를 읽자고 하자 주상모는 일이 있다고 둘러대고 사랑방에서 나왔다. 큰처남을 피해서 사냥을 나가기로 했다. 작은처남의 활을 챙겨 들고 말을 몰아 마을 앞으로 나갔다. 새벽 어스름이 낀 길에 웬 놈이 잎드러 있었다. 거지나 유랑민이 배가 고파서 길에 쓰러져 있다고 여겼는데 놈이 일어나더니 절을 했다. 그곳은 장인을 죽인 아낙이 묻혀 있는 곳이라고 들었다. 놈이 아낙의 아들이라고 직감한 주상모는 내색하지 않고 다가갔다. 놈은 논둑길로 슬슬 내뺐다. 쫓아갔더니 놈은 대밭으로 숨어들었다. 대밭 속으로 말을 타고 들어갈 수 없어서 놈이 나오길 기다렸다. 바람이 불고 안개가 밀려왔다. 안개와 대나무에 가려 대밭 속은 전혀 보이지 않았다. 놈을 밖으로 나오게 하려고 활을 쏘았다. 화살이 대나무에 맞아 튕겨나오는 소리가 났다. 무예당에서 죽도끼리 부딪쳐 내는 그런 경쾌한 소리였다. 화살 한 대를 또 쏘아 보냈다. 놈이 금방 뛰쳐나올 거라 여겼다. 예상은 빗나갔다. 열 대의 화살을 연속으로 쏘아 보냈다. 놈은 뛰쳐나오지 않았다. 안개가 더 짙어졌다. 한쪽만 지키고 있다가는 놈이 다른 쪽으로 대밭을 빠져나가는 걸 알 수 없었다. 놈이 도망갈 곳이 분명한 덕운산 솔숲으로 미리 가서 매복하기로 했다. 그는 처남댁으로 달려가 큰처남에게 사내종들을 통솔해 뒤따라오라고 부탁하고 언덕길을 말로 내달려서 이곳 솔숲까지 왔던 것이다.

아침 햇살이 뿌려지고 있는 언덕 저 끝에 사람들이 나타났다. 무리 지어 있는 것으로 보아 큰처남과 사내종들임을 한눈에 알 수 있었다. 주상모는 말의 목덜미를 토닥여주고 나서 채찍으로 엉덩이를 가볍게 쳤다. 말이 솔숲을 벗어나 언덕으로 천천히 걸어갔다. 찔레꽃이 만발한 언덕길에 들어서자 일광을 뽑아들었다. 개경에서 벼려온 칼날이 햇빛을 쏘아냈다.

말이 밭둑길을 따라갔다. 주상모는 말고삐를 채서 말이 밭을 가로질러 가게 해놓고 목소리에 힘을 주었다.

"놈의 냄새를 맡아봐."

보리밭 몇을 가로질러 지났을 때 옹기 가마의 굴뚝에서 연기가 솟는 게 눈에 들었다. 아까 말을 타고 가마를 지나갈 때는 불이 지펴지지 않았다.

주상모가 말을 몰아 가마로 다가가자 다물이가 고개를 숙이고 맞았다.

"너는 누구냐?"

"옹기장이의 딸입니다. 다물이라고 합니다."

"누가 여길 지나가지 않았느냐?"

"한 사람도 없었습니다."

주상모는 말에서 내렸다. 일광을 왼손에다 쥐고 여기저기를 쏘아보며 집으로 들어갔다. 다물이에게 문을 열도록 해서 방 안을 살펴보았다. 부엌을 거쳐 가마로 갔다. 가마는 길이가 다섯 길, 높이가 한 길 반가량 돼 여느 청자 가마보다 길이는 짧지만 위로는 더 불룩했다. 큼직한 쌀독이며 물독을 만들자면 가마가 이런 모양이 되겠구나 싶었다. 그가 들은 바로는 옹기를 만들 때면 가마 속에 흙 그릇을 넣고 아궁이에 불을 지핀다고 했다. 흙 그릇이 불을 받아들여 옹기가 되는 거였다.

가마 옆에 옹기 여덟 개가 놓여 있었다. 앞쪽 일곱 개는 무릎 높이의 작은 항아리였다. 맨 뒤의 하나는 사람 한 명이 속에 들어가 웅크리고 있을 정도로 큰 쌀독이었다. 그는 일광을 뽑아들고 뚜껑을 열어보았다. 속은 비어 있다.

주상모는 가마 아궁이 앞에 이르렀다. 아궁이에서 솔가지가 타고 있었다.

"네 아버지는 어디 갔느냐?"

"물동이를 팔러 탐진나루 저자에 가셨습니다."

"가마 아궁이에 불을 지펴두고 거기에 갔단 말이냐?"

"지금은 옹기를 굽는 게 아닙니다. 오늘 불을 지핀 것은 가마 안에 들어왔을지도 모를 산짐승이나 벌레를 쫓아내기 위해서이지요. 가마 속은 굴처럼 생겨서 그냥 두면 여우와 오소리가 들어가기도 한답니다. 거미나 지네가 돌아다니기도 하고요. 가끔 불을 넣어야 합니다. 아까부터 불을 지폈으니 이제 마치려고 합니다."

"계집이 가마에서 일하면 부정 타지 않느냐?"

"유학을 숭상하는 분들이 소유하고 있는 청자 가마 중에서는 여자를 멀리 내쫓는 그런 곳도 있다고 들었습니다. 우리는 청자 아닌 옹기를 만들고 있습니다."

"하긴 양민이나 천민들이 쓰는 옹기야 아무렇게나 만들어도 되겠지. 머리를 들어라. 물어볼 게 있다."

머리를 든 다물이를 보고 주상모는 천한 계집답지 않게 눈이 맑다고 여겼다. 문득 금강산 만폭동의 계류가 떠올랐다. 계집의 코는 단단하게 뭉쳐 놓은 듯했고 입은 다문 모양새가 단정했다. 나이는 그 또래인 스물대여섯으로 보이는데도 얼굴이 동글동글해서 나이보다 어리게 느껴졌다.

"남편은 없느냐?"

"없습니다."

"그도 물동이를 팔러 저자에 간 것이냐?"

"사별했습니다."

주상모가 말에 올라 사방을 둘러보고 있을 때 큰처남이 사내종들을 달고 왔다. 주상모는 사내종들을 언덕 양쪽으로 보내 억새밭과 싸리밭을 살피라고 일렀다.

해는 높이 떠올랐다. 주상모는 말을 타고 언덕의 억새밭과 싸리밭을 들락날락했다. 보리밭에서 종달새가 떠오르면 그곳으로 말을 내달렸다. 도망자의 행방은 묘연했다. 말이 숨을 헐떡이며 제대로 내달리지 못하게 되자 그는 여기저기 더 살피고 싶은 마음을 접고 말머리를 돌렸다.

주상모가 가마로 갔을 때 다물이가 큰처남 앞에서 허리를 굽히고 있었다.

"드릴 말씀이 있습니다."

다물이의 목소리에는 기가 살아 있었다.

"말해보아라."

큰처남은 시를 읊을 때의 그 한가한 목소리였다.

"사람들이 보리밭을 밟고 다닙니다. 보리밭에 목숨을 걸다시피 하고 있는 농사꾼들의 마음을 헤아려주십시오."

"알았다."

큰처남이 보리밭의 사내종에게 밖으로 나오라고 손짓했다. 주상모는 말을 몰아서 보리밭으로 달려 들어갔다.

*

어둡고 답답했다. 아무것도 보이지 않았고 몸을 움직이기도 힘들었다.

윤누리는 누에 번데기처럼 쌀독 안에 웅크리고 앉아 밖에다 귀 기울였다. 가마 속으로 들어올 때부터 지금까지 제대로 들린 소리는 없었다. 말발굽 소리가 들리는 듯했고 무슨 고함도 여러 번 있긴 있었다. 누구 목소리인지 분간하지 못했다.

여기로 들어온 것은 다물이의 말을 듣고 나서였다. 가마 안에 옹기들이 다섯 개나 놓여 있어. 그중에는 어른 한 명이 들어갈 수 있는 쌀독이 있어. 거기로 들어가서 뚜껑을 덮어. 내가 아궁이에다 불을 지필 거야. 주상모가 찾아오더라도 불이 지펴지고 있는 가마 속까지 들어가려고 하지는 않겠지. 다물이가 등을 떼밀었고 윤누리는 가마 속으로 몸을 밀어넣었다. 가마 속은 침침했다. 안쪽에서 쌀독을 찾아냈다. 몸은 마른 편이지만 키가 큰 그는 독으로 들어가기가 쉽지 않았다. 허리를 잔뜩 웅크린 후 뚜껑을 덮었다. 가마 굴뚝의 그을음 같은 어둠이 앞을 채웠다.

솔가지 타는 냄새가 났다. 뚜껑 틈새로 연기가 드는 걸 알고 나서 숨을 적게 쉬기 시작했다. 잠시 후 연기에 목이 메자 이를 악물고 나중에는 혀까지 깨물었다. 혀가 잘려나간 듯이 아팠고 이어서 입안에 피가 고였다. 쌀독 안으로 연기가 계속 밀려들었다. 목이 아프기 시작했다. 윤누리는 다물이를 떠올렸다. 열두 살 때의 초봄. 어느 날 한낮. 진달래 꽃봉오리를 보고 있는 여자아이. 몇 번 눈길이 마주친 후 그가 보낸 웃음. 그가 세 번째 웃음을 보낸 뒤에야 그 여자아이가 되돌린 웃음. 여자아이의 눈동자에 담긴 하늘. 그 하늘에 떠 있는 학 한 쌍.

연기가 묽어지고 숨쉬기가 한층 수월해졌다. 화살 맞은 어깻죽지가 아팠다. 윤누리는 피가 또 나는지 알아보려고 오른손으로 왼쪽 어깻죽지를 만져보았다. 엉긴 핏덩이가 손끝에서 끈적끈적했다.

"누리야."

다물이 목소리였다.

"나와도 돼."

윤누리가 쌀독의 뚜껑을 열고 머리를 내밀었다.

"주상모가 갔어?"

"갔어."

오전 햇빛이 눈부셨다. 윤누리는 실눈을 뜨고 언덕을 살펴보았다. 말을 탄 사람은 보이지 않았다. 언덕 아래 냇둑에도 마찬가지였다.

언덕의 동쪽에는 덕운산에서 발원한 냇물이 흐른다. 너비가 좁은 데는 서른 걸음, 넓은 데는 쉰 걸음에 이른다. 냇물은 언덕을 타고 남쪽으로 흐르다가 두리마을 마을 앞을 휘돌아간다. 남서쪽으로 이십 리를 더 가서 탐진강에 합해진다. 냇물에는 가을에 학 떼가 날아든다. 학 떼는 냇가의 갈꽃과 어울려서 두리마을의 첫째가는 경치를 만들어낸다. 학 떼는 겨울에도 떼 지어 다니면서 사람들의 눈길을 잡아끈다. 봄이 되면 북쪽으로 떠나간다. 울음소리로 돌아온다는 말을 대신하면서.

윤누리가 사방을 살피고 나서 다물이에게 물었다.

"구워진 옹기는 가마 밖에 두어야 하지 않아?"

"안에 있는 옹기는, 금이 갔거나 한쪽이 찌그러져 있거나 뚜껑이 제대로 맞지 않은 그런 것들이야. 팔 수 없는 것들이지. 이런 옹기도 없어서 못 쓰는 사람들이 있어. 부곡과 향에 사는 천민들이지. 그들이 오면 거저 주려고 내가 옹기를 남겨두었어."

"그럴 참이었다면 더욱더 밖에다 두어야지."

"아버진 당신이 만든 옹기 중에서 흠이 있는 게 눈에 띄면 부숴버리지. 귀족의 청자 가마에서 일할 때 흠 있는 걸 부숴버리던 버릇이 아직도 남아서 그래. 이런 옹기는 아버지 눈에 드러나는 곳에다가 오래 놓아둘 수

72

가 없어. 가마 속으로 내가 옮겨놓지. 가마야 한 달에 한 번 정도 쓰는 거라서 평소에는 속이 비어 있거든."

"전에는 옹기를 천민들에게 주지 않았잖아?"

"남편과 사별하고 이곳으로 돌아왔어. 그 후로 옹기를 주기 시작했어."

남편은 덕운산 너머에서 살았던 농사꾼이었다. 농사꾼은 아버지한테 쌀 세 가마를 내밀고 그녀와의 혼인을 허락해달라고 했다. 다물이는 윤누리가 돌아올 거라며 혼인을 거절했다. 아버지가 말했다. 네가 맘에 둔 남자와 혼인하길 나는 바란다. 하늘에 있는 네 엄마도 그럴 것이다. 그래서 삼 년 동안이나 너한테 온 혼담을 거절했다. 혼담을 거절당한 양민은 나를 두들겨 패기도 했다. 너한테 말하지 않았다만 이 아비는 여러 번 두들겨 맞았단다. 나는 천민이어서 말 한마디 못 했다. 네 혼담을 계속 거절하다가는 양민들한테 맞아 죽을지도 모른다. 그날 밤에 다물이는 오래도록 울었다. 다물이가 덕운산 너머로 혼인해 갔다. 남편은 시아버지를 이장할 명당을 찾는다고 산으로 오르곤 했다. 명당으로 이장만 하면 부자가 될 거라고 큰소리쳤다. 남편이 찾아낸 명당에 시아버지를 이장했으나 부자가 되기는커녕 자식도 태어나지 않았다. 남편은 집터를 잘 골라야 부자가 된다면서 풍수지리에 맞는 집터를 찾아서 탐진 고을 곳곳을 쏘다녔다. 그렇게 석 달을 헤매다가 마을 뒤편에 집을 지었다. 집터가 마을에서 지덕을 가장 잘 받는 혈이라고 남편이 몇 번이나 속삭였다. 마을 사람들은 남편이 잡은 집터에 별 관심이 없었다. 그해 겨울 지관이 마을에 들렀다가 지덕을 얼마 전에 새로 지은 집이 모조리 받고 있다는 말을 했다. 친척들은 꼭 그렇지만은 않을 거라면서 넘어가려고 했지만 타성들은 제 복을 뺏기고 있다고 흥분했다. 집을 부수면 다른 곳에다 지어주겠다고 남편에게 제안했다. 남편은 고개를 모로 틀어놓고 그걸 제자리로 가져오려고 하지 않았다. 반달 후 집에 불이 났고 남편은 타죽었다. 마을 누군가가 일부러 불을 낸 거였다. 장흥부도, 시댁 사람들도 범인을 찾아내지 못했다. 다물이는 덕운산을 넘어간 지 다섯 해 만에 과부가 돼 두리마을 언덕으로 돌아왔다. 그때부터 흠이 있는 옹기에 눈길이 갔다. 그걸 아버지가 망치로 내리치면 자신이 얻어맞는 듯했다. 그녀는 흠 있는 옹기를 아버지 눈길이 쉬 닿지 않는 가마 속에다 모아두었다가 천민에게 나눠주었다.

윤누리는 화살 맞은 데가 또 쑤시기 시작하자 입을 악물었다. 왼쪽 겨드랑이는 핏물이 배어서 벌겋게 변했고 그 아래 허벅지에도 점점이 피가 묻어 있었다.

"네 아버지는 언제 오실까?"

"어제 물동이 셋을 지게에다 지고 탐진나루 저자에 가셨으니 그걸 모두 팔아야 오셔. 보통 사흘은 걸려."

"인사도 못 하고 떠나야겠네."

윤누리는 몸을 잠시 숨기기로 한 덕운산의 솔숲을 살펴보았다. 안개가 벗겨진 솔숲에는 송순이 만들어낸 여한 초록색이 번져 있었다.

바람이 불어와 다물이의 긴 머리카락을 흔들었다. 머리카락에 묻은 햇빛이 털려나갔다. 윤누리가 다물이에게 다가가 손을 잡았다. 이별을 말하려는데 그녀가 손을 펼쳤다. 손안에 있는 건 아기 주먹만 한 흙구슬이었다. 흙구슬에는 쌍학이 새겨져 있었다.

*

윤누리는 탐진강을 타고 내려가서 하구에 이르렀다. 탐진나루에 들른 그는 청허에게서 받았던 해동통보로 새 옷을 사고 떡도 샀다. 봇짐을 메고 나루에서 남쪽으로 향했다. 바닷가를 따라서 사십 리를 걷고 나자 청룡요가 눈에 들어오는 용흥산 산등성이에 이르렀다. 다리쉼을 하려고 너럭바위에 눕자 순식간에 눈앞이 다물이로 채워졌다. 그는 흙구슬을 꺼냈다. 손톱으로 쌍학을 새겨놓았다. 쌍학은 나란히 서서 같은 쪽을 보고 있다. 목의 선이 매끄럽다.

윤누리는 너럭바위에서 일어나 천태산의 정수사 쪽으로 걸어갔다. 청룡요에서 들었던 소문으로는 정수사 쪽에 상감청자 도공들이 여럿 있다. 해가 뉘엿해지자 윤누리는 길가의 주막으로 들어갔다. 느티나무 아래 놓인 평상으로 가서 늙수그레한 주모에게 술을 청했다.

"술은 마시지 마."

"주모, 술을 달라니까요."

"안 좋아. 네 상처에 술은 안 좋다고."

윤누리는 화살 맞은 상처에서 진즉 피가 멎었고 새 옷을 사서 갈아입었다는 걸 되새겼다.

"나한테 상처가 있다고요?"

"네가 이곳에 들어올 때 곰배팔이 같았어. 상처는 왼팔이나 그쪽의 어깻죽지에 있겠지."

윤누리는 내심 놀랐으나 그걸 내색하지 않았다.

"술부터 내놔요."

"방으로 들어가서 옷을 벗어. 내가 독주를 가져가서 네 상처를 씻어주마. 그러면 덧나지 않아."

"술."

"상처가 덧나게 되면 팔을 못 쓰게 될 수도 있어."

윤누리는 평상에서 벌떡 일어나 방으로 갔다. 윗도리를 벗고 나서 바닥에 엎드렸다. 주모가 술병을 들고 들어와서 그의 어깨에다 독주를 부었다. 독주는 상처로 파고들어서 화살을 막 맞았을 때처럼 어깨를 얼얼하게 만들었다.

"날 도와주는 이유가 뭐죠?"

"넌 도공이야. 나는 주모이고. 이 길을 오가는 도공에게 술을 팔아서 목숨을 이어온 주모."

도공인지 어떻게 알았느냐고 윤누리는 묻지 않았다. 탐진에 도공이 수천 명이니까 술집 손님으로 흔할 터였다.

주모가 또 독주를 부었고 윤누리는 주먹을 쥐어 얼얼함을 참았다.

"어깨에 칼이나 화살을 맞은 사람을 자주 봤나봐요?"

"평생 도공만 봐왔지. 특히 그들의 팔과 어깨를. 도공들은 팔 힘으로 흙을 파내고, 손에다 정성을 모아서 흙 그릇을 빚고, 어깨에다 장작을 올려서 나르고, 그걸 손으로 아궁이에다 내던져서 장작불을 때지. 일이 힘에 부쳤을 때는 팔이 늘어지고 어깨가 처지지. 팔과 어깨를 슬쩍 보기만 해도 그 도공이 오늘 얼마나 힘들었는지 알아낼 수 있어. 널 보니 어깨 하나만 처져 있었어. 이것은 일하고 난 어깨가 아니라 상처받은 어깨라는 거지."

윤누리는 상처를 계속 들먹이고 싶지 않아서 화제를 바꾸었다.

"여기에 상감청자 도공도 오나요?"

"물론."

"그 사람을 불러줘요."

"네가 찾아가."

주막에서 나온 윤누리는 주모가 일러준 대로 길을 따라갔다. 굽이를 돌자 산자락에 가마가 보였다. 저녁놀이 내려서 가마는 불기운에 휩싸여 있는 듯했다. 그가 가마로 갔을 때 탑삭부리가 흙더미 옆에 앉아 있었다. 머리 군데군데 백토가 묻어 있어서 해 넘긴 초가지붕에 군새가 박혀 있는 꼴이었다. 나이는 그보다 열 살은 더 먹어서 마흔 살 안팎으로 보였다.

"윤누리라고 합니다."

"앉아."

윤누리가 앉을 자리를 찾아서 두리번거렸다. 부들자리나 납작한 돌은 보이지 않았다.

"앉으라니까."

"아, 예."

윤누리가 땅바닥에 털썩 주저앉았다. 흙먼지가 코로 밀려왔다. 그는 흙먼지가 가라앉기를 기다렸다가 봇짐에서 떡을 꺼내 탑삭부리에게 내밀었다.

"좀 드시지요."

"떡값을 치러야겠지?"

"우선 드세요."

"뭘 물어보러 온 듯한데 물어봐. 떡을 다 먹기 전까지는 대답해줄 테니까."

탑삭부리가 떡을 베물었다. 윤누리는 그를 만나서 물어볼 말을 여럿 준비해왔다. 떡을 먹는 동안에 그걸 모두 풀어놓을 수는 없었다. 우선 가장 궁금한 한 가지만 묻기로 했다.

"상감청자는 누가 맨 처음 만들었을까요?"

"비색 청자는 누가 맨 처음 만들었는지 아나?"

"모릅니다."

탑삭부리가 떡을 우적우적 씹어 먹었다. 그 소리가 잦아들자 윤누리가 물었다.

"언제부터 상감청자를 만드셨어요?"

"몇 년 됐어."

"어떻게 그걸 시작하게 됐어요?"

"물병을 빚어서 말려놓았어. 거기에 멀리 떠나 있는 내 친구의 얼굴이 어른거리더군. 바위에 부처가 어른거리면 석공은 불상을 새긴다잖아. 나는 물병에다 친구 얼굴을 새겼어. 선으로 새긴 거여서 흐릿했어. 뚜렷하게 만들 방법이 없을까 고심했지. 얼굴 모양으로 겉을 파내고 백토와 자토를 채웠어. 이제야 친구의 얼굴이 뚜렷해지더군. 상감한 물병을 구워냈지. 색이 제대로 나오지 않았지만 그 어떤 비색의 청자보다 내게는 더 귀한 물병이었어. 지금도 마찬가지고."

탑삭부리가 윤누리 옆의 물바가지를 가리켰다. 윤누리가 그걸 들어서 그에게 건넸다. 그는 물을 마시고 나서 떡을 먹었다. 떡은 반도 남아 있지 않았다.

윤누리가 뭘 물어야 할지 망설일 때 탑삭부리가 물었다.

"비색 청자는 누가 맨 처음 만들었는지 아나?"

윤누리는 아까처럼 모른다고 또 대답하지는 않았다. 저쪽에서 뭔가를 말하려고 물은 듯한데 엉성한 대꾸를 할 수 없었다. 비색 청자는 누가 맨 처음 만들었을까. 탐진에다 맨 처음 가마를 만든 고려 도공인가. 그가 만든 그릇에서는 비색이 제대로 나지 않았으리라. 그가 비색 청자를 맨 처음 만들었다고 할 수 없다.

"비색을 완성한 도공이 바로 맨 처음 비색 청자를 만든 도공이지요. 그가 누구인지는 알 수 없지만."

탑삭부리가 또 물었다.

"상감청자의 무늬는 완성된 것인가?"

"여러 도공들이 제 무늬를 만들어가는 중이지요."

"그러면 상감청자를 처음 만든 도공은 아직 나오지 않았군."

탑삭부리가 마지막 떡을 먹었다. 윤누리는 자리에서 일어났다. 마을 여기저기서 밥 짓는 연기가 피어오르고 있었다.

*

다점은 차탁을 두고 양쪽에 의자를 놓았다. 차탁은 서른 개에 이르는데 반 너머에 사람이 앉아 있었다. 차탁 사이로 열두세 살 되는 아이들이 종종걸음 쳤다. 손님이 들어오면 아이들이 찻잔을 가져다주었다.

청허는 탐진나루의 다점에서 주상모를 기다리고 있었다. 청허가 청룡요에서 머무는 동안 주상모는 처남댁에서 머물렀다. 청허는 상감청자 찻잔을 만든 도공이 지난번 난리 때 죽었다는 걸 심부름꾼을 통해서 주상모에게 알렸다. 심부름꾼은 그가 아무런 말도 하지 않았다고 했다. 그랬는데 어제는 처남댁의 사내종을 시켜 이곳 다점에서 만나자는 전갈을 보내왔다.

다점에서 일하는 아이가 다가왔다.

"곧 이야기꾼의 얘기가 시작됩니다. 그걸 들으려면 차를 한 잔 더 시켜야 합니다."

"난 듣고 싶지 않다."

"뒤뜰에도 차탁과 의자가 있습니다. 그리로 옮겨야 합니다."

청허는 이곳에서 주상모를 만나기로 한 터라서 자리를 지켜야 했다.

"새 차를 가져오너라."

아이가 찻잔을 가져다놓았다. 찻잔에는 가루차와 뜨거운 물을 넣고 섞은 차가 그득하게 들어 있다. 청허는 양손으로 감싸서 찻잔을 들어올렸다. 다향이 짙었다. 이곳 인근에서 따낸 햇차라는 걸 알 수 있었다. 고려에서 차나무가 자라는 곳은 남쪽의 경상도, 전라도, 탐라이다. 양민들은 야산에 차를 심고 절에서도 차밭을 가꾼다. 장흥에서 유명한 차밭은 보림사 동쪽 산기슭의 차밭이다. 이곳의 차는 개경에까지 알려져 있다.

아이가 다점 한가운데서 손뼉을 쳐댔다.

"개경에서 오신 이야기꾼을 모십니다."

운달이가 다점 가운데로 나왔다. 손님들을 둘러보다가 청허와 눈이 마주치자 고개를 숙여 인사를 건넸다.

"사람들에게는 자신만의 이야기 이외에도 다른 사람과 공유하는 이야기가 있지요. 공유하는 이야기들을 저는 모아들인답니다. 그렇게 해서 이 고을의 얘기는 저 고을에다 건네고 저 고을 얘기는 이 고을에다 건네지요."

운달이가 양손을 가슴 앞에 모았다. 그러고는 이야기주머니에서 이야기들을 꺼내놓듯이 두 팔을 뻗어내면서 손을 펼쳤다.

"자, 지금부터 무슨 얘기를 할 것이냐. 그것은 여러분이 정해주십시오. 청자 가게에서 청자를 고르듯이 얘기를 고르시기만 하면 됩니다. 밤에 이뤄지는 남녀 얘기, 낮에 이뤄지는 전쟁 얘기, 먼 나라 얘기, 그보다 더 멀게 보이지만 실은 바로 옆에 있는 저승 얘기, 그 어느 것이든 고르기만 하세요."

손님들이 잠시 머뭇거렸다. 한 명이 밤에 이뤄지는 남녀의 얘기를 해달라고 말했다. 여기저기서 그 얘기가 좋겠다고 호응했다.

운달이가 싱긋 웃었다.

"역시 오늘도 남녀 얘기를 듣고 싶어 하는 분이 많군요. 남녀 얘기라는 게 질흙처럼 촉촉하고 차처럼 따끈따끈하고 찰떡처럼 입에 착 달라붙는 것이어서 저도 무척이나 좋아하지요."

남녀의 질펀한 정사가 들먹여지는 걸 청허는 듣고 싶지 않았다. 밖에서 주상모를 기다리는 게 좋겠다 싶었다.

"이곳은 탐진이니까 도공이 나오는, 남녀의 밤 얘기를 들려드립니다."

도공이라는 말이 청허를 붙잡았다. 그는 찻잔을 들어서 차를 마시면서 운달이의 얘기에 귀를 기울였다.

"탐진강 가에 과부가 살고 있었지요. 과부가 한 명 있으면 그 주위를 서성이는 남자가 다섯은 되지요. 과부가 젊다. 남자가 열 명으로 늘어납니다. 과부가 예쁘다. 남자가 더 늘어납니다. 그렇다면 남자를 아주 많이 끌어들이는 과부는 누구일까요? 부자 과부요? 그럴듯하지만 답은 아닙니다. 방중술이 뛰어난 과부요? 방중술은 술집 여자들이 더 뛰어나지요. 아내들은 더 뛰어나고요. 허허, 못 믿는 모양이네. 여러분의 아내야말로 방중술의 대가라니까요. 얼마나 그 방면에 뛰어나든지 남자의 물건을 아예 숨죽이고 있게 만들어버리잖아요. 술집 여자들은 아무리 방중술이 뛰어나다고 해도 남자 물건을 계속 숨죽이고 있게 만들지 못해요. 남자를 끌어모으는 게 방중술이 뛰어난 과부도 아니라면 도대체 누구냐? 바로 정조를 지키는 과부이지요. 그런 과부를 두고 온갖 사람들이 칭찬하지요. 보세요, 사람들을 아주 많이 끌어들였잖아요. 탐진강 가의 과부도 정조를 지키는 과부였어요. 정조를 잘 지키기는 했지만, 지키는 일만 놓고 보면 세 사람에게 뒤졌어요. 부자와 벼슬아치와 스님에게요. 부자는 창고의 곡식을, 벼슬아치는 제 지위를, 스님은 알 듯 말 듯한 염불을 목숨 걸고 지키니까요. 어쨌든 정조를 잘 지키는 과부이다보니 남자들이 그 주위에서 맴돌았어요. 과부는 그들을 거들떠보지 않고 농사를 지었고요. 그러던 차에 흉년이 들었어요. 과부가 삯일하러 가마에 나갔어요. 송나라 경덕진요가 농한기 때 돈 벌러 오는 농사꾼들의 손으로 그 많은 그릇을 만들어내듯이 탐진의 가마들도 농사꾼 손을 빌리지요. 그 과부가 일하러 가는 가마에는 남자들이 몰려들었어요. 과부는 가마에서 일하다가 몇 년 후에는 아예 도공이 돼버렸어요. 농사꾼에서 도공으로 바뀐 것에서 그치지 않았어요. 과부는 정조를 지키지 않았지요. 남자 도공들과 어울려 지냈어요. 남자 도공들은 과부의 벌어진 입 모양으로 물병의 주둥이를 만들었어요. 과부의 젖가슴처럼 팽팽하게 항아리의 몸통을 만들었고요. 과부의 속살 빛깔로 그릇에 무늬를 새겨 넣기도 했답니다. 그 과부를 나도 이곳 탐진에 와서 만났어요. 왜 정조를 지키지 않느냐고 물었지요."

운달이는 말을 끊고 탁자로 가서 찻잔을 들어 올렸다. 차를 마시며 뜸을 들였다. 다점의 손님들이 떠들었다. 한 명이 벌떡 일어났다.

"내가 도공이어서 그 대답을 알아. 잘, 들어봐. 대답은 이거야. 모든 그릇은 뚫려 있다. 막혀 있으면 그릇이 아니다. 나는 도공이 돼 그걸 알게 됐다. 그 이후로 나 자신도 막히지 않게 뚫는다. 밤마다 남자를 불러들여서."

청허는 문으로 주상모가 들어서는 걸 보았다. 청허가 손짓하자 주상모가 다가왔다. 자리에 앉은 주상모는 운달이를 보고 눈살을 찌푸렸다.

운달이가 찻잔을 놓고 사람들을 둘러보았다.

"과부는 왜 정조를 지키지 않았는지는 말하지 않았어요. 도공이니까 청자를 알려주겠다고 했어요. 과부가 그러데요. 청자는 섞이는 것이다. 바탕흙은 물과 섞여 반죽이 된다. 반죽은 도공의 손길과 섞여 흙 그릇이 된다. 흙 그릇은 바람과 섞여 굳어진다. 가마 속에서 불과 섞여 청자가 된다. 나중에는 세상으로 나가 사람들과 섞여 산다."

운달이가 얘기를 마치고 나서 잠시 쉬겠다고 말했다.

"나갑시다."

주상모가 자리에서 벌떡 일어났다. 청허는 주상모를 뒤따라가며 운달이에게 손짓으로 작별인사를 했다.

다점 뒤뜰에는 모란이 흐드러지게 피어 있었다. 청허가 모란으로 다가갔다. 다향처럼 은은한 향기가 풍겼다.

"개경에도 곧 모란이 피겠군."

"상감청자 찻잔을 만든 도공 말인데요, 지난번 난리에 죽었다는 게 확실합니까?"

주상모가 묻자 청허는 눈길을 모란에다 두고 대답했다.

"확실해. 우리 일은 마무리된 거지."

"벌을 내려야 마무리가 되는 거지요."

"죽은 도공에게 어떻게 벌을?"

"청룡요의 청자를 감별하는 자는 행수와 파기장이고 그걸 개경으로 옮겨갈 때까지 지키는 자는 창고지기입니다. 행수와 파기장은 여러 도공들이 지켜보는 가운데 감별하니까 상감청자를 끼워넣을 수 없어요. 책임은 창고지기에게 있는 것이지요. 그가 비색 청자를 상감청자로 바꿔치기했다고 볼 수 있어요. 그에게 벌을 내려야 합니다."

"어떤 도공이 창고지기 모르게 바꿔치기했을 수도 있지 않나?"

"그랬다고 해도 창고를 지키지 못한 죄는 있지요."

"굳이 창고지기까지 벌해야 할까?"

"우리는 벌하기 위해 개경에서 여기까지 왔어요."

청허는 개경에서 모란을 볼 수 없게 됐다는 생각을 했다.

"여름 폭풍우 이전에 개경으로 돌아갈 줄 알았더니 늦어지겠군."

"벽란도로 떠나는 돛배가 언제 있나요?"

"모레. 그다음은 아흐레 후에 있고."

"당신은 모레 떠나세요. 나는 남아서 창고지기에게 벌을 주겠습니다."

청허는 윤누리를 데려가는 데 걸림돌이 없어진 게 기꺼웠다.

"그렇게 하지."

주상모는 창고지기 처리가 진즉 끝났다고 하더라도 모레 돛배를 탈 맘은 없었다. 자객이 누구이고 누가 보냈는지 아직도 알아내지 못했다. 그들이 다시 습격해오기 전에 알아내야만 한다.

다점에서 나온 주상모는 안장마에 올랐다. 말을 번잡한 탐진의 저잣거리로 몰아넣었다. 이곳에는 안면 있는 왈패와 장사꾼들이 살고 있었다. 그들을 만나서 누가 자객을 보냈는지 알아봐달라고 부탁할 참이었다.

저자에는 사람들이 북적거렸다. 이런 데서 자객이 두건으로 얼굴을 가리고 그를 기다릴 리는 없었다. 주상모는 모처럼 느긋하게 주위를 구경하면서 말을 몰았다.

*

저녁놀에 물든 바다는 황토 들판처럼 보였다. 윤누리는 그 들판을 둘러싸고 있는 섬에서 고향의 산줄기를 떠올렸다. 한때는 농사지으며 다물이와 살 꿈에 젖어 지냈다. 어머니 명으로 고향을 떠날 때 그 꿈에 금이 갔으나 그걸 버리지 않았다. 다물이도 버리지 않았다는 걸 알았다. 쌍학이 새겨진 흙구슬을 주었던 것이다.

돛배의 쌍돛은 바람에 부풀어서 항아리의 어깨처럼 팽팽했다. 스승과 함께 탐진나루를 떠나온 지 벌써 이레째였다. 밤에는 정박하고 낮에만 나아가는데 오늘은 아직 포구에 닿지 않았다.

달은 섬 위에 큼직한 대접처럼 떠 있었다. 대접 안에는 흑상감을 한 듯한 무늬가 있다. 옥토끼가 계수나무 아래서 방아를 찧고 있는 무늬이다.

뱃전으로 운달이가 나왔다. 주상모는 개경으로 가는 돛배를 타지 않았지만 운달이는 탔다.

"누리, 자네는 바다를 좋아하는군."

운달이는 윤누리가 스물아홉 살로 자신과 동갑이란 걸 알고 벗하고 지내자며 진즉 말을 텄다.

"자주 눈길을 주기야 하지."

"그게 바로 좋아하는 거야. 바다보다야 쌍학이 그려진 흙구슬을 좋아하지만."

"남 훔쳐보길 좋아하는군."

"이야기꾼은 다른 사람에게 관심이 많지. 나는 관심이라고 여기는데 남들은 훔쳐본다고 말하기도 해. 오늘 아침에도 자네가 흙구슬을 내던지는 것에 관심을 두었지."

윤누리는 바다의 일출을 보다가, 자주 만져서 흙가루가 떨어져 나와 쌍학이 흐릿해져가는 흙구슬을 해에게 보내기로 했다. 뱃전으로 가서 흙구슬을 해에게 던졌다. 쌍학이 해를 향해 날아가는 걸 눈앞에 그리면서 합장했다.

"아침에 나는 흙구슬의 쌍학을 해에게 날려 보냈다네."

"나는 자네가 흙구슬을 바다에 던진 줄 알았어. 절대 잃어버리지 않게 바다 밑바닥에 숨겨두려고 말이야. 그런데 전혀 아니었구먼. 하긴 쌍학이 새겨진 것인데 해에게 보내야지."

"운달이 자네는 쌍학을 해에게 날려 보낸 적이 없나?"

"없네."

"자네는 어제 하늘을 올려다보고 있었어. 그리운 짝이 있어서가 아닌가?"

"하늘의 구름을 보고 있었다네. 구름은 머물지 않아. 그렇게 해서 하늘을 살리지. 구름이 흐르지 않으면 하늘은 죽은 것이야. 구름처럼 이야기도 늘 움직여서 세상을 살려. 이야기가 흘러다니니까 세상이 살아 움직이는 거라고. 사람이 제 이야기만 하고 남의 걸 듣지 않으면 이야기들이 움직이지 못하게 돼. 그건 죽은 세상이야."

"이야기 이외에 좋아하는 건 없나?"

"멀리 떠나는 걸 좋아하지. 거기서 다른 이야기를 만날 수 있기 때문이기도 하지만 멀리 떠나는 일 그 자체가 바로 이야기이니까."

윤누리는 청룡요에서 일하면서 멀리 떠나고 싶을 때 바다를 보았다. 바다 건너로 가려는 게 아니라 바로 그 바다에 가보고 싶었다. 가마에서만 일해야 하는 도공에게는 담 너머의 바다도 머나먼 곳이었다.

윤누리는 달빛이 스며든 바다를 보았다. 지금 바다는 머나먼 곳이 아니라 깊고 넓었다.

"바다는 왜 이렇게 깊고 넓을까?"

"바다는 하늘을 좋아해서 깊어졌어. 마음속에 하늘을 담아야 하거든. 그리고 바다는 뭍을 좋아해서 넓어졌어. 수만 리나 떨어져 있는 뭍과 뭍을 모두 만나려면 그만큼 넓어져야 하거든. 사람도 누굴 좋아하면 깊어지고 넓어지지. 바다가 되는 거라고. 내 보기에 윤누리 자네는 이미 바다가 돼 있어. 자, 그 바다의 이야기를 들어볼까."

"내 이야기는 익지 않은 열매에 불과하다네."

"풋살구는 시고 땡감은 떫지만 그것도 한 맛이지."

"언제 한번 시고 떫은 열매나마 내어놓도록 하지. 하지만 지금은 아니야. 이렇게 보름달이 뜬 바다에서는 잘 익은 열매의 맛을 보고 싶거든. 운달이, 자네 이야기 주머니 속에 든 바다 이야기를 하나 꺼내봐. 잘 익은 것으로 말이야."

"내 얘기들은 공짜가 아니야."

"값을 치르지."

"상감청자로 줘."

윤누리는 탐진에서 상감청자 가마를 찾아다니면서 때로는 사들이고 때로는 얻어서 스무 점이 넘는 상감청자를 가지고 있었다.

"상감청자를 주지. 당장은 아니고 개경에서 왕과 대신들에게 보여주어야 하니까 그 후에 자네에게 줄게."

"왕과 대신들에게 보여주면 그들이 모두 가져가. 그 전에 내게 하나만 줘."

"그렇게 상감청자를 좋아하면 탐진에서 몇 점 사지 그랬어?"

"이야기꾼이 다점에서 얘길 해서 하루에 얼마나 번다고 생각하나? 세끼 밥 챙기기도 힘들어."

윤누리는 상감청자 다완 둘 가운데서 하나를 그에게 주기로 했다.

"상감청자 한 점을 줄게. 스승에게는 비밀로 해줘."

"고작 열두 살 더 먹은 사람이 스승은 무슨 스승이야? 나는 처음에 둘이 밤이면 비역질 치는 사이로 알았어."

윤누리가 그의 멱살을 잡았다. 주먹으로 턱을 뭉개버리려고 할 때 운달이가 웃었다.

"농담이야."

윤누리가 멱살을 놓자 운달이가 물었다.

"내게 준다는 상감청자가 뭐야?"

"다완이야."

"누가 만든 다완인데?"

윤누리는 그 도공의 이름을 알지 못했다. 그가 물었으나 저쪽에서 대답하지 않았던 것이다. 이름 대신 다완을 하나 더 주었다. 다완은 비색이 은은하고 개구리 무늬가 새겨져 있다. 개구리는 하얀색인데 눈은 까만색이다. 앉아 있는 개구리는 화두를 잡고 선의 삼매경에 빠진 선승을 떠올리게 한다. 어쩌면 다완을 만든 도공은 예전에 선승이었는지도 모른다.

운달이가 또 물었다.

"누가 만든 다완이냐고?"

"그거야 도공이 만든 거지."

"도공 누구?"

"그는 이름을 말하지 않았어."

"상감은 도공이 청자에 제 이름을 새긴 거와 같아. 무늬를 보면 누가 상감한 것인지 금방 알 수 있으니까. 그런데도 자네는 그걸 보고도 누구인지도 모른다고? 자네, 도공이긴 한 거야?"

"내가 상감청자 도공이라고 이미 말했잖아?"

"거짓말일 수도 있지."

"내가 자네를 속이려고 해도 자네는 속지 않을 사람이야."

"천만에, 거짓말은 때로 귀신도 속여. 내가 이야기꾼이라서 그걸 잘 알지."

"자네 이야기에는 거짓말이 많은 모양이로군."

"참말도 있고 거짓말도 있지. 참말과 거짓말을 아울러야 이야기가 되거든."

운달이는 윤누리에게 해줄 이야기를 고르려고 입을 다물었다. 저 앞에 뭍의 불빛이 보였다. 돛배가 불빛으로 나아가고 있었다.

*

"저는 윤누리입니다. 전라도 장흥부의 탐진에서 왔습니다."

"장흥은 내 고향이다. 나는 천관산 아래에서 태어났느니라."

대비의 목소리는 윤누리가 이곳 후덕전(厚德殿)에 들어올 때 상상했던 것과 달리 여느 여인과 엇비슷했다.

후덕전은 정궁 서북쪽에 있다. 뒤에다 송악산을 두고 동남쪽으로 중원의 사신을 맞이하는 건덕전을 바라본다. 정궁의 여느 전각보다 작고 단청도 수수하다. 대비가 후덕전이라는 이름에 걸맞아야 한다면서 단청을 수수하게 하라고 명했던 것이다.

대비가 찻잔을 들어 차를 한 모금 마시자 청허가 비단 보자기 셋을 내밀었다. 보자기에는 그와 윤누리가 고른 상감청자가 하나씩 들어 있다. 찻잔, 정병, 대접이다. 찻잔은 윤누리가 학을 상감한, 탐진에서 개경으로 처음 들어왔던 그 찻잔이다.

대비가 손짓하자 궁녀가 비단 보자기 하나를 풀었다. 찻잔이 드러났다. 대비가 찻잔을 한참 살펴보았다. 대비가 또 손짓하자 궁녀가 보자기를 풀어 정병을 꺼내놓았다. 정병에 버드나무와 해오라기가 새겨져 있다. 무늬는 하얀색이어서 정병의 풍경은 가을 억새밭처럼 밝다.

대비가 정병을 들고 살펴보았다.

"도공에게 묻겠다. 왜 버드나무와 해오라기이냐?"

"그것들은 물가에서 삽니다. 정병이 맑은 물을 담는 그릇임을 말해주고 있습니다."

"네가 새긴 것이냐?"

"탐진의 어떤 도공이 새긴 것입니다. 그는 탐진에서 버드나무와 해오라기 무늬를 가장 잘 새깁니다."

"무늬는 이 병의 쓰임새를 말해주는 것만이 아니로구나. 이 병을 누가 만들었는지도 말해주는 것이로구나."

"그러하옵니다."

대비가 청허에게 눈길을 돌렸다.

"무늬가 곧 도공의 이름이라고 청허도 생각하는가?"

청허가 머리를 조아렸다.

"무늬가 항상 그런 것은 아니지만……"

"궁궐에서 쓰는 그릇에는 그걸 만든 자의 이름을 넣을 수 없다."

"상감청자의 무늬는 단순한 이름이 아닙니다. 아름다운 이름이지요. 그 이름을 대비께서는 받아주실 거라고 여겼습니다."

"아름다운 이름이라……"

대비가 비단 보료에 정좌했다. 비단은 경상도에서 온 것으로 중원의 고소성(소주)에서 온 것처럼 결이 고왔다.

"나는 열다섯 살에 혼처를 정했으나 상대가 요절하는 바람에 시집가지 않았다. 이자겸을 쫓아낸 왕은 후궁에서 이자겸의 딸들도 쫓아냈다. 후궁의 주인을 새로 뽑았다. 그때 나는 후궁의 주인으로 들어왔고 왕자와 공주를 낳았다."

윤누리는 대비가 뭘 말하려고 자신의 과거를 들먹이는지 알 수 없었다. 옆에서 청허도 입을 다물고 있었다.

대비가 다시 입을 열었다.

"이자겸의 딸들이 쫓겨나가지 않았다면 나는 궁으로 들어오지 못했다."

그 말을 듣고서야 윤누리는 대비가 에둘러 말하는 걸 알아챘다. 비색 청자를 밀어내야만 상감청자가 궁궐에서 쓰일 거라는 거였다.

대비가 윤누리를 쳐다보았다. 비색 청자를 밀어낼 방법이 있느냐고 묻고 있다는 걸 윤누리는 알았다. 그는 스승에게서 비색 청자를 없애야 한다는 말을 대비 앞에서 해서는 안 된다고 들었다. 대비가 비색 청자를 몹시 아끼는데 그걸 폄하하는 말을 하면 신노하리라는 거였다.

윤누리가 입을 다물고만 있자 청허가 고개를 들었다.

"비색은 티 없이 맑은 하늘의 색이지요. 그런 색을 지닌 청자를 어찌 밀어내겠습니까?"

"상감청자를 궁궐에서 써야 한다고 생각해서 그대는 탐진에서 도공을 데려온 것 아닌가?"

"상감청자는 백성이 새로 만들었는데 고려에만 있습니다. 송나라, 천축, 그 너머의 대식국에도 없습니다. 흥화진(의주) 너머의 요나라, 바다 건너의 왜국에도 물론 없고요. 이런 그릇을 대비께 말씀드릴 도공이 있어야겠기에 데려왔습니다."

대비가 정병을 들어올렸다.

"고려에만 있는, 백성의 새 그릇이라."

청허가 고개를 숙였다.

상감청자 셋을 대비에게 바치고 나서 청허와 윤누리는 후덕전에서 나왔다. 둘은 두리기둥이 줄지어 서 있는 회랑을 따라 걸었다. 회랑 저 끝에서 주상우가 오는 걸 보고 청허가 걸음을 멈추었다. 윤누리가 스승 뒤에 섰다.

"나리, 오랜만에 뵙습니다."

청허의 인사를 건성으로 받으면서 주상우는 윤누리를 훑어보았다.

"자네는 누구인가?"

"윤누리입니다. 상감청자 도공이지요."

주상우는 윤누리와 눈길이 마주쳤다. 젊은 도공답게 눈빛이 꿈틀거렸다. 이런 도공이니까 상감청자를 만들고 있으리라.

상감청자 찻잔 만든 놈을 조용히 베어버리고 오라고 했더니 주상모는 엉뚱한 창고지기를 베고 돌아왔다. 창고를 제대로 지키지 못한 놈이니까 죽어야 한다는 거였다. 주상우는 상감청자를 만든 놈이 죽은 걸 확인했으면 됐지 왜 창고지기를 건드렸느냐, 함부로 사람을 죽인다는 소문이나면 내가 얼마나 곤란해질지 생각은 해보았느냐, 하고 동생한테 퍼부었다. 동생을 벼슬아치로 내보내지 않기를 잘했다고 다시금 확인했다. 벼슬아치가 됐으면 마구잡이로 화살을 쏘아댔을 놈이었다. 그 화살에 남보다 형인 자신이 먼저 맞았으리라.

주상우는 탐진으로 동생을 보내면서 다른 속셈을 지니고 있었다. 자객을 보내는 정적이 누구인지, 동생을 미끼로 알려고 했다. 동생만 달랑 보내서는 미끼가 될 수 없었다. 그는 자신이 간다고 이야기꾼을 내세워 소문을 냈다. 그래놓고 며칠 병가를 얻어 집에서 쉬었다. 그가 관아에 나오지 않는 걸 알게 되면 정적은 소문을 믿게 되고 그냥 있지는 않을 터였다. 자객이 움직이면 정적이 누군지 알 수도 있었다.

탐진에서 돌아온 동생은 자객들이 습격해왔다고 말했다. 그들은 자신을 형으로 오해하고 죽이려 했다고 덧붙였다. 그 자객을 누가 보낸 것인지는 알아내지 못했다. 개경의 염탐꾼도 이번에 누가 자객을 보냈는지 알아내지 못했으므로 주상우는 답답했다.

동생보다 이레 먼저 개경으로 돌아온 청허는 공부의 청자 창고로 찾아오지 않았다. 주상우는 청허 주위에 염탐꾼을 보냈고 오늘 청허가 제자와 궁궐로 들어갔다는 걸 알아냈다. 그들을 만나려고 후덕전 근처와 와 있었다.

주상우가 윤누리에게 말했다.

"청룡요에서 궁궐로 온 찻잔들 가운데 하나가 상감청자였다. 누가 무슨 연유로 그렇게 했다고 생각하느냐?"

윤누리는 대비를 만났을 적 스승이 했던 말을 떠올린 후 입을 열었다.

"상감청자는 백성이 새로 만든 것인데 중원이나 왜에는 없지요. 이런 상감청자를 청룡요의 젊은 도공은 지극히 고귀한 분께 보여드리고 싶었을 것입니다."

주상우는 젊은 도공이란 말을 되새겼다. 청허는 난리 때 죽은 늙은 도공이 범인이라고 동생에게 알려주었다는데 윤누리는 젊은 도공이라고 했다. 상감청자 같은 새로운 그릇은 늙은이보다는 젊은이가 만들기 십상이다. 눈빛이 꿈틀거리는 이 윤누리 같은 젊은이가.

상감청자 찻잔을 궁궐로 보낸 놈이 윤누리가 아닐까, 하는 의심이 들었다. 동생이 베어버렸어야 할 놈은 바로 이놈이었는지도 모른다. 동생은 엉뚱한 놈을 베고 엉뚱한 여자를 데려왔다. 제 처남댁 마을에서 만났다는 천민 여자로 이름은 다물이었다. 눈이 맑은 계집이어서 데려왔노라고 했다. 주상우는 다물이는 아예 보지도 않고 혀만 차대고 말았다.

"네 스승은 늙은 도공이 상감청자를 만들었다고 했다. 너는 젊은 도공이 만들었다고 하고. 누구 말이 옳은 것인가?"

윤누리가 대꾸하기 전에 청허가 끼어들었다.

"청룡요에서는 여러 도공이 일합니다. 모든 청자에 젊은 도공과 늙은 도공의 손길이 함께 들어가지요. 그 손길 가운데서 나는 늙은 도공의 것을, 제자는 젊은 도공의 것을 본 것이지요."

"감별관은 천릿길의 여독을 푸느라고 며칠 쉬었겠지요. 다리의 여독이 풀렸는지 어쨌는지는 모르겠지만 입의 여독은 풀린 듯하군요. 하긴 입의 여독이 풀렸으니까 내게는 돌아왔다는 걸 알리지도 않고 대비께 인사하러 갔겠지만."

"개경에 도착해서 나리를 찾지 않은 것은 주상모가 오지 않았기 때문입니다. 일행을 이끈 주상모가 돌아와서 나리께 자초지종을 아뢰기 전에 내가 나서는 것은 순서에 어긋난다고 믿었습니다."

"그래, 감별관은 순서를 잘 지켰지. 관아의 벼슬아치보다 궁궐의 대비를 먼저 찾았으니까."

"나랏일을 마치고 돌아왔다고 알려드린 것뿐입니다."

주상우가 청허를 노려보았다.

"그렇게 나랏일을 염두에 두고 사는 사람이 이번에는 경우에 어긋나는 짓을 했군요."

"뭘 말씀하시는지?"

"상감청자가 궁궐에 들어오지 못하는데 그 도공을 데리고 온다? 이건 나랏일을 하는 사람으로서 경우에 어긋나는 짓 아닌가요?"

청허는 이 대목에서 밀릴 수 없었다. 그러면 윤누리의 목숨은 물론이고 자신의 지위도 날아갈 수 있었다.

"나리께서는 송나라 정호와 정이의 학문을 공부하셨다고 들었습니다. 나는 글자 몇을 아는 정도라서 그 두 분의 책은 읽지 못합니다.《논어》를 군데군데 읽는 정도이지요. 《논어》라고 해도 후대 학자가 주석을 달아놓은 책은 아예 쳐다보지도 못하지요. 그래서 한때 궁금했답니다. 나리 같은 분들이 주석된 《논어》를 읽을 때 공자 말씀부터 읽는지 학자의 주석부터 읽는지."

"그거야 당연히 공자 말씀부터 읽지요. 주석은 덧달아놓은 것 아니오?"

"대비께서도 주석은 덧달아놓은 거라고 말씀하셨지요. 다양한 고려청자를 예로 들기도 하셨어요. 도공이 《논어》라면 다양한 고려청자는 여러 주석이라고. 그래서 나는 도공부터 데려온 것입니다. 상감청자가 궁궐에 들어온 후에야 도공을 데려오는 것은 순서가 뒤바뀐 일이 아니겠습니까?"

*

중미정(衆美亭)의 남쪽 연못에는 연잎이 넘실거리고 군데군데 꽃봉오리가 올라와 있었다. 연못가의 금빛 차일 아래 왕이 보료에 앉아 있었다. 왕의 좌측에는 문하시중을 비롯한 대신들이, 우측에는 내시들이 자리했다. 대신과 내시들 모두 연못 쪽으로 얼굴을 돌리고는 있었으나 눈길은 제각각이었다.

왕이 꽃봉오리를 건성건성 보고 나서 우측으로 고개를 돌렸다.

"덥구나. 내일은 보현원으로 놀러 가볼거나."

왕의 말에 내시 한 명이 나섰다.

"그곳의 연꽃이 아름답지요."

"연꽃이 아름답다? 네 나이가 약관에도 이르지 않았거늘 벌써 연꽃의 아름다움을 알다니 놀랍다. 약관을 넘은 짐은 아직도 여자만 아름답다고 여기고 있는데 말이다. 여자 아닌 다른 데도 아름다움이 있을 거라고 여겨서 연꽃을 보러 왔다마는 여자만 못하구나."

내시가 머리를 깊이 숙이고 서 있었다.

"너를 두고 놀랍다고 하였다. 네가 이곳에 있으면 짐이 계속 놀라게 된다."

내시가 차일 밖으로 나갔다.

대제학 김병욱의 뒤편에 앉아 있는 주상우는 술을 입에다 부었다. 국화 향기가 입안에 퍼졌지만 별로 술이 내키지 않았다. 오늘 아침에도 동생과 말싸움을 벌였다. 동생은 탐진에서 데려온 다물이를 데리고 방 안에서 추행하고 있었다. 다물이가 반항하다가 울부짖다가 하는 소리가 뒤뜰까지 흘러나왔다. 주상우는 동생을 불러서 나무라지 않을 수 없었다. 동생이 벼슬로 나가지 못해서 맺힌 마음을 이렇게라도 풀어야지 어떻게 하느냐고 따졌다. 모처럼 앙칼진 여자를 만났더니 색다른 맛이 있다고 히죽거렸다.

왕이 술잔을 비우고 나서 내시에게 그 잔을 채워 문하시중에게 가져다주라고 명했다. 문하시중이 잔을 비우자 왕이 말했다.

"전라도와 경상도 몇 곳이 시끄럽다고 들었소. 그곳에 연꽃이 없어서인가요?"

"신이 술을 마셔서 폐하의 선문답에 나서기가 주저되옵니다."

"말하기 좋아하는 간관들이 와 있을 터. 짐에게 격구를 멀리하라고 떠든 그 간관에게 물어보고 싶소."

"그 간관은 연회에 참석하지 않았습니다."

왕이 대신들을 휘둘러보고 나서 대제학을 불렀다. 김병욱이 왕 앞으로 와서 머리를 조아렸다.

"대제학은 국자감에서 많은 책을 읽었을 테니까 짐의 물음에 답할 수 있을 것이오."

"신은 대학을 읽은 정도입니다. 폐하의 물음에 제대로 답할 수 있을지 걱정입니다."

"전라도와 경상도에서 도둑 떼가 일어났소. 왜 그런 것이오? 그곳이 다른 곳보다 연꽃이 적어서인가요?"

"연꽃이 많아서이지요. 향리들이 집에 연못을 파고 절에 연등으로 연꽃을 피웠어요. 이렇게 연꽃이 넘쳐나게 하다보니 돈이 부족했지요. 양민들에게 세금을 많이 거둬들일 수밖에요. 세금을 내지 않은 양민을 잡아들여 두들겨 패고 그들의 전답과 집을 뺏었고요. 유랑민이 된 양민들은 굶주리다가 부자네로 밀고 들어가지요. 그들을 도둑 떼라고 부릅니다. 신이 보기에는 연꽃을 가까이하는 자들이야말로 도둑 떼이지요."

연못의 연잎이 거센 바람에 뒤집어져 허연 색깔을 드러내듯 대신과 내시 들의 얼굴은 김병욱의 말에 허옇게 변했다. 왕은 거센 바람을 맞은 듯이 눈살을 찌푸렸으나 바람을 보내자마자 제자리를 잡는 연잎처럼 이내 얼굴을 폈다.

"대제학은 정호와 정이의 글은 자주 읽어도 대각국사 의천의 서책은 구경한 적도 없나봅니다. 짐은 대각국사가 머물렀던 흥왕사에 자주 가는 터라서 대각국사 문집을 읽었어요. 짐처럼 대제학도 그걸 읽다보면 연꽃을 가까이하게 될 텐데. 연꽃에 가까이 다가가다 보면 양민의 전답을 밟게 되는 경우가 있다는 것도 알게 되고."

"향도 오래되면 썩은 냄새가 나지요. 그런 연유로 송나라에서는 많은 학자들이 《논어》를 새롭게 읽어서 세상을 밝히려고 하고 있습니다. 신

또한 그렇게 하고 싶어서 송나라 학자들의 책을 읽고 있습니다마는, 아
둔하여《대학》한 권을 쉬 넘기지 못하니 다른 책을 볼 겨를이 없습니다.”

“밤낮으로《대학》만 읽지는 않을 터.”

“차도 마시지요. 요즘은 찻잔이 맘에 들어 자주 마십니다.”

“찻잔은 어떤 것이오?”

“상감청자 찻잔입니다.”

왕이 허리를 꼿꼿하게 세우고 앉았다.

“대제학은 윤허 받지 않고 중원의 서책을 들여와서 읽다보니 다른 일
도 다 그렇게 처리하는 모양이오. 고려의 인재를 길러내는 국자감에서
비색 청자 대신 상감청자를 쓰는 일을 멋대로 정할 수 있소?”

“신은 국자감의 그릇을 상감청자로 바꾼 게 아닙니다. 신의 찻잔만 바
꾸었습니다.”

“왜 바꾸었소?”

“무늬가 아름다워서입니다.”

“아름답다?”

“예, 학이 날고 있지요. 학은 흑백으로 상감돼 있는데 세상을 움직이는
이(理)와 기(氣)처럼 어우러져 있습니다.”

“대제학이 도공을 시켜서 그렇게 만들게 했소?”

“대비께서 찻잔을 내려주셨습니다.”

못가 버드나무에서 매미가 울었다. 매미 소리는 해금을 배우는 기녀가
아는 가락을 반복해서 켜는 듯했다.

“대비가 대제학에게 상감청자 찻잔을 주었다면 그것을 몇 점 가지고
있는 모양이군요?”

“탐진을 다녀온 청허가 상감청자 몇 점을 올렸다고 알고 있습니다. 탐

진의 가마 여러 군데에서 상감청자가 만들어지고 있었답니다."

"공부의 시랑이 상감청자 찻잔을 만든 도공은 청룡요에서 죽었다고 했을 때 짐은 상감청자가 없어진 줄 알았소."

"청룡요만 생각하시다가 다른 수백 개의 가마는 잠시 잊으신 거겠지요."

"상감청자가 궁궐로 들어오지 않는다고 해도 개경으로는 밀려들겠군요."

"그러겠지요. 폐하께서는 어찌하시겠습니까?"

"대제학은 어찌하겠소?"

"우선 상감청자가 무엇인지 알아야지요. 그래야 상감청자를 사용하든지 깨뜨려버리든지 결정할 수 있을 테니까요. 마침 청허가 탐진에서 상감청자 도공을 데려왔답니다. 그 도공을 조정으로 불러서 상감청자에 관해 물어보고 싶습니다."

"그 도공을 지금 당장 이리 불러들입시다. 대신들 생각은 어떻소?"

대신들은 못가의 버들가지처럼 눈길을 내려뜨리고만 있었다.

"대제학의 생각은 짐과 같지요?"

"폐하, 이곳은 연꽃을 구경하는 자리입니다."

"연꽃이 아직 피지 않았소. 술을 마시는 동안 피겠지 하고 술자리를 만들어도 피지 않았소. 연꽃은 다음에 보기로 하고 오늘은 상감청자 도공이나 만나봅시다."

"노는 곳에서 국정을 논하게 되면, 조정에서 노는 일을 들먹이게 됩니다."

"정 그렇다면 놀아야겠군."

왕이 손짓하자 연못가에서 기생들이 춤추기 시작했다. 넓은 소매가 너울거리는 게 연잎이 바람을 타고 있는 듯했다.

주상우는 기생들의 춤을 건성으로 보면서 왕과 김병욱이 상감청자를 가지고 나눈 대화를 하나, 하나 되새겨보았다. 자신이 왕에게 질책당할 일은 없을 듯했다. 만약에 상감청자로 세상이 시끄러워진다면 그때는 청허를 벌해야 한다고 주청해야 하리라. 청허가 상감청자 도공을 개경으로 데려온 것을 죄목으로 지목하면서.

기생들의 춤이 끝나자 왕이 금빛이 번뜩이는 부채를 들어 대신들을 겨냥했다.

"수박희(택견)가 어떻소?"

대신들이 머리를 숙이자 왕이 일어섰다. 비단으로 감싼, 살이 올라 있는 몸이 당당하게 보였다.

"수박희는 말 그대로 손을 서로 마주치며 하는 거지요. 고장난명을 되새겨보자는 뜻도 여기에 담겨 있지요."

내시들이, 담 밖에서 중미정을 지키고 있는 젊은 무신들을 데리러 갔다.

연못가에 멍석이 깔렸다. 그 위로 교위와 대정이 웃통을 벗고 올라갔다. 왕이 손뼉을 치자 그들은 서로 노려보며 빙빙 돌기 시작했다. 팔을 약간 늘어뜨리고 허리는 조금 구부린 모습을 보면 원숭이가 걸어가는 것 같다. 그런 자세를 갖춰야만 어느 곳으로든 손을 내뻗을 수 있다. 교위가 주먹으로 대정의 허리를 내리쳤다. 대정이 허리를 뒤로 밀어 그걸 피하고 잽싸게 발을 뻗어서 어깨를 공격해 들어갔다. 교위는 어깨를 피하지 못하고 맞았다. 교위가 아래 품계인 대정에게 맞아서 비틀거리자 문신들이 박수를 치고 웃음을 터뜨렸다. 한 명이 밀고 들어오면 다른 한 명이 피하고 이쪽에서 주먹으로 내리치면 저쪽에서 손끝으로 찌르면서 수박희는 이어져갔다. 그러다가 교위가 가슴에 대정의 발길을 맞고 쓰러졌다. 쓰러진 몸뚱이가 흙먼지를 피워올렸다. 문신들의 박수와 웃음이 터져나왔다.

수박희가 끝나자 왕은 무신들을 정자의 담 밖으로 물러나게 했다. 문신들과 시회를 열겠다고 내관에게 지필묵을 준비하라고 일렀다. 내관이 지필묵을 준비하는 동안 상감청자를 얘기해보자고 왕이 대신들에게 말했다.

형부 상서가 왕에게 허리를 굽혔다.

"천하의 만물은 중원에서 나옵니다. 청자 또한 중원의 월주요에서 나왔습니다. 그 월주요 자기에 상감청자는 없습니다. 고려에만 있는 자기여서 귀한 것이라고 떠드는 무리는 묘청의 잔당입니다. 중원과 다른 연호를 쓰고 중원과 맞서야 한다고 떠들었던 묘청이 토벌된 지 언제인데 아직도 그와 비슷한 말이 조정에서 나오고 있단 말입니까?"

상서가 김병욱을 노려보았다. 김병욱이 입을 열었다.

"천지의 만물은 백성에게서 나옵니다. 비색 청자 또한 그들에게서 나온 것입니다. 상감청자도 마찬가지입니다. 백성이 이렇게 다른 물건을 만들어내는 것은 그들이 하늘이자 땅이기 때문입니다. 백성은 하늘과 땅 사이에 있는 게 아니라 바로 하늘이자 땅입니다. 하늘과 땅처럼 그들도 매일 새롭게 변하고 새로운 물건을 만들어냅니다."

상서가 고개를 절레절레 흔들었다.

"백성도 새롭게 변한다고 하셨소? 아니오. 백성은 가르침에 따를 뿐이오."

"그 가르침이라는 게 무엇이오?"

"대제학은 정호와 정이의 책을 읽고 근래에는 주희까지 들먹이더니 공맹(孔孟)의 가르침을 잊은 듯하오. 허나 국자감에서 가르치는 것은 《논어》와 《맹자》이니 그 가르침을 잊어서는 안 될 것이오."

"공맹의 가르침이 뭐라고 생각하시오?"

"삼강오륜은 고려의 아이들도 아는 것이오."

"삼강오륜은 공맹의 가르침에 관한 한나라 동중서의 의견이오. 그 후 중원에서 여러 나라가 흥망을 거듭했고 여러 학자들이 공맹의 가르침에 관해 다른 의견을 내어놓았소. 고려에서도 또한 여러 학자들이 그랬지요. 그들은 역사에서 배우고 시대에 맞게 그걸 익혀서(學而時習之) 백성과 더불어 즐거워하고자 하였소. 동중서에게 천 년이나 묶여 있는 고루한 자들을 안타까워하면서."

"시대에 맞게 익히는 게 아니라 때로 익히는 것이요. 대제학은 어찌 《논어》의 첫 구절도 해석을 못 하시오."

"같은 해석만 답습하는 자들이 동중서를 천 년이나 떠받들어왔지요."

"어허, 대제학."

상서가 숨을 씩씩거렸다. 김병욱이 왕에게 고개를 돌렸다.

"상감청자는 백성이 만든 새로운 그릇입니다. 앞으로 궁궐에서 상감청자를 써야 합니다."

주상우는 왕을 훔쳐보았다. 왕은 허공의 한 점에다 시선을 모으고 있다. 신하들의 말을 듣고 있는지 다른 생각에 빠져 있는지 알 수 없다.

형부 상서가 목소리를 높였다.

"폐하."

왕이 말해보라는 뜻으로 손을 살짝 들어올렸다.

"상감청자에는 무늬가 새겨져 있습니다. 천민인 도공이 새겨 넣은 무늬입니다. 왕족, 귀족, 중인, 양민, 천민이 뚜렷하게 나누어지는 고려에서 천민의 무늬는 왕족의 물건에 새겨질 수 없는 것입니다. 이런데도 상감청자를 궁궐에서 쓰시겠습니까? 만약에 이를 강행한다면 이는 태조대왕 이래의 국법을 어기는 것입니다."

형부 상서는 국법까지 끌어대고 있었으나 주상우가 보기에 상서가 상감청자를 반대하는 것은 그의 가마에서 비색 청자만 생산하고 있기 때문이었다. 상서의 가마는 탐진에서 다섯 손가락 안에 들 정도로 크다. 이곳에서 만들어지는 비색 청자를 고려는 물론 왜국의 상인들한테도 판다. 탐진에서 왜국 상인들에게 비색 청자를 가장 많이 파는 곳으로 그의 가마가 알려졌다. 고려 조정에서 상감청자를 쓰기로 한다면 왜국 상인들도 상감청자를 사려고 하리라. 계속 비색 청자를 사간다고 해도 이전보다 싼 값에 가져가려고 할 것이고.

상서가 상감청자를 궁궐에 들여놓을 수 없다고 다시 한 번 말했다. 주상우는 왕의 응대가 궁금했으나 왕은 말이 없었다.

"폐하, 상감청자를 만들지 못하게끔 어명을 내리소서."

상서가 소리쳤다. 그러자 대부분의 대신들이 입을 모아서 어명을 내리소서, 하고 외쳤다.

왕이 눈길을 허공에서 형부 상서에게 돌렸다.

"상서, 천민의 물건이라고 해서 궁궐에 둘 수 없다는 말은 받아들일 수 없소. 궁궐의 그 많은 비단옷은 천민이 치는 누에에서 시작한 것 아니오?"

"그 비단은 천민의 손에서 나왔지만 그곳에 천민의 무늬는 없습니다. 그걸 어떤 천민이 만들었는지 알 수 없지요. 상감청자는 다릅니다. 거기에는 무늬가 있습니다. 그 무늬를 보면 어느 도공이 새겼는지 안다고 합니다. 상감청자에는 그걸 만든 도공의 이름이 새겨져 있다고 할 수 있지요. 궁궐의 물건에 천민의 이름이 새겨져 있다는 것은 불가합니다."

"상서의 말을 대제학은 어떻게 보시오?"

"서예에서 필체는 곧 그 사람입니다. 필체로 누가 글을 썼는지 알 수 있으니까요. 그런데 필체에서 중요한 점은 누가 썼는지 알 수 있다는 게 아닙니다. 특별하고도 아름다운 필체이냐 아니냐 하는 것입니다. 문종 시의 유신과 선왕 시의 탄연, 이들의 글씨를 신품이라고 하는 것은 특별 하고도 아름다운 필체이기 때문이지요. 상감청자도 마찬가지입니다. 여 기에서 중요한 점은 무늬를 새긴 자를 알 수 있다는 게 아닙니다. 특별하 고도 아름다운 무늬를 이루었느냐 아니냐 하는 것이지요. 그 무늬가 폐 하의 맘에 든다면 받아들이세요. 그렇지 않다면 내치시고요."

"짐이 상감청자를 한번 보아야겠소."

*

이른 아침부터 매미 소리가 사랑채로 밀려들었다. 주상우는 잠시 붓 을 놓고 뒤뜰의 오동나무를 건너다보았다. 그가 어릴 적에 아버지와 함 께 심은 오동나무였다. 오동나무를 심고 나서 아버지가 알려주었다. 봉 황은 대나무 열매를 먹고 오동나무에 깃든다. 주상우는 오동나무에 봉 황이 날아들기를 바랐다. 오동나무는 이파리를 펼치고 그 아래서 그는 책을 펼쳤다. 오동나무는 커나갔고 책은 쌓여갔다. 오동나무에서 봉황을 만날 거라는 생각은 버렸다. 봉황은 오동나무 아닌 책에 깃들어 있었던 것이다.

주상우는 다시 붓을 잡았다. 그가 어제부터 가다듬고 있는 글은 왕께 올리는 상서였다. 신하 상우가 아뢰옵니다(臣相祐言), 하고 여느 상서처럼 평범하게 시작하지만 그 내용은 특별했다. 상감청자를 받아들이지 않고 계속 비색 청자만 고집하는 형부 상서 뒤에는 청자 상인이 있다. 상인은 상전인 상서의 위세를 빌어서 관아와 역과 사찰에 비색 청자를 판다. 또 한 중원의 청자를 밀매하고 있다. 밀매했던 중원의 청자로는 연적이 있다.

형부 상서와 싸우려고 결심한 것은 주상모의 말을 듣고 나서였다. 동생은 탐진에 갔을 적에 처남댁에서 여러 무인들을 만났다고 말했다. 그들에게 자객을 찾아달라고 부탁했지요. 술자리에서 대답은 시원했지만 술이 깬 후에는 나타나지 않았어요. 장사꾼들과 왈패들에게 약속했지요. 자객을 찾아내면 은병을 주겠다. 제가 탐진을 떠날 때까지 그들은 자객을 찾아내지 못했어요. 그런데 며칠 전에 청자 장사꾼이 개경에 왔어요. 그는 형부 상서가 주인인 가마로 청자를 사러 다니는데 그곳을 지키는 무인 둘이 갑자기 사라졌다고 하더군요. 무슨 일을 시켰는데 그걸 처리하지 못해서 죽임당했다는 소문도 들었대요.

　동생은 도대체 왜 형부 상서가 자객을 보냈는지 이해가 되지 않는다고 했다. 동생으로서는 그럴 만했다. 주상우는 벼슬길에 든 이후로 일 년에 서너 번씩 형부 상서에게 뇌물을 보냈고 장흥부사가 될 때도 그의 힘을 빌렸다. 주상우에게 그는 은인이었고 동생도 그런 줄로 알았다. 은인이 적으로 돌아선 것은 송나라의 연적에서 비롯했다.

　송나라의 연적을 주상우가 손에 넣은 것은 장흥부사로 있을 때였다. 어느 날 호장이 그를 찾아왔다. 자신의 사병이 해적선을 잡았는데 거기에 송나라 연적 수백 개가 있었다고 했다. 부사 나리께 드리고 싶습니다. 원래 주인이 누구요, 하고 주상우가 물었다. 도둑의 물건, 어찌 주인이 있겠습니까? 굳이 따지자면 그 도둑을 잡은 사병의 주인이지요, 하고 호장이 웃었다. 누구한테서 훔쳤노라고 해적들이 입을 놀린다면 그에게 돌려주어야 하지 않느냐고 주상우가 말했다. 호장이 입가에 웃음을 잠깐 머금었다. 해적 다섯 놈 모두 혀를 잘라냈습니다. 그 연적이 어디서 왔는지는 알 수 없게 돼버렸습니다. 누구 것인지 알 수 없으나 장흥부에 있는 물건이니 부사 나리의 것이지요. 주상우는 호장의 속셈을 짚어보았다.

호장이 송나라 연적을 손에 넣자마자 내게 주려고 했을까? 호장은 망설였겠지. 자칫 잘못하면 해적선의 물건을 빼돌린 죄로 호장에서 물러나야 한다는 게 행동을 멈칫거리게 만드는 한편 송나라 연적을 팔면 돈이 얼마냐는 계산이 머리에서 떠나지 않고 맴돌았을 터였다. 고민하다가 호장은 결국 내게 왔다. 연적을 몰래 팔아먹지 않고 뇌물로 넘겨주려고. 일방적인 손해는 아니다. 이렇게 줘버리고 그만큼 백성에게 적당한 명목으로 세금을 거둬들이면 되니까. 연적을 삼킨 내가 세금을 걷지 말라고 막지는 못할 터이고. 호장의 속셈을 알고도 주상우는 송나라 연적을 받았다. 워낙 귀한 물건이었던 것이다. 그걸 반년 동안 보관했다. 송나라 연적에 관한 소문은 돌지 않았다. 주상우는 연적을 고스란히 이부 상서에게 보냈다. 중원의 장사꾼한테 은밀하게 사들였다는 서찰과 함께. 이부 상서의 답신을 기다리는데 뜻밖에도 형부 상서에게서 서찰이 왔다. 내 물건을 그대가 이부 상서에게 보내는 건 경우에 어긋나는 짓이다. 앞으로 내가 그대에게 경우에 어긋나는 일을 하더라도 서운해하지 말라. 얼마 후에 주상우는 공부의 시랑이 돼 개경으로 왔다. 조정에서 형부 상서가 그를 자주 공격했다. 그는 형부 상서에게 경고했다. 당신의 청자 장사에 여러 비리가 끼어 있다는 걸 알고 있다. 그걸 터뜨려버리겠다. 형부 상서는 지난날은 잊고 앞으로 잘 지내보자고 했다. 그래서 그가 자객을 보낼 거라고는 생각하지 못했다.

주상우는 상서를 써가다가 잠시 쉬려고 뒤뜰로 나갔다. 오동나무 아래서 바람 소리를 듣고 있을 때 동생이 다가왔다. 어젯밤의 술이 덜 깬 부스스한 얼굴이었다.

"또 술이냐? 그놈의 술은 언제까지 마실 거냐?"

"일감이 있을 때까지요."

주상우는 이번 상서가 받아들여진다면 봉황처럼 크고 화려한 날개를 조정에서 펼 수 있었다. 궁궐의 그릇을 비색 청자에서 상감청자로 바꾸는 것도 어렵지 않으리라. 만약 그렇게 된다면 개경의 권문세가는 물론이고 웬만한 벼슬아치와 부자도 상감청자를 찾을 터. 상감청자가 인삼처럼 비싸질 게 분명하다.

"상모야, 일감을 주려는데 해보겠느냐?"

"드디어 관직이……?"

"돈을 넉넉하게 줄 터이니 탐진으로 가라."

"또 탐진입니까?"

"가마를 사서 상감청자 노공을 모아라."

"도공과 지내라고요?"

"반년만 상감청자와 놀아봐라. 좋은 일이 생긴다."

주상모는 이곳에서 형의 눈치를 보고 사느니보다 탐진에서 지내는 게 나을 거란 생각이 들었다. 더구나 형이 돈을 넉넉하게 마련해준다고 약속까지 했다.

"가겠습니다."

"가마를 살 돈은 모레까지 준비하마."

"글피에 떠나지요."

"다물이라는 계집은 어떻게 하려느냐?"

"계집이 거칠어서 형님께서 계집종으로 쓰기 힘듭니다. 팔아버리는 게 좋을 듯합니다."

주상모가 오동나무 그늘에서 벗어나 대문 쪽으로 걸어갔다. 주상우는 동생의 서두르는 걸음걸이를 보고 벗들을 만나러 가는 거라고 여겼다. 탐진으로 가면 한동안 못 보게 될 터이므로 그들과 술을 마시리라.

"아무도 없느냐?"

주상우가 소리치자 청지기가 달려왔다.

"다물이를 데려오너라."

청지기가 오동나무 아래로 다물이를 데려왔다. 청지기가 다물이의 손을 잡아당겨서 무릎을 꿇으라는 말을 대신했다.

주상우가 다물이에게 물었다.

"남편은 있느냐?"

"사별했습니다."

"여기서 살아야겠구나."

"나가고 싶습니다."

"그렇다면 너를 내보내주마."

주상우는 다물이를 대비의 원찰에 계집종으로 보내기로 했다. 대비의 원찰은 개경에서 북쪽으로 육십 리 떨어진 천마산에 있다. 고려 불교는 화엄종과 천태종이 양분하는데 대비의 원찰은 천태종이다.

주상우는 방으로 들어가 원찰의 주지에게 다물이를 계집종으로 보낸다는 서찰을 썼다. 주지에게 따로 선물도 보낼 참이었다. 그래야 주지가 대비에게 계집종을 보낸 자가 주상우라고 말하리라.

*

송악산의 솔숲이 이어졌다. 달빛은 소나무 우듬지에서 머물러 숲길은 침침했다. 소쩍새 소리는 멀었고 계류 소리는 가까웠다.

윤누리는 청허를 바싹 뒤따르고 있었다. 청허는 집을 나와 이곳까지 오는 동안 입을 열지 않았다. 윤누리는 무슨 말인가 하겠지, 하고 기다렸다.

솔숲을 지나자 너럭바위가 나왔다. 계류가 너럭바위 위를 지나갔다. 계류는 달빛을 머금었다가 토해냈다가 하며 흘러갔는데, 토해낼 때는 이금 산수화의 물결처럼 빛났다. 너럭바위에서 청허가 멈추었다.

"다리쉼을 하면서 땀을 들이자."

"길이 아직도 많이 남았습니까?"

"거의 다 왔다."

"절로 갑니까?"

"다점이다."

윤누리는 이런 산중에 다점이 있느냐고 물으려다가 그만두었다. 이곳은 탐진이 아니라 개경이었다.

"다점에서 어떤 분을 만나게 될 것이다. 그분이 묻는 말에 대답해라. 대답하지 않아도, 대답이 쓸데없이 길어도, 잘못 대답해도 안 된다. 혀가 잘릴 수 있다."

윤누리는 오늘밤 왕을 만난다는 걸 알았다. 이런 날이 오기를 기대했다. 그 장소는 정궁 어디일 테지만 어쩌면 별궁일 수도 있다고 생각해왔다. 송악산 밑자락일 거라고는 짐작도 못 했다. 그리고 왕에게 한마디라도 어긋나면 혀가 잘릴 수 있다는 것도 몰랐다.

"말을 잘한다고 해서 혀가 안전할까요?"

"잘릴 수도 있다. 그분께서 이런 만남이 들먹여지는 걸 바라지 않으신다면."

윤누리는 혀가 잘리기 전에 뭔가 말을 하고 싶었다. 다물이에게 하고 싶은 말이 많다. 그걸 여기서 꺼낼 수는 없다. 스승에게 물어보고 싶은 게 있다. 공부의 청자 창고에서 비색 청자를 볼 때 생각한 것이다. 지금 물어보지 않으면 혀가 잘려서 영영 물어보지 못할 수도 있다.

"제가 묻고 싶은 게 있습니다."

"말해보아라."

"공부의 청자 창고에서 저는 스승님의 청자보다 더 나은 것들을 만났습니다."

"너도 청자를 볼지는 알게 됐구나."

"그걸 대비도 아십니까?"

"안다."

"스승님께서 최고의 도공이라서 대비께서 불러들인 게 아니었나요?"

"나중에야 알았지만, 대비는 처음부터 날 최고의 도공으로 여기지 않았다."

"최고가 아닌데도 어찌 스승님을 감별관으로 임명했단 말입니까?"

"대비에게는 선물로 들어온 청자가 많다. 고려 최고의 도공에게 청자를 감별하라고 하면 어떤 일이 벌어지겠느냐? 그 도공은 제 청자 이외는 거들떠보지도 않고 깨뜨려버린다. 대비의 창고에 청자가 모이지 않게 된다. 최고에서 살짝 뒤처지는 자를 불러들여서 청자를 감별하게 한다. 그러면 그는 자신의 청자와 엇비슷한 수준의 청자까지 남긴다."

청허는 양손으로 계류를 떠서 마셨다. 물은 시원했으나 맛은 좋지 않았다.

길이 한 굽이를 돌자 앞에 초가들이 열 채가량 있었다. 집집이 밖에 등롱을 내걸었다. 등롱은 달빛을 받은 박처럼 뿌연 색이었다. 청허가 윤누리에게 기다리라고 말하고 다점 한 곳으로 들어갔다. 다점은 굽바자를 둘렀는데 앞뜰에 화초와 수석이 있었다. 작은 못으로 송악산 계류에서 끌어들인 물이 흘러들었다.

다점에서 나온 청허가 윤누리에게 말했다.

"너 혼자 안으로 들어간다."

"알겠습니다."

윤누리가 사립문으로 들어섰다. 앞뜰에서 그가 본 것은 초가 처마에 있는 송첨(松簷)이었다. 벼슬아치와 호족의 집에서는 여름의 햇볕과 비, 겨울의 눈을 막을 수 있게끔 처마에 덧대는 게 있다. 그걸 보첨이라고 하는데 거기에 솔가지를 얹은 게 바로 송첨이다. 그것은 햇볕이나 눈비를 막는 데도 필요하지만 마루나 방에서 솔향기와 솔빛을 즐기는 풍류를 위한 면이 더 많다. 다점의 송첨은 등롱 불빛을 받아서 푸르스름했다. 달빛에 젖은 청자의 비색과 엇비슷했다.

다점 안으로 들어서자 주인인 듯한 남자가 다가왔다. 남자가 따라오라고 손짓했고 윤누리는 말없이 따라갔다. 남자가 발이 쳐져 있는 차탁 앞에서 멈추었다. 윤누리는 남자가 가리킨 의자에 앉았다.

"너는 누구냐?"

발 너머에서 들려온 목소리는 저자에서 듣는 여느 사람의 목소리와 같았다.

"상감청자 도공입니다."

"나는 누구냐?"

"고려에서 가장 존귀하신 분입니다."

윤누리는 말을 괜히 늘렸다 싶어서 짤막한 대답을 다시 했다.

"왕이십니다."

남자가 차를 가져왔다. 왕 앞에도, 윤누리 앞에도 찻잔을 하나씩 놓았다.

"자, 차를 마시자."

윤누리가 차를 한 모금 마셨을 때 밖에서 암고양이 소리가 들렸다. 교태가 넘치는, 수고양이를 찾는 소리였다.

"만령전 후원으로 산책하러 나간다. 거기는 조정 대신도 들어올 수 없는 곳인데 고양이는 들어온다."

왕이 암고양이 소리를 듣고 있다가 말했다.

"소리를 들어보니 젊은 고양이로구나. 너는 어떠냐?"

"젊습니다."

"젊은 도공아, 나는 전에 비색 청자를 알고자 했다. 산수화에 능한 자를 불렀다. 그는 산수화에서 고려 최고라고 일컬어졌다. 그에게 물었다. 비색 청자를 그릴 수 있겠느냐? 그가 대답했다. 비색 청자는 곧 빛깔인지라 그릴 수 없습니다. 며칠 전에 그를 다시 불렀다. 상감청자를 그릴 수 있겠느냐? 그가 대답했다. 상감청자는 무늬라서 그릴 수 있습니다."

"그렇습니다. 상감청자는 무늬입니다."

"왜 그 무늬는 대부분 흰빛인가?"

"흰빛이 밝기 때문이지요."

"아무리 그렇다고 붉은 모란이나 초록색 연잎을 하얗게 상감한단 말인가?"

"모란과 연잎이 밝기 때문입니다."

"밝다?"

"예."

"그 밝은 무늬들 가운데서 네 것은 무엇인가?"

윤누리는 상감청자에 이런저런 무늬를 새겨왔지만 나의 무늬가 이것이라고 아직은 내세울 만한 게 없었다. 당장 대답하지 않으면 왕이 혀를 잘라버릴 것이다. 눈앞이 백토밭에 온 것처럼 하얗게 변해갔다.

윤누리가 찻잔을 집어들었다. 양손이 부들부들 떨리고 있었다. 찻잔 전두리에 입을 대고 한 모금을 마셨다.

"네 무늬를 말해보아라."

윤누리는 상감청자 찻잔에 새긴 학을 떠올렸다.

"학입니다."

청기와

주상모가 사랑방 아랫목에 정좌했다. 옆자리에 그와 함께 온 교위가 앉았다. 집주인이 헛기침을 하자 계집종들이 음식을 날라다 상에 올려놓았다.

청자 밥그릇에 담긴 쌀밥은 김을 모락모락 피워냈다. 그 옆에는 소고기와 무를 넣은 소고깃국이 놓였다. 구운 고기로는 멧돼지와 노루가, 구운 생선으로는 조기와 도미가 있었다. 통째로 쪄서 담아낸 암탉은 통통했다. 고기에 입맛이 물리지 않게 놓아둔, 소금에 절인 배추와 무도 보였다. 고사리나물과 도라지나물도 곁들여졌다.

주상모는 저녁을 먹기 시작했다. 나물보다는 고기가 당겼다.

오늘은 아버지 기일이었다. 주상모는 탐진에서 상감청자 장사를 해오며 아버지 기일에는 만덕산 백련사를 찾아다녔는데 요즘 개경에 머물고 있어서 형과 오후에 송악산의 절에 갔다. 이부 상서인 형은 아미타불 앞에 향을 피워놓기가 바쁘게 공무에 쫓겨 개경의 관아로 돌아갔다. 주상모는 젊어서 같은 무예당에 다녔던 교위와 이런저런 얘길 나누며 말을 몰았다. 교위는 이부 관아를 지키는데 오늘은 형을 수행해 송악산의 절까지 왔다. 개경 외성의 서문을 지나 저잣거리에 이르렀을 때 교위가 입을 열었다. 늦은 오후에도 무더위가 기승을 부리는구먼. 목을 적실 술 한 잔 어떤가? 아버지 기일에 술을 마시자는 말에 주상모는 당장 그러자고 나설 수 없었다. 가타부타 말하지 않았다. 여기서 가까운 집에 술자리를 준비해두었네. 해가 뉘엿뉘엿하니 저녁을 먹을 겸해서 가세. 교위의 채근에서 그는 여느 술자리가 아니란 걸 알아차렸다. 혼잣말처럼 내뱉었다. 말이 힘들어하니 잠시 쉬어 가지.

사내종이 향로를 들고 와서 방구석에 두었다. 값이 비싸서 불단 앞에서도 좀체 피우지 않는, 천축에서 건너온 향이 은은한 향기를 내뿜었다.

"제가 술 한 잔 올리겠습니다."

쉰이 넘어 보이는 집주인이 주전자를 들었다. 주상모가 잔을 들어 집주인에게서 술을 받았다. 술을 마셔보니 국화에 인삼 맛이 스미어 있었다.

"국화 향기를 위에다 올리고 인삼 맛을 바닥에 깔았습니다. 이런 잔재주가 오히려 술맛만 버리지 않았는지 모르겠습니다. 어떻습니까?"

집주인이 허리를 굽실거리며 그에게 물었다. 몸짓은 궁금하다는 투였지만 기름진 얼굴에는 이만하면 맛 좋은 술이라는 자랑이 배어나 있었다.

"길을 가다가 목이 말라서 이곳에 들어선 마당이니 술을 놓고 맛까지 따지겠습니까? 목을 축일 수 있다면 그것으로 족할 뿐."

"술맛의 반은 따르는 손이라고 했는데 이런 중늙은이가 설치고 있으니 술맛이 나지 않겠지요. 술 따를 계집이 옆방에 있습니다마는……"

주상모는 계집을 데려오라고 말하지 않았다. 술자리에 계집이 있으면 좋지만 누구냐가 문제였다. 아까 그 계집종들을 데려다놓을 수도 있다. 기름진 고기를 먹다 질려서 쓴 나물을 일부러 찾는 기분으로 장사치 집

안의 계집종들에게 술을 치게 할까 하는 마음이 떠오르기는 했다. 산적도 이보다는 낫겠다 싶은 험상궂은 얼굴이 되살아나자 그런 마음은 순식간에 사라졌다.

집주인이 어서 허락해달라는 투로 웃음을 지어보였다.

"계집종들이 바쁠 텐데 군이 불러올 것까지 있을까요?"

"계집종은 아닙니다."

"술집의 기녀라면 돌려보내세요. 그것들은 한 번 본 걸 서너 번 말하지요. 소문은 열 개쯤 만들어내고."

"다른 장사꾼의 딸입니다. 여기서 쓰려고 제가 잠시 데려왔습니다."

"조금 있다가 이리 데려오세요. 내가 노래할 줄 아는지 물어볼 테니까."

"그러렵니다. 자, 음식을 드십시오. 이렇게 모시려고 힘을 썼습니다."

집주인은 음식 마련에 돈이 들었음을 내비쳤다. 자신의 재력을 과시하려는 의도로 보였다.

술이 두 순배 돌고 창에 저녁놀이 비꼈다. 교위의 몸가짐이 흐트러지기 시작했다. 관리는 사시부터 유시까지 공무를 봤다. 지금은 유시이긴 하지만 슬슬 공무에서 벗어나는 때였다.

겉옷을 벗고 나서 교위가 농을 했다.

"그런 변방에서 개경으로 돌아올 생각을 하지 않는 걸 보면, 탐진의 여자들이 어여쁜가봐."

"탐진에는 예쁜 여자들만이 아니라 색다른 여자들도 많다네. 송나라 여자는 허리가, 금나라 여자는 얼굴이, 왜국 여자는 목소리가 간드러지지. 대식국에서 온 상인은 새까만 여자를 데려왔는데 살갗이 간드러지더군."

"장흥부로 가서 일해야겠네그려."

"그러게. 탐진나루에서 손꼽히는 장사꾼이 손꼽히는 술집으로 자주 데려감세."

"자네는 참 용해. 몸 하나로 상감청자 가마들을 돌아보고 여러 나라 장사꾼들과 만나고 술집 여자들과 놀고."

"서른여섯인데 당연히 팔팔해야지. 더구나 검술을 익힌 몸인데."

술병 둘이 비워졌다. 교위는 문신들을 욕하다가 신세타령을 시작했다.

"마흔을 바라보는 나이에 교위가 뭔가, 교위가."

"그래도 벼슬아치 아닌가? 개경에서는 탐진의 큰 장사꾼보다 관아의 미관말직을 더 알아주더군. 그래서 나도 개경에 오면 벼슬길로 나가볼까 하고 기웃거리게 돼."

"자네가 벼슬을 원하기만 하면 형님이 한자리 마련해주시겠지."

주상모는 근래 들어 형에게 벼슬자리에 대해 말하지 않았다. 미관말직이라도 원한다고 하면 형이 만들어줄까? 예전에 형은 자신의 힘으로 자리를 만들기 힘들다고 했다. 이제는 이부 상서 자리에 앉아 있으니까 그런 말은 하지 못할 것이다. 다른 핑계를 대겠지. 서른여섯 살에 미관말직으로 들어가기는 나이가 많다는 뭐 그런 것.

"지금이라도 벼슬길에 들어서볼 참인가?"

교위가 묻자 주상모는 웃기만 했다. 탐진에는 그의 소유인 상감청자 가마, 상선 세 척, 가게 두 곳이 있었다.

형이 상감청자 가마를 사들이라고 준 돈을 그는 벽란도에서 여자와 술로 날려버렸다. 탐진으로 가서 작은처남을 만났다. 작은처남이 가마를 사들였을 때 그는 형에게 말씀하신 대로 되고 있다고 서찰을 보냈다. 나중에 안 것이지만 당시에 형은 도박을 했다. 상대는 형부 상서였다. 형이 내민 패는 상서를 공격하는 상소. 중원의 연적을 밀매한 죄를 들어서 왕에게 파면을 요구했다. 형은 목숨을 걸고 패를 내던졌으나 왕은 그 패를 본 척도 하지 않았다. 형이 무고한 상서를 모함했다는 말이 조정에서 돌았다. 형은 자신에게 돌아올 화살을 피할 수 없다고 여겼다. 상서 아닌 자신이 파면될 상황이었다. 그럴 즈음 왕이 궁궐의 그릇을 상감청자로 바꾸도록 명했다. 상서가 비색 청자만을 써야 한다고 주청했다. 왕이 받아들이지 않자 다시금 주청했다. 그러는 사이에 청룡요의 상감청자가 개경에 들어왔고 상서가 사직했다. 형은 도박판에서 지는 패를 들고 있었는데 상대가 물러나게 되자 이긴 자가 됐다. 얼마 후 공부에서 이부로 옮겨갔고 지금은 상서에 올라 있었다.

교위가 자리를 비우자 집주인이 주상모 옆으로 다가앉았다.

"제게 바람이 있습니다."

자식을 관아에서 일하게 해달라는 청일 거라고 주상모는 예상했다.

"말해보시오."

"제게 아들놈이 있지요."

"나라에서 쓰일 데를 찾고 있군요."

"형님이 고관이신 분 앞에서 이런 말씀을 드리기 참으로 송구합니다마는 지금 이 나라는 썩은 생선과 같습니다. 제가 생선 장사를 해서 잘 아는데 생선은 머리부터 썩지요. 눈알이 가장 먼저 썩어요. 아무튼 그 썩은 생선에 제 아들은 관심이 없습니다. 그나마 하나 썩지 않은 게 있더군요. 그것에 관심이 있지요."

주상모는 집주인이 뭘 말하려고 하는지 알아챘다.

"개경에서 상감청자를 팔고 싶다?"

"아들은 고려 제일의 상감청자를 팔고 싶어 합니다."

주상모는 개경의 일곱 군데 가게에 상감청자를 대주었다. 그 가게들은 주작문과 광화문 앞길에 있었고 이곳 서문 쪽의 저잣거리에는 없었다.

"그거라면 어렵지 않소. 내 가마의 물건을 사가면 되니까."

"거래를 허락해주셔서 감사합니다."

집주인이 나가자 처녀가 방 안으로 들어왔다. 바가지에 구멍만 뚫어놓은 탈처럼 얼굴이 굳어 있었다. 열여섯 살이나 먹었을까? 주상모는 취기 어린 눈으로 처녀를 보다가 그 눈자위가 젖어 있는 걸 발견했다.

"왜 우느냐?"

처녀가 머리를 떨어뜨렸다.

"집주인이 네 아버지에게 돈을 빌려주고 받지 못하자 널 데려왔구나. 하룻밤만 귀한 분을 모셔주면 빚을 갚은 걸로 해주겠다고 말이다. 그렇지?"

처녀가 고개를 끄덕였다.

"나와 평생 살련?"

농으로 던졌는데 처녀가 바로 대꾸했다.

"아름다운 약속을 한 남자가 있사옵니다."

처녀는 울음보를 터뜨렸다.

*

한길에서 조금 물러나 있는 술집은 허름한 초가였다. 개경 외성의 서문 밖에는 흥왕사로 이어지는 한길을 따라 초가들이 늘비했는데 이곳은 어느 초가보다 작았다. 앞뜰에 서 있는 은행나무만은 정궁의 전각만큼이나 높고 품도 넓었다.

주상우가 미복 차림으로 술집 뜰에 들어섰다. 그가 툇마루로 가자 주모가 우물가에서 솎은 배추를 소금에 절이고 있다가 은행나무를 가리켰다. 은행나무 아래에는 부들자리 몇 개가 내던져져 있었다. 주상우는 부들자리로 가서 앉았다. 은행나무 사이로 칠월 열엿새의 달빛이 내려왔다.

밤바람에는 시원한 기가 서려 있었다. 처서 무렵이라는 걸 주상우는 되새겼다. 바람으로 계절을 느낄 때마다 바람이 곧 세월이 아닌가 싶었다.

주모가 치마에 손을 대충 문지르고 나서 그에게 다가왔다.

"술?"

"누굴 만나기로 하였다. 기다려라."

"그러면 이따가 불러라."

"주모."

"왜 불러? 손님이 없으니까 한번 붙자고?"

"나는 쉰이 넘었는데 주모는 마흔 안짝으로 보여."

"큰 오라버니뻘이니까 말을 올려달라고? 어이 중늙은이 양반, 이런 술집에서는 말을 올리고 내리고 하지 않아. 술잔만 올리고 내리고 하지. 아, 하나 더 있다. 주모 치마도 올리고 내리고 하지."

주상우가 쓴웃음을 지으며 주모에게 가보라고 손짓했다.

주모 또래로 보이는 아낙이 은행나무 아래로 다가왔다. 아낙은 다짜고짜 떠들었다. 오늘 오후에 흥왕사에서 작은 난리가 났어. 사노들이 승려들한테 덤벼들었다니까. 세상에, 흥왕사가 어디야? 우리 같은 백성이 감히 발자국도 쳐다볼 수 없는 왕족들이 드나드는 곳 아니냐고. 궁궐처럼 단청해서 붉고 푸른 빛깔이 아침에는 어른어른, 밤에는 아른아른해. 그런 데서 사노들이 소란을 피운 거야. 사노들은 해우소에서 똥 쌀 때도 똥덩이 떨어지는 소리를 내지 않으려고 조금씩 싸는데 오늘은 술 취한 왈패처럼 악을 써댔어. 그것도 대웅전 뜰에서. 그 사노들 말이야, 내가 거기 빨래 삯일하러 다니니까 잘 아는데, 무척이나 측은해. 비가 오는 날 사노들은 하마비에서 대응전까지 배를 깔고 엎드려 있어야 해. 왕족이라고 해도 하마비에서는 말이나 가마에서 내려 걸어가야 하는데 그러면 가죽신에 흙탕이 묻어. 그게 싫으니까 사노들을 엎드리게 하는 거야. 사노 등을 징검돌 삼아서 밟고 가는 것이지. 오늘 오후에도 사노들이 엎드렸는데 그들을 왕족만 밟고 간 게 아니었어. 하마비까지 왕족을 마중 나간 스님들도 밟고 지나갔어. 어떤 사노가 엎드려 있다가 이렇게 중얼거렸대. 왕족은 왕 옆에서 노는 사람들이라서 사노가 사람인지 아닌지 구분하지 못해도 부처님 옆에서 수도하는 스님들은 사노가 사람인지 아닌지 구분할 줄 알았는데…… 그걸 어떤 스님이 들은 거야. 왕족이 떠난 후에 스님이 무승들에게 사노들의 버릇을 고쳐놓으라고 말했대. 무승들 채찍질에 사노 셋이 죽었어. 그러자 사노들이 들고일어난 거라고. 사노들이 무승들에게 욕하고 스님들에게 자신들을 밟고 다니지 말라고 요구하고 있을 때 왕의 친위대인 용호군의 기마병들이 왔어. 기마병들이 말을 몰아서 사노들을 짓밟았지. 그런데 말이야, 놀라운 일이 벌어졌어. 사노 두 명이 기마병들을 끌어내리고 각각 말에 올라탄 거야. 그들은 말을 몰아서 일주문을 돌파했어. 다른 기마병들이 뒤쫓아갔지만 잡지 못했지. 말을 내달리는 그들 모습이 용호군 기마병보다 더 날쌔더라고. 민란의 주모자들이 사노로 숨어 있다가 떠난 거라는 말이 돌고 있어. 민란의 주모자가 괜히 흥왕사로 들어갔겠느냐, 그곳을 폐왕사(廢王寺)로 만들려고 한 것이다, 하는 말도 생겨났고. 어쩌면 주지가 역적 음모로 목이 잘릴지도 몰라. 우리 같은 삯일꾼들은 주지보다 그 사노들이 죽지 않기를 바라고 있어.

주상우는 오늘 오후에 흥왕사에서 변이 일어났다는 말을 관아에서 듣지 못했다. 설혹 들었다고 해도 이곳에서처럼 세세하지 않았으리라. 왕이 왜 자주 미복 차림으로 밤에 개경의 저잣거리로 나가는지 알 만했다.

왕이 미복 차림으로 궁궐을 나간다는 것을 안 때는 십 년 전이었다. 청허가 넌지시 알려준 바로는 당시 왕은 다점에서 윤누리와 세 번이나 만났다. 다점에서 이루어진 그 만남에서 무슨 말이 오갔는지는 알 수 없었다. 윤누리는 그곳에서 한 말을 한마디라도 발설하면 혀가 잘린다는 걸 잘 알고 있어서 스승인 청허에게도 침묵했다. 그 만남에서 상감청자에 관한 얘기가 오갔을 거라고 주상우는 짐작했다. 왜냐하면 그 만남 이후 왕은 궁궐의 그릇을 비색 청자에서 상감청자로 바꾸도록 명했던 것이다.

탐진 청룡요의 상감청자가 개경에 도착한 날 형부 상서가 사직서를 냈다. 그가 비색 청자만 궁궐에 들여야 한다고 조정에서 주장해왔으므로 사직서는 벼슬아치들 사이에서 예상됐던 일이었다. 왕의 반려 또한 예상돼 있었다. 그러나 왕은 반려하지 않았다.

상서와 함께 또 한 사람이 개경을 떠났다. 청허가 대비 곁을 떠났던 것이다. 왜 그랬는지는 알려지지 않았다. 감별관의 자리는 윤누리가 이었다. 한다하는 상감청자 도공이 있는데도 대비는 여느 도공과 크게 다르지 않은 윤누리를 옆에다 두었다.

김병욱이 은행나무 아래로 왔다. 주상우가 자리에서 일어나 양손을 앞으로 모으고 허리를 굽혀서 예를 갖추었다. 김병욱이 대제학에서 물러난 지 오래됐다고 해도 그는 여전히 주상우에게 대제학이었다.

주상우는 아랫사람을 김병욱에게 보내 술을 대접하겠다는 청을 넣었다. 그가 이곳에서 만나자고 해서 이렇게 왔는데 술집이 허름해도 너무 허름했다. 다른 곳으로 옮기는 게 어떻겠냐고 물으려는데 주모가 다가왔다. 김병욱이 술 한 주전자를 시켰다. 주상우가 안주를 있는 대로 가져오라고 일렀다.

김병욱이 부들자리에 앉아서 은행나무에 걸린 달을 올려다보았다.

"칠월 열엿새의 달이로군요."

"임술년의 이 날짜에 소식이 적벽에서 놀았지요."

"내가 열한 살 때 적벽부를 읽었어요. 뒤쪽에 이런 대목이 있지요. 고기와 과일 안주가 떨어지고 술잔과 소반이 어지럽다(肴核旣盡 杯盤狼藉). 나는 그 구절에 씁쓸했소. 고기와 과일 안주를 늘어놓고 술을 마시는 소식을 더는 만나지 않으리라, 하고 소리쳤지요."

"그래서 정이와 정호 선생의 책을 읽으셨군요. 그 후로 시와 부(賦)는 읽지 않으셨나요?"

"고려에 시인이 많지요. 젊어서는 정지상을 찾아가 그에게 시를 배우기도 했고요."

"관직에서 물러나 개경의 성 밖에서 한적하게 지내시니 시를 음미하셨을 터. 모처럼 만났으니 정지상의 시를 한 수만 제게 알려주십시오."

"상서가 당나라의 시와 송나라의 글에 능통하다고 들었소. 먼저 당나라 시 한 구절을 말해보구려. 그 답으로 나도 정지상의 시를 말하리다."

주상우는 당나라 시인인 이하의 시 〈가을이 왔네(秋來)〉를 들먹였다. '누가 내 시집을 읽어서 벌레 먹지 않게 만들어주리오(誰看靑簡一編書 不遺 花蟲粉空蠹)' 하는 대목을 설명해나갔다. 시집은 나의 삶이고 벌레는 세월이다. 이 대목은 어떻게 해야 나의 삶이 세월을 이길 수 있는지, 다시 말해 내가 불멸에 이를 수 있는지를 묻고 있다. 답은 바로 나온다. 내 시집을 벌레 먹지 않게 읽어줄 사람, 즉 나를 들먹이는 후세 사람이 나를 불멸로 만들어준다. 불멸은 진시황제가 찾은 불로초나 신선이 건네는 단약이 아니라 후세까지 이어지는 명성이다.

주모가 술 주전자와 나물 안주를 가져왔다. 표주박에다 탁주를 따라서 주상우에게 내밀었다.

"불멸이라면 죽지 않고 사는 걸 말하는가?"

주모의 느닷없고 무례한 질문에 주상우는 대꾸하지 않았다. 주모가 김병욱에게도 표주박을 내밀었다. 그가 그걸 받아들고 말했다.

"그렇다."

"그러려면 여자하고 합궁부터 해야지."

"합궁해서 자식을 남기는 것도 불멸이기는 하다."

주모가 떠나가자 그가 표주박에 탁주를 채워서 주상우에게 내밀었다.

"주모 입이 좀 거칠지요?"

"저는 호통을 치려고 했지만 대제학께서 두고만 보시기에 나서지 않았습니다. 왜 호통을 치지 않으시나요?"

"주모가 신민인지 어쩐지 지켜보고 있소."

"신민이라면……?"

"예전에 나는 《대학》에 나오는 '재신민(在新民)'이란 구절을 '백성을 새롭게 하는 데 있다'라고 해석했소. 허나 지금은 그렇지 않소. 이전과 다른 새로운 백성, 즉 '신민(新民)에게 있다'라고 해석하오. 큰 학문의 길은 백성을 새롭게 하는 데 있는 게 아니고, 바로 새로운 백성에게 있다는 것이오."

주상우가 표주박을 비웠다.

"새로운 백성이 곧 큰 학문의 길이란 말입니까?"

"그렇소."

"말씀드리기 주저됩니다마는 그런 해석은 민란의 우두머리나 할 만한 해석이 아닌지요?"

"세상을 살 만큼 살다보니 민란의 우두머리보다 더 맘에 드는 것도 없습디다. 후생에서는 민란의 우두머리가 되고 싶소."

주상우는 김병욱이 관직에서 물러난 후에 공도(서당)를 세울 거라고 보았다. 최충의 문헌공도 이래 개경에만 수십 곳의 공도가 있고 그중에서 열두 공도는 널리 알려졌다. 공도는 국자감보다 더 많은 과거 합격자를 냈다. 김병욱은 공도를 세우지 않고 그런 곳에 발길도 하지 않았다.

주전자가 비워지자 주모가 동글동글한 술동이를 가져왔다. 달빛이 술동이에 박힌 무늬를 드러내주었다. 날개는 하얗고 더듬이는 까만 나비이다. 나비 십여 마리가 술동이 여기저기에서 날개를 펼치고 있다. 나비는 제각각의 방향이어서 술 마신 자의 분방함을 말해준다.

나비를 흑백 상감한 술동이가 이런 곳에 있다는 걸, 주상우는 받아들이기 어려웠다. 이 정도의 술동이라면 쌀 두세 가마는 주어야 한다. 이런 허름한 술집을 통째로 팔아도 쌀 두세 가마를 받을 동 말 동 하리라. 더구나 여기는 왈패와 취객 들이 싸움질을 해대는 술집이다. 하룻밤 사이에 조각나버릴 수 있다.

"주모, 이건 비싼 상감청자다. 여기서 쓰일 물건이 아니야."

"이건 원래 흥왕사 물건이었지. 전두리가 약간 깨지자 스님이 내버렸어. 그걸 흥왕사에 빨래 삯일하러 다니는 과부가 주워온 거야. 술값 외상 대신 받으라고 하더군. 이게 동글동글하게 생긴 데다가 주둥이가 커서 나는 요강으로 쓸까 했지. 이놈 저놈이 만져댄 내 엉덩이 호강 좀 시켜볼까 하고. 그렇지만 술동이가 부족해. 흥왕사에서 술동이였다니까 여기서도 술동이로 쓰기로 했지."

주모가 초가로 돌아가서 식칼을 집어들었다. 무를 자르기 시작했다.

주상우가 표주박을 들어 술동이의 술을 퍼냈다.

"제가 이하의 시를 말하고 나면 대제학께서 정지상의 시를 말하기로 하였소이다."

"술집은 내 시흥을 돋우는 데 좋고 다점은 남의 시를 음미하기에 좋습니다. 여기서 술동이를 비우고 나서 서문 안으로 들어갑시다. 거기에 내가 드나드는 다점이 있어요."

"다점에도 자주 가십니까?"

"그 다점에는 자주 가지요. 차 맛도 좋지만 거기 이야기꾼의 이야기 맛은 더 좋아요. 운달이라고 하는데 이런 자도 신민 축에 들지요."

*

느티나무 밑동을 둘러싸고 군데군데 차탁과 의자가 놓여 있었다. 주인은 느티나무 밑동 옆에 숯불이 든 화로를 놓아 물을 끓인다. 손님이 오면 뜨거운 물에 가루차를 타서 내어놓는다. 찻잔은 개경의 여느 다점에서처럼 이곳에서도 상감청자이다.

김병욱은 의자에 앉아 찻잔을 살펴보았다. 석류만 한 찻잔에는 모란이 상감돼 있다. 하얀 꽃잎이 빙 둘러서고 그 바깥에 검은 이파리들이 나 있다. 꽃잎은 동그랗고 이파리는 끝이 뾰족한데 이파리 하나만은 끝이 말려 있다.

주상우는 차를 한 모금 머금었다. 차는 쓴맛이 짙었다. 집에서는 두류산 화개에서 가져온 우전차로 찻물을 우려내고 있는데 색깔은 연둣빛이 배어나는 갈색이고 향기는 짙고 맛은 고소했다.

"이 차는 첫물 찻잎으로 만들지 않았군요. 맛이 씁쓸합니다. 아무래도 대제학께서 시 한 구절을 말씀해주셔야 입안에 단맛이 돌 것 같습니다."

김병욱은 이야기꾼이 나올 때까지만 몇 마디 하겠다고 앞자리를 깔고 나서 정지상 시 〈송인(送人)〉에서 두 구절을 끌어왔다.

"대동강수하시진(大同江水何時盡) 별루년년첨록파(別淚年年添綠波)라는 두 구절은 고려에서 글자를 익힌 자라면 다 외워 쓸 수 있고 까막눈이라고 해도 들어는 보았을 것이오. 백성의 해석은 대략 이렇습니다. 대동강 물이 언제 마르랴. 해마다 이별의 눈물이 보태지는 것을."

주상우는 정지상의 명성을 젊어서부터 들었다. 그러나 그에게 시를 배우러 가지는 않았다. 정지상의 시에는 마음이 낭창낭창하게 실려 있어서 벼슬길에 들 사람에게는 어울리지 않는다고 보았다. 정지상이 묘청의 무리와 어울리다가 결국 김부식 일파에게 죽임당하자 그에게 가지 않은 걸 다행으로 여겼다. 그렇다고 그의 시를 가볍게 여기는 것은 아니었다. 정지상이 만약 당나라에서 태어났더라면 시의 영웅들 가운데에 이름을 올렸을 거라고 믿었다. 특히나 〈송인〉 같은 시는 당나라 명시에서처럼 빛깔이 있다. 비 갠 하늘의 빛깔, 강둑의 풀빛, 파도의 빛깔. 빛깔은 하늘에서 내려와 강둑을 타고 흐르다가 강물의 파도에 깃든다. 이별의 눈물이 그 빛깔을 더 짙게 만든다.

차를 한 모금 마신 김병욱이 말을 이었다.

"마지막 구절의 별루(別淚)를 이별의 눈물로 해석하지 않는 사람도 있습니다. 그걸 특별한 눈물로 해석하지요. 그렇게 되면 시가 달라집니다. 해마다 특별한 눈물을 흘리는 자가 있으니까 대동강 물이 마르지 않는 것이다, 라고 바뀌지요. 특별한 눈물을 흘리는 자는 두말할 것도 없이 묘청에 동조하는 무리이고요. 그들은 고려의 뿌리가 고구려에 있다고 믿는 사람들이니 그 눈물은 고구려 땅을 되찾지 못한 눈물이기도 하지요."

"그 시를 묘청과 연루시키는 것은 지나치군요."

"시를 맘대로 해석해야 특별한 맛이 있지요. 이렇게 특별한 맛을 즐기는 사람들이라야 남의 시도 자주 읽고 시집을 벌레 먹지 않게 만들지요.

한나라의 동중서가 말한 삼강오륜을 천 년이 지난 지금도 떠받들고 있는 자들은 제 시만 읽어요. 남의 시집은 서가 구석에다 처박아두고 좀이 슬게 만들지요."

주상우는, 그가 조정의 대신들을 비난하고 있다는 걸 알았다. 대신들은 조정에서도 삼강오륜을 강조해 마지않았다. 얼마 전에 문하시중이 병을 내세워 사직의 뜻을 말하자 대신들은 왕에게 장유유서를 강조했다. 대신들 가운데서 연장자가 문하시중이 돼야 한다는 것이었다. 그다음 문하시중도 연장자가 돼야 하고. 그렇게 따지면 주상우가 문하시중에 오를 날은 까마득했다. 그는 왕에게 장유유서를 따르지 말라고 간하려고 했다. 칠대실록과《삼국사기》를 뒤적였지만 간언에 쓸 만한 적절한 고사가 떠오르지 않았다. 김병욱이라면 알고 있으리라 여겼다.

"남의 시집을 좀 슬게 만드는 자가 문하시중이 되지 않게 하려면 폐하께 뭐라고 말씀드려야 할까요?"

"상서가 문하시중이 되겠다고 하시오."

"제가 문하시중으로 오르기에 아직은 경륜이 부족하지요."

"나이만 부족하겠지요. 여러 대신들이 말하는 그 나이 말이오."

주상우는 그의 말을 굳이 부정하고 싶지 않았다. 침묵하고 있었더니 느티나무 우듬지에서 나뭇잎 서걱거리는 소리가 들렸다. 대신들이 원덕전의 조회에 모여들 때 관복 자락이 바닥을 쓸며 내는 소리와 비슷했다.

느티나무 아래로 운달이가 다가왔다. 고개를 꾸벅하고 나서 사방을 휘둘러보았다.

"오늘은 다른 날보다 손님들이 더 많이 나오셨네요. 이 운달이의 얘기는 밝은 달빛 아래서 들어야 한다는 걸 아시는 분들이군요."

주상우는 이야기꾼한테 이야기를 듣는 게 처음이어서 어떻게 눈길을 두고 있어야 할지 난감했다. 이야기꾼을 빤히 쳐다보고 있자니 그와 눈이 마주치면 어색할 듯했다. 그렇다고 느티나무 가지에 걸린 달을 올려다보고 있으면 얘기를 전혀 듣지 않는 것처럼 보일 터였다. 그는 찻잔을 들고 그걸 들여다보기로 했다. 옆을 힐끗 보았더니 김병욱은 이야기꾼에게 눈길을 주고 있었다.

여기저기서 떠들던 사람들이 조용해졌다. 운달이가 얘기를 시작했다.

서해도의 한 고을에 호수가 있었는데 거기에 인근 마을 사람들이 사시사철 모여 들었지요. 봄에는 물가로 처녀들이 우렁이를 잡으러 왔어요. 처녀 가는 데는 총각 가는 법. 잘 씻어놓은 우렁이 껍질처럼 까맣게 반짝이는 처녀 눈동자는 바람 앞의 부들밭처럼 총각 마음을 술렁거리게 만들지요. 행실이 바르지 않은 그래서 여느 남정네들이 좋아하는 아낙네들도 우렁이를 잡으러 왔지요. 아낙 가는 데는 남정네 가는 법. 살짝 내밀어진 우렁이 더듬이처럼 치마 아래로 보일 듯 말 듯 하는 아낙의 발목은 부들의 꽃대처럼 사내 거시기를 서게 만들지요.

사람은 사람을 차별하지만 계절은 그러지 않지요. 홀아비와 홀어미에게도 봄날은 봄날입니다. 홀아비 가는 데는 홀어미 가는 법. 물풀밭에서 만나 둘이 하나 되는 우렁이처럼 홀아비와 홀어미도 부들밭에서 하나 되기도 하지요. 둘이 엉켜 있다가 그대로 황새에게 잡히는 우렁이들처럼 홀아비와 홀어미도 하나가 되었다가 소문에 잡히지요. 둘이서만 부들밭에서 만나 둘이서만 할 수 있는 걸 조용히 했는데, 개경 관아에서 벼슬아치가 뇌물 받는 것처럼 몰래 했는데, 어떻게 소문이 났을까요? 아무튼 소문이란 게 축지법을 쓰는 것이라서 하루가 채 가지 않아 고을에 쫙 퍼져버리지요. 이런 소문에 잡아먹히지 않으려고 홀아비와 부들밭에서 만난 바로 그날 홀아비네로 가는 홀어미도 있어요. 우렁이 바구니를 든 채

홀아비를 따라가는 이런 홀어미를 서해도 그 호숫가의 사람들은 우렁이 헌각시라고 부른답니다. 처녀가 우렁이 잡다가 얼굴 마주한 총각과 정분을 맺게 돼 새색시가 되면 우렁이 새각시라고 부르고요.

여름 호숫가에는 주로 남자들이 모여들지요. 뱀과 개구리를 잡아먹어요. 입에 풀칠하기 힘든 홀어미도 막대기 치켜들고 뱀이나 개구리를 잡으러 오고요. 호숫가의 갈밭에 소변보러 간 총각과 역시나 소변보러 온 홀어미가 마주치기도 하지요. 둘은 소변만 봤다는데도 다른 일도 봤다는 소문이 끊이질 않지요. 남편이 군역 나간 사이에 아내가 총각을 만났다는 소문도 여름이면 늪에서 늘 윙윙거리는 하루살이 떼처럼 시끄럽고.

호수에 가을이 왔어요. 갈밭에 갈꽃이 흐드러지고 처녀들이 갈목을 따지요. 호수 인근 마을에는 처녀가 맘에 든 총각의 어머니에게 갈꽃을 넣어 만든 베개를 선물하는 풍습이 있거든요. 그 베개가 편해야만 총각의 어머니는 둘의 만남을 허락하지요. 당연히 처녀들은 갈목 중에서도 아주 풍성한 걸 따서 그곳의 갈꽃을 훑어낸답니다. 갈꽃 베개로 만나게 된 처녀총각이 혼인하게 되면 그들은 첫날밤에 갈꽃 베개를 벤답니다.

저는 그 호숫가 마을에서 하룻밤을 지낸 적이 있어요. 갈꽃 베개를 잘 만들어서 맘에 드는 총각과 혼인했던 여자가 살고 있었지요. 그 여자한테 어떻게 해서 그렇게 편한 갈꽃 베개를 시어머니 될 사람한테 줄 수 있었느냐고 물었지요. 그 여자가 자신의 비법을 알려주더군요. 그게 뭐냐? 자신이 먼저 베는 거래요. 어떤 베개든 몇 번 베고 나야 비로소 편안해진답니다.

겨울의 호수는 얼음 세상이지요. 아이들은 이곳에서 얼음지치기를 해요. 저는 나이가 마흔이 다 됐는데 지금도 겨울에 빙판을 보면 그곳으로 가서 얼음지치기를 한답니다. 호숫가 어른들은 호수로 청둥오리가 날아들면 오리 올가미를 만들어놓지요. 농사지어서 나라에 바치고 관리에게 뜯기고 부자에게 빌린 곡식을 두 배로 갚고 나면 남는 게 없어서 배가 고프니까요.

이런 호수를 사람들이 외면하기 시작했어요. 마을 노인이 그곳에서 죽었거든요. 마을 노인은 부자한테 봄에 곡식을 빚냈답니다. 가을에 그걸 갚지 못했어요. 추수해놓자마자 나라에서 가져가고 관리가 뜯어갔으니까요. 그러자 부자가 노인을 데려다가 빚을 빨리 갚으라고 사매질을 했어요. 아무리 귀족이라고 해도 양민에게 사매질을 할 수 없는데 부자가 그랬다니까요, 글쎄. 지금 고려에서는 부자가 왕족 다음이라는 말이 있는데 그게 사실인가봐요. 노인은 장독이 오른 몸으로 부들을 베러 나섰다가 호숫가에서 쓰러져 죽었지요. 그 후로 호수에 물귀신이 산다는 소문이 돌고 사람들 발길이 뜸해져버렸어요. 갈대만 무성해졌어요. 갈대끼리 겹치고 겹쳐서 한여름이면 갈밭 속에서는 썩은 냄새가 풍겨났어요. 우렁이 새각시며 갈꽃 베개와 같은 이야기도 다 사라졌지요. 수백 년을 이어온 호수가 수년 만에 늪이 됐답니다.

운달이 얘기가 끝났을 때 주상우는 눈을 감았다. 눈앞에 늪지가 펼쳐졌다.

김병욱이 주상우에게 물었다.

"얘기가 들을 만합니까?"

"그렇기는 합니다마는 저 이야기꾼이 걱정스럽군요."

"이야기꾼의 팔자란 게 편한 것은 아니지요. 태사공(사마천)은 궁형을 당해서 《사기》를 썼다지만 그렇지 않았다고 해도 그는 궁형을 당할 각오로 사기에 임했을 겁니다."

주상우가 운달이를 눈길로 좇았다. 운달이가 저쪽 차탁에 가서 앉았다. 거기에서 이쪽으로 등을 보이고 있는 사람과 얘길 했다. 주상우는 그 뒷모습이 익숙했다. 윤누리라는 걸 알았다.

주상우가 듣기로 윤누리는 대비의 상감청자만이 아니라 고려 귀족들의 상감청자도 감별했다. 그가 상감청자를 감별해서 신품이라고 해야 그게 신품이 된다고 알려졌다. 귀족들이 제 상감청자를 신품으로 만들기 위해서 윤누리에게 굽실거린다는 말까지 돌았다.

"대비의 상감청자를 감별하는 윤누리도 와 있군요."

"가끔 오지요. 이야기꾼하고 벗이라고 했어요."

주상우가 다점 주인을 불러서 윤누리를 데려오게 했다.

윤누리와 운달이가 주상우 앞으로 왔다. 인사가 끝나고 넷이 차탁 하나를 두고 둘러앉자 주상우가 입을 열었다.

"감별관이 한가한 모양이네. 이런 데 와 있는 걸 보니."

주상우가 윤누리에게 하는 말투는 이전과는 달리 부드럽게 바뀌었다. 윤누리가 도공에서 감별관으로 바뀌었으니 어쩔 수 없는 일이었다.

"낮에는 고려 상감청자에서 신품을 찾아내는 일에 바쁩니다. 밤에는 가끔 쉬려고 오지요."

주상우가 차를 한 모금 마셨다.

"팔관회의 그릇들도 상감청자로 바뀌었어. 상감청자 감별관이 그렇게 해야 한다고 예부 상서한테 말했다던가."

"상서께서 사람을 보내 물어보시기에 상감청자가 좋다고 말씀드렸을 뿐입니다."

"관아의 그릇들은 이미 상감청자로 바뀌었으니까 이제 절만 남았군. 이다음 연등회 때는 절의 그릇이 상감청자로 바뀌는 건가?"

"저야 그렇게 하고 싶습니다마는 아시다시피 국사, 왕사 같은 큰스님들은 아직도 비색 청자를 좋아하시지요. 비색만 있는 것은 깔끔해서 불성을 떠올리게 하는데 무늬는 백팔 번뇌를 닮았느니 어쩌느니 하면서요."

"백팔 번뇌라……"

주상우가 중얼거리다가 운달이에게 눈길을 주었다.

"아직도 이야기로 밥벌이를 하고 있구먼."

"그러합니다."

"입성이 그리 허름하지 않은 걸 보니 제법 밥벌이가 되는 모양이군."

"다점 세 군데서 이야기를 합니다."

"한 다점에 이야기꾼이 몇 명이나 들락날락하는가?"

"점심, 오후, 저녁, 이렇게 세 명이 얘길 하지요. 저는 이곳에서 저녁에 얘길 합니다."

"가시 많은 준치가 맛있지. 독이 있는 복어도 맛있고. 그런데 말이야, 그 가시에 칼자(지방 관아에 속하여 음식 만드는 일을 맡아보던 하인)가 먼저 찔리고 복어 독에 먼저 죽지."

"하지만 칼자라면 가시 많고 독이 있는 생선을 외면해서는 안 되지요."

주상우는 콧방귀를 뀌었고 김병욱은 고개를 끄덕였다.

운달이가 다른 다점에서 얘길 해야 한다며 자리에서 일어났다.

느티나무 우듬지에서는 잔가지들이 수런거리고 느티나무 아래에서는 사람들이 떠들어댔다. 윤누리가 김병욱에게 물었다.

"어떻게 지내시는지요?"

"이렇게 차를 마시고 얘기를 들으러 다니지요."

"대제학께서 말씀을 낮추셔야 저는 편합니다."

"야인으로 오래 살다보니 누구에게든 공손하게 말하는 게 버릇이 됐답니다. 말을 낮추면 내가 불편해요."

윤누리가 거듭 요구해도 김병욱은 말을 공손하게 했다.

"대제학께서 차를 자주 마신다니 좋은 찻잔이 있어야겠군요. 제가 상감청자 찻잔을 한 점 보내드릴까요?"

"대비께서 예전에 주신 찻잔이 있어요. 탐진에서 개경으로 맨 처음 온 그 상감청자 찻잔 말입니다."

"그걸 대비께서 대제학께 보내셨군요."

말을 탄 무리가 다점 옆을 지나갔다. 말발굽 소리가 잦아들 때 느티나무 아래로 주상모가 다가왔다. 윤누리는 두리마을에서 보았던 주상모의 얼굴을 기억했다. 주상모가 형에게 허리를 굽혔다.

"네가 이런 곳에 웬일이냐?"

"친구들과 이 옆을 지나는데 형님이 있어서요. 말머리를 돌렸지요."

주상모가 김병욱과 윤누리에게 탐진에서 청자를 팔고 있다고 자신을 소개했다. 윤누리는 통성명하지 않을 수 없었다.

"윤누리요."

"탐진의 두리마을에서 살지 않았소?"

"그곳이 고향이오."

주상모는 더 묻지 않았다. 주상우가 두 사람을 보고 있다가 동생에게 물었다.

"예전부터 알았더냐?"

"장인을 습격한 농사꾼의 아들입니다."

"네가 얼굴을 본 적도 없는, 혼인하기 전에 저세상으로 떠난 장인이 아니더냐? 농사꾼도 그렇고, 그들을 지금껏 기억하고 있단 말이냐?"

"얼굴을 본 적 없는 그 옛날 시인묵객의 이름을 형은 왜 기억하고 계시나요?"

주상우가 입을 다물고는 김병욱에게 나가자고 손으로 권했다. 주상우와 김병욱이 다점에서 나갔다.

아이가 찻잔을 가져와서 주상모 앞에 내려놓았다. 주상모가 해동통보 한 닢을 꺼내 차탁에 놓았다. 아이가 허리를 굽혀 절을 한 뒤에 해동통보를 집어들었다.

"윤누리라는 놈이 개경에서 돌아다니는지 몰랐다."

윤누리가 주먹으로 차탁을 쳤다. 찻잔이 넘어져 찻물이 튀었다.

"이놈, 나는 대비의 상감청자 감별관이다. 혀를 잘못 놀리는 장사치의 모가지쯤이야 언제든 자를 수 있다."

"도공 따위가 상서의 동생한테 허풍을 쳐? 이곳 다점에서는 가루차에다 물 아닌 술을 타서 주는 모양이로구나."

윤누리가 찻잔을 집어들어 주상모 얼굴에 내던졌다. 주상모가 피했고 찻잔이 바닥에서 깨졌다.

*

윤누리는 길을 가다가 발을 헛디뎠다. 바짓가랑이에 흙이 묻었다. 탐진에서 도공으로 살 적에는 온몸이 흙투성이였는데 개경에서 대비의 상감청자 감별관으로 지내면서는 옷에도 흙을 묻히지 않았다.

손으로 흙을 털어내고 옷을 추슬렀다. 주상모에게 찻잔을 내던지며 상감청자 감별관의 위세를 보인 일은 잘했다 싶었다. 주상모가 앞으로는 칼을 뽑아들고 설치지 않으리라. 하지만 그가 자객을 보낼 수도 있다. 자객을 막는 방법은 하나. 이쪽에서 먼저 자객을 보내는 것. 운달이에게 말하면 그가 자객을 소개해주지 않을까.

윤누리는 다시 길을 걸어 나갔다. 거리 양쪽으로 초가가 이어졌다. 초가지붕에 앉아 있는 박 덩굴에 박꽃이 피어 있었다. 박 이파리들은 푸르스름하고 박꽃은 하얀색인 게 비색 바탕에 백색 상감한 무늬를 연상시켰다. 상감 무늬는 이제 고려청자의 표식이라고 해도 좋을 정도였다.

상감청자의 무늬는 도공이 제 무늬를 새기는 것이기에 그릇마다 달라진다. 그래도 많이 새겨지는 무늬는 있다. 이런 무늬는 꽃, 과일, 나무, 새, 물고기, 짐승, 아이, 십장생 등등 십여 가지로 크게 나누어진다. 꽃은 모란, 국화, 연꽃, 매화, 창포가 흔하다. 과일은 포도, 여지, 석류, 복숭아가 자주 나온다. 나무는 버드나무로 휘늘어지거나 대나무로 꼿꼿하게 선다. 소나무가 가끔 끼어들기도 한다. 새는 봉황, 기러기, 꿩, 해오라기, 원앙이 많다. 물고기로는 잉어와 붕어 같은 민물고기, 숭어와 게 같은 바닷고기가 섞여 있다. 짐승은 원숭이가 모자로 나오거나 당나라 사자가 갈기를 휘날린다. 아이들은 토실토실하고 웃는 얼굴이다. 포도넝쿨에 매달려 놀거나 꽃가지를 들고 내달린다. 십장생은 백학, 구름, 거북이, 해, 바위가 주로 새겨진다.

무늬의 색깔은, 그게 무엇을 상감한 것이든, 흰색이 대부분이다. 흑백으로 상감할 때도 검은색은 작은 부분에 불과하고 나머지는 흰색이다. 흰색 무늬의 상감청자가 고려에서 한물지고 있다. 궁궐, 관아, 부잣집, 절에서 상감청자를 흔히 볼 수 있다.

그렇다고 해서 고려의 그릇이 상감청자만 있는 것은 아니다. 비색 청자도 만들어진다. 여전히 선승들은 무늬 없는 비색 청자를 찾고 왜국과 대식국의 장사들도 사 간다.

귀족과 부자들은 청자를 쓰지만 양민과 천민은 여전히 옹기를 쓴다. 초벌구이만 하는 그릇이라 값이 싸다. 윤누리가 아는 옹기는 다물이 아버지가 만든 것이다. 다물이 아버지는 재작년에 이승을 떠나갔다. 뼈는 자신의 옹기에 담겨 흙으로 돌아갔다. 그리고 다물이는 지금 그와 살고 있었다.

윤누리는 대비의 상감청자 감별관이 된 후 상감청자를 천마산에 있는 대비의 원찰에 가져다주는 일도 했다. 원찰에 세 번째 갔을 때 거기에서 불목하니로 있는 다물이를 보았다. 주상우가 그녀를 공물로 바쳤다는 걸 알아냈다. 대비 원찰의 종을 윤누리는 마음대로 빼낼 수 없었다. 그는 원찰로 상감청자를 가져갔을 때 다리를 삐었다고 거짓말을 해서 절에 머물렀다. 그날 밤 다물이를 계곡으로 불러내 몸을 섞었다. 그는 서너 달에 한 번 꼴로 원찰에 갔고 그때마다 다물이와 만났다. 다물이는 매번 도망치자고 했으나 그는 조금만 더 기다리라고 달랬다.

대비를 수행해 원찰에 갔던 윤누리는 계곡의 너럭바위에서 다물이와 몸을 섞고 있다가 무승에게 잡혔다. 무승이 그들을 묶어두고 나서 대비에게 알렸다. 대비가 다물이에게 물었다. 너는 뭐 하는 계집이냐? 불목하니입니다. 천민이로구나. 저는 천민이 아닙니다. 왜냐? 남들은 저를 천민이라고 부르지만 저는 자신을 그렇게 여기지 않기 때문입니다. 고려의 법도에 너는 천민으로 돼 있다. 하지만 대비께서 모시는 부처님의 법도에는 천민이 아니겠지요.

대비가 다물이와 윤누리를 용서하고 둘이 살도록 허락했다. 윤누리는 개경의 기와집으로 다물이를 데려갔다. 청허가 살았던 기와집을 물려받아서 집 안에는 부부인 노비가 있었다. 그는 다물이에게 노비를 부리면서 편히 살라고 일렀다. 며칠 되지 않아서 다물이는 노비 부부에게 기와집을 나가서 살고 싶은 데서 살라고 말했다. 그들이 아들까지 딸린 마당에 쉬 살 길을 찾지 못하겠다며 기와집에 머무르려고 하자 다물이가 탐진의 두리마을 뒤 언덕을 가르쳐주었다. 그곳은 여기에서 천 리가 넘지만 벽란도에서 탐진나루까지 뱃길이 열려 있다. 그대 가족 세 사람의 뱃삯은 마련해주마.

길이 기와집 사이로 이어졌다. 등롱들이 대문에 있어서 길은 밝았다. 윤누리가 솟을대문 앞에 이르렀다. 사방을 둘러보고 나서 대문을 밀고 안으로 들어갔다. 뜰의 감나무 아래서 다물이가 달구경을 하고 있었다.

"주상모를 만났어."

다물이는 감이 떨어지는 소리를 들었는데 그 소리는 감나무 아래 아닌 가슴에서 났다.

"알아봐?"

"통성명했어."

윤누리가 다점에서 있었던 일을 아내에게 말해주었다. 찻잔으로 그의 얼굴을 으깨버리려고 했지만 그러지 못해 아쉽다며 말을 맺었다.

"찻잔으로 으깼으면 그가 가만있었을까?"

"그는 장사치야. 나 같은 벼슬아치한테는 대들지 못해."

"상모는 원래 칼잡이야. 오늘은 칼이 없어서 그냥 앉아 있었는지 모르지만 조만간 칼을 들고 이리 올 거야. 당신의 스승께서 놓고 가신 장검을 쓸 때가 됐어."

다물이는 방으로 들어가서 청허가 남겨놓은 장검을 농에서 꺼내 윗목에다 놓았다. 윤누리가 아내를 보고 있다가 물었다.

"내가 없을 때 상모가 온다고 하자. 당신이 칼로 뭘 어떻게 할 수 있다고 그래?"

다물이는 대비의 원찰에서 불목하니로 지낼 때 장작을 패거나 땔나무를 잘라야 했다. 도끼도 들고 칼도 들었다. 몇 년이 지나자 칼잡이가 다

됐다. 그걸 굳이 남편한테 말하지 않았다.

윤누리가 옷을 벗자 다물이도 벗었다. 달이 부풀어 있는 밤에는 음기가 천지에 그득하다. 이런 밤에 몸을 섞어야 여자가 쉬 임신한다. 다물이는 요 위에 누워 남편을 받아들였다. 좋은 생각만 하려고 하는데도 주상모와의 악연이 불쑥불쑥 솟아났다. 그에게 능욕당했고 임신했다. 아이를 지우려고 높은 데서 뛰어내리기도 하고 소금물을 바가지로 마시기도 했다. 아침마다 남몰래 천지신명께 주상모의 자식을 지워달라고 빌었다. 어떤 게 효험이 있었는지 모르겠지만 그녀는 이틀이나 하혈했다. 아이를 지우고 나서 천지신명에게 빌었다. 이 몸에서 어떤 씨도 자라지 못하게 해달라고. 그랬던 그녀가 요즘은 송악산의 선바위를 찾아가서 빈다. 이 몸에서 씨가 자라게 해달라고.

몸을 섞고 난 윤누리가 벌거벗은 채 엎드렸다. 다물이는 옆으로 누워서 그의 어깻죽지를 보았다. 화살에 맞았던 흉터가 상감해놓은 구름무늬 같다.

다물이가 남편의 흉터에 손을 가져다댔다.

"흉터는 오래가. 화장할 때까지도 남아 있지."

"상감청자 무늬는 흉터 같은 것 아닐까, 하고 생각한 적이 있었어. 주위의 도공들을 보면 그들의 마음속에는 꽃보다 상처가 더 많았거든."

다물이는 상감청자의 그 많은 무늬를 떠올렸다. 국화와 모란, 참외와 여지, 대나무와 소나무, 구름과 학, 연못과 오리, 포도덩굴과 아이들.

"도공은 제 몸의 흉터를 들여다보는 대신 무늬를 찾아냈어. 흙 그릇에다 그 무늬를 새겼어."

윤누리가 대꾸하지 않자 다물이가 말을 이었다.

"무늬는 도공 자신의 것에서 머무는 게 아니야. 무늬는 그릇을 사용하는 사람의 것이기도 하지."

윤누리가 엎드린 채로 잠이 들었다. 다물이가 홑이불을 꺼내 남편을 덮어주고 옷을 입었다.

문이 열리는 소리가 났다. 도둑인가, 하고 다물이가 문틈으로 밖을 내다보았다. 복면한 자가 칼을 들고 뜰에 서 있었다. 주상모라고 그녀는 짐작했다. 윗목에 놓아둔 칼을 뽑아들고 문 옆으로 갔다. 문밖에서 문고리에다 손을 대는 소리가 났다. 다물이는 주상모의 가슴을 겨냥해서 칼을 내질렀다. 칼이 창호지를 뚫고 나가자 짧은 신음이 터졌다. 이어서 마루에서 뛰어내리는 소리가 들렸다. 다물이는 문을 열지 않았다. 이쪽에서 몸을 드러내지 않은 이상 주상모는 누가 찔렀는지 알지 못한다. 아마도 이곳 집주인이 데려다놓은 칼잡이한테 당했다고 여기리라. 그 칼잡이들이 몇 명인지 그리고 실력이 어느 정도인지 알 수 없으므로 물러나리라.

대문 소리가 났다. 그녀는 문을 조금 열고 밖을 내다보았다. 뜰에는 아무도 없었다.

다물이는 불을 켜지 않고 남편을 깨웠다.

"주상모가 왔다 갔어."

"벌써?"

"그는 무인답게 의표를 찌른 거지."

"그는 장사꾼이라니까."

"그러니까 더더욱 의표를 찌른 거지."

*

윤누리가 대비에게 큰절을 했다.

"상감청자 감별관, 윤누리이옵니다. 부르셨습니까?"

보료에 앉은 대비는 그를 쳐다보지도 않고 인삼 달인 보약을 마셨다. 가을 감기의 뿌리가 남아 있어서 그걸 뽑아내려고 마시는 보약이었다.

윤누리는 며칠 전 흥왕사에서의 일이 맘에 걸렸다. 그는 개경은 물론 인근 대찰에서 상감청자를 감별해달라고 청하면 그곳으로 갔다. 흥왕사 장경각에서 며칠 전에 만난 것은 상감청자 상자였다. 그것은 잡다한 무늬가 없고 뚜껑에 연꽃 봉오리가 상감돼 있었다. 봉오리 끝이 붉었다. 쇳가루로 색을 낸 것이었다. 산뜻한 색에 속으로 감탄하고 있을 때 장경각을 맡은 스님이 왔다. 그에게 찻잔을 내밀었다. 비색 청자 찻잔이었다. 그는 전에 이곳에 왔을 때 상감청자 찻잔을 가져다준 적이 있었다. 그때도 스님은 몸이야 천태종에 있지만 마음이야 선종에 있으니 어쩌느니 하면서 상감청자 찻잔을 반기지 않았다. 비색 하나로 깔끔한 청자가 선의 경지에 가깝다는 거였다. 윤누리는 차를 마시지 않고 상자의 상감이 잘못됐다고 했다. 꽃봉오리 끝이 벌겋다. 아녀자들이 분가루를 넣어두는 곳도 아닌데 이렇게 번잡한 색깔이 있어야겠느냐. 스님은 그 상자를 보고 주지 이하 여러 스님이 칭찬했다고 말했다. 윤누리는 그 상자를 들어 올렸다. 이렇게 시시껄렁한 상자가 흥왕사에 있어서는 안 되는 것이오. 알겠소? 그는 상자를 내던졌다. 상자가 조각나고 그 안에 들어 있던 《반야바라밀다심경》이 나뒹굴었다.

대비가 보약을 다 마시고 나자 나인이 동계의 석청을 탄 꿀물을 내밀었다. 대비가 꿀물로 입안을 헹구었다.

"네 처의 나이가 어떻게 되느냐?"

흥왕사의 일은 아니었지만 느닷없는 물음이어서 윤누리는 긴장했다.

"아내는…… 서른여섯입니다."

"서른아홉에 서른여섯이라. 부부 나이를 합쳐서 여든 살이 넘지 않으면 삼신할미가 돌아본다고 했으니 자식을 얻기에 아직은 늦은 게 아니로구나."

"그렇습니다."

"누리야."

대비가 감별관 아닌 이름으로 그를 부르는 일은 좀체 없었다. 그는 홍왕사의 일이 들먹여질 거라고 예상했다.

"하실 말씀이 있습니까?"

"이번 가을에 명산대천 몇 군데를 들러보아라."

윤누리는 언젠가 대비가 박연폭포를 구경하고 싶다고 말한 걸 들었다. 대비는 천마산의 원찰에 불공을 드리러 가서도 절에서 가까운 박연폭포를 구경하지 않았다는 거였다. 자신이 그곳으로 가면 많은 구경꾼이 자리를 비켜주어야 하기에 차마 나서지 못했다고 했다. 박연폭포도 보지 못한 대비에게 명산대천을 다녀오겠다는 말을 윤누리는 할 수 없었다.

"황공합니다만 말씀을 거두어주십시오."

"구경을 가라는 게 아니다. 천지신명께 자식을 점지해달라고 빌라는 것이다."

윤누리는 아내가 명산대천을 찾아가 천지신명께 자식을 점지해달라고 빌고 싶어 한다는 걸 알고 있었다.

"아내 혼자 가도 될 듯합니다."

"자식을 여자 혼자 만드는 것이냐?"

그는 대꾸하지 못했다.

나인이 윤누리 앞에 물그릇을 놓았다. 머리를 조아리고 있는 그에게 은은한 꽃향기가 풍겨왔다. 물그릇에 담긴 게 꿀물이란 걸 알았다. 대비가 마시고 남은 꿀물을 내려준 것이었다.

윤누리가 물그릇을 집어들었다. 양손으로 받쳐 들기 좋은 크기인 물그릇은 예전 것보다 더 가벼워졌다. 몸통이 얇아졌고 그런만큼 무늬도 깊이 새기지 않았다. 원숭이 모자가 상감돼 있었는데 흙물을 묻힌 붓으로 그림을 그렸다고 할 만큼 무늬는 살짝 새겨졌다. 잿물도 얇게 입혀져 있었다. 전에 윤누리는 잿물통에 그릇을 넣었다가 빼내서 그릇에 잿물이 묻게 했다. 이러면 잿물이 골고루 묻기는 하지만 조금은 많이 묻었다. 잿물을 얇게 입히려면 귀얄에다 잿물을 묻혀서 칠해야 한다.

탐진의 상감청자는 계속 변해왔다. 무엇이 변했는지는 이곳에서 늘 상감청자를 보는 터라 잘 알았다. 변한 대로 상감청자를 만들 수 있을지는 의문이다. 가마에서 지낼 때 깨달은 것이지만 마음이 아는 것과 손이 아는 것은 다르다. 마음은 앞에서 설치고 손은 뒤에서 서둘지 않는다. 마음과 손이 함께 가야 상감청자가 제대로 만들어진다.

나인이 빈 물그릇을 가져가자 윤누리가 머리를 조아렸다.

"꿀물을 내려주셔서 감사합니다."

"먼 길을 가야 할 네게 힘내라고 준 것이다."

윤누리는 대비의 명을 더는 거절할 수 없었다. 여기서 계속 버티다가는 대비의 진노를 사서 상감청자 감별관 자리를 잃을 수 있었다.

"명산대천을 찾아가겠습니다."

"네 처와 함께 가는 것이야."

"예."

대비가 고개를 끄덕이고 나서 말했다.

"네 스승이 생각나는구나."

"스승은 어디로 갈 것인지 말하지 않았지만 짐작은 갑니다. 고려 최고의 비색 청자를 만들려고 탐진으로 갔겠지요. 가마를 세워서 그릇을 굽고 있을 겁니다. 스승은 바라는 청자를 만들 수 있을까요? 세월이 오래도록 쌓이면 최고의 청자가 나오는 걸까요?"

"나는 도공이 아니다."

"도공을 알아보는 눈은 가지고 계시지요. 대비께서 보시기에 고려 최고의 비색 청자 도공은 누구입니까?"

"그것은 모른다. 너는 아느냐?"

"대비께서 모아두신 비색 청자들을 보면 최고의 것을 가려낼 수 있습니다. 그걸 만든 자가 고려 최고의 비색 청자 도공일 것입니다."

대비는 입을 열지 않았다. 윤누리는 이제껏 상감청자를 골라서 대비에게 건넸으나 스승이 모아들인 비색 청자는 보지 못했다. 대비가 보여주지 않았으므로 그게 창고에 따로 보관돼 있을 거라고 여겼다. 그것들을 보고 싶기도 했다. 고려에서 한다하는 도공들이 만든 것인 만큼 신품이리라.

윤누리는 이렇게 말이 나왔을 때 스승이 모아놓은 비색 청자를 보지 않으면 평생 볼 수 없을 거라고 여겼다.

"한 번만 창고를 열어주실 수 없는지요?"

대비가 나인을 불러 윤누리를 창고로 데려가라고 했다.

윤누리는 나인을 뒤따라갔다. 회랑이 이어지고 양쪽으로 전각들이 늘어서 있었다. 지붕들이 송악산의 바위처럼 첩첩했다. 나인이 멈춘 곳은 세 칸 기와집으로 칸칸마다 문이 달린 창고였다. 궁궐의 창고여서 기와를 올리고 단청을 하기는 하였으나 여느 전각에 비해 수수했다. 나인이 창고지기에게 다가가서 귀엣말을 했다. 나인들은 궁궐에서 대화할 때는 늘 이렇게 목소리를 낮추었다.

창고지기가 창고의 한 칸으로 윤누리를 데려갔다. 그는 고려 최고의 비색 청자들을 보게 된다는 생각이 들자 다물이의 알몸을 처음 봤을 때처럼 숨결이 거칠어졌다. 창고지기가 문고리로 손을 내밀 때 그는 눈을 감고 심호흡을 했다. 문이 열리는 소리가 나자 눈을 떴다.

방 안은 비어 있었다. 시렁에는 단 한 점의 비색 청자도 놓여 있지 않았다. 자신이 골라서 대비에게 올린 상감청자도 보이지 않았다. 대비가 청자를 주위에 선물한다는 것은 알았지만 이렇게 단 한 점도 남기지 않을 정도인지는 몰랐다.

벽에는 탄연이 쓴 족자가 걸려 있었다. 천지대기 청자역기(天地大器 靑磁亦器)라고 쓰여 있었다. 그는 감별관이 된 후로 한자를 배우기 시작해 천자문을 뗐다. 《논어》나 《맹자》는 읽지 못하지만 족자에 쓰인 것은 해석할 수 있었다. 하늘과 땅은 큰 그릇이고 청자 또한 그릇이다.

*

다물이는 다른 사람보다 먼저 거룻배에서 내려 탐진나루의 뭍을 밟았다. 벽란도에서 탐진나루로 오는 동안 이어진 멀미 기운이 일시에 빠져나갔다.

다물이와 윤누리가 나루의 저자로 들어섰다. 늦가을답게 저자에는 오곡이며 과일이 많이 나와 있었다. 다물이는 쌀을 보았다. 쌀은 모여서 더 밝았다. 콩도 보았다. 아기 똥처럼 빛깔이 고왔다.

윤누리는 오곡백과를 구경하는 아내를 남겨두고 상감청자 가게로 들어섰다. 개경으로 떠나기 직전에도 들렀던 곳이었다. 당시에는 비색 청자만 팔았는데 지금은 반 너머가 상감청자였다.

주인이 다가오자 윤누리가 말했다.

"혹시 나를 알아볼까요? 윤누리입니다마는."

주인이 얼른 허리를 굽혔다.

"상감청자 감별관께서 저희 가게를 찾아주시다니 감사합니다."

윤누리는 그릇들을 살펴보았다. '壽(수)' 자를 흑색 상감한 밥그릇이 있었다. 글자 상감에는 福(복), 佛(불) 같은 글자만이 아니라 입춘방이나 시 구절도 쓰인다. 그는 밥그릇을 집어들었다. 몸통의 '壽'가 손안에 들어왔다. '壽'를 얻은 기분이 들었다.

"이 밥그릇은 어디서 만든 것입니까?"

"주상모라는 분이 주인인 가마에서 만든 것입니다. 그분은 형님이 상서 나리여서 탐진에서는 위세가 대단합니다. 장흥부사가 그에게 매달 인사를 다닌다는 말이 있을 정도니까요."

윤누리가 밥그릇을 다시 들여다보았다. 상감 무늬와 바탕색이 이처럼 잘 어울리는 밥그릇을 보기가 쉽지 않으리라 여겨졌다.

"주상모 아래에서 일하는 도공에는 누가 있습니까?"

"탐진에서 손꼽히는 도공들이 있지요. 그중에서 세 사람이 많이 알려졌어요. 그들은 몸이 온전하지 않은데 그래서 더 알려지게 됐지요."

"온전하지 않은 도공이 만드는 온전한 상감청자라? 그들의 얘길 듣고 싶군요."

가게에 다른 손님이 없었으므로 주인이 얘기를 시작했다.

주상모의 가마에서 쓰는 흙은 벙어리가 파낸다. 그는 흙처럼 말이 없다. 땅바닥에 앉아서 양손으로 흙을 만지작거린다. 젖먹이가 엄마의 젖을 만질 때처럼 양손으로 감싸기도 한다. 그러다가 고개를 끄덕이고 그때부터 흙을 파내기 시작한다. 그가 흙을 주물럭거리는 것은 좋은 걸 골라내기 위해서만은 아니라고 알려져 있다. 그는 흙에게 너를 청자의 바탕흙으로 쓰려고 한다고 손으로 알린다. 흙과는 손으로만 얘기할 수 있고 다른 것으로는 그럴 수 없다고 한다.

그가 애초부터 벙어리는 아니었다. 장흥과 인접한 고을인 보성에서 살았던, 큰 목소리를 지닌 농사꾼이었다. 부자의 땅을 소작하는데 부자가 제 논을 보러 왔다. 논둑길 진창에 이르러서 부자가 엎드리라고 했다. 그는 엎드렸고 부자가 그를 밟고 지나갔다. 며칠 후 그는 부자 아들이 제 아들의 등을 밟고 있는 걸 보았다. 자식을 일으켜 세우고 나서 부자 아들의 뺨을 쳤다. 부자네 사내종들이 그를 묶어서 관아로 데려갔다. 관아에서는 팔의 힘줄을 잘라 그가 다시는 남의 뺨을 치지 못하게 만들기로 했다. 그는 팔의 힘줄 대신 혀를 자르라고 말했다. 관아에서는 혀를 잘랐다. 그는 온전한 두 손과 두 팔로 농사를 지을 수 있을 거라고 생각했지만 어떤 부자도 소작을 주지 않았다. 그는 보성을 떠나 탐진으로 왔다. 자신을 주상모에게 팔았다. 주상모는 그를 흙 파는 곳으로 보냈다. 그곳에서 십여 년을 보내자 그는 손으로 흙과 얘길 나누게 됐다.

주상모의 가마에서 상감하는 도공은 열 명이 넘지만 이전과 다른 무늬가 만들어지면 그것은 절름발이가 한 것이다. 그가 상감한 무늬는 세밀하지는 않지만 모양이 이전과 확연히 다르다. 그는 모란 무늬를 상감할 때 꽃술을 크게 키워서 꽃의 반에 이르게 만들었다. 그 이전에 꽃술을 그렇게 키운 도공은 없었다. 중국에서 온 모란 그림을 보고 신라의 선덕여왕이 향기가 없는 꽃이라고 말했다는 걸 도공들도 들었다. 향기 없는 꽃이라 여겨서 꽃술은 아예 보이지 않게 했다. 절름발이는 달랐다. 꽃술을 키웠을 뿐만 아니라 그걸 꽃잎이 떠받들고 그 주위를 이파리가 둘러서게 만들었다. 꽃술이 이렇게 두드러진 것은 모란이 아니라고 사람들이 외면했다. 그는 선덕여왕의 모란은 꽃술이 없지만 탐진의 모란은 꽃술이 있다고 말했다. 향기도 난다고 덧붙였다. 도공들은 그때야 모란에 코를 들이댔는데 향기가 풍겨나왔다. 탐진의 모란은 향기로운 꽃이며 그걸 제대로 상감한 자는 절름발이라고 도공들은 믿게 됐다.

절름발이는 바다 건너 탐라에서 왔다. 원래 어부였는데 바다에 나갔다가 돌아오면 관원이 그를 기다리고 있었다. 관원이 큰 고기를 가져갔다. 자잘한 갈치 몇 마리를 잡아온 날 관원이 갈치로 그의 목덜미를 후려쳤다. 또 이따위 갈치를 잡아오면 칼로 목을 벨 거라고 윽박질렀다. 그는 관원을 두들겨 팬 후에 바다에 내던졌다. 고향을 떠나 해적이 됐다. 관아에서 해적들을 잡아들일 때 그는 잡혔다. 관아에서는 그를 천민으로 만들었고 주상모가 그를 사들였다. 그는 가마에서 탈출하려고 울타리를 넘었다. 가마를 지키는 무인이 활을 쏘았다. 허벅지에 활을 맞은 그는 다리를 절었다. 그래도 탈출하기로 했다. 이번에는 울타리를 넘어가는 짓은 하지 않았다. 죽은 도공들을 수레로 옮겨갈 때 그 가운데 누워 있었다. 수레가 문에 이르자 무인이 다가와서 칼로 시체를 찔렀다. 자신에게 칼이 겨누어졌을 때 그는 벌떡 일어났다. 그가 시체들 사이에서 나오자 무인이 칼을 내질렀다. 허벅지에 칼이 박혔다. 이전보다 더 많이 절게 됐다. 그렇다고 탈출을 포기하지 않았다. 그는 상감할 때 쓰는 작은 칼을 밤마다 휘둘렀다. 울타리 너머의 무인을 기습해서 칼로 죽이고 도망칠 작정이었다. 밤마다 작은 칼을 들고 무인의 목을 긋는 연습을 했다. 손놀림이 점점 강해지고 정확해졌다. 그만큼 상감 실력도 늘어났다. 그가 무인에게 달려들어서 순식간에 칼로 목을 그어버릴 수 있다고 자신했을 때 그의 상감 무늬는 탐진에서 널리 알려졌다. 그의 명성은 이미 가마 울타리를 벗어났던 것이다. 그는 탈출하려고 하지 않고 이전과는 다른 무늬를 상감해나갔다.

주상모 가마의 가마호수는 애꾸이다. 최고의 가마호수는 불과 친구로 지낸다고 알려졌는데 애꾸도 불과 친구이다. 그가 정말 불과 친구인지 아닌지 알아보고 싶어 하는 사람이 있었다. 가마 주인인 주상모였다. 그는 가마의 아궁이로 와서 애꾸에게 장작불을 꺼보라고 했다. 애꾸는 장작불을 내려다보기만 했다. 장작이 다 타고 불이 꺼졌다. 애꾸가 말했다. 조금 늦게야 제 친구가 떠나갔군요. 주상모가 애꾸의 아내를 끌어왔다. 아내를 말뚝에 묶어두고 그 주위에 싸리나무 단을 놓았다. 주상모가 애꾸에게 싸리나무 단에다 불을 붙일 테니 꺼보라고 말했다. 애꾸가 물었다. 당신은 끌 수 있겠소? 나야 그럴 수 없지. 불과 친구가 아니거든. 나도 그럴 수 없소. 당신이 데려올 불과는 친구가 아니니까. 애꾸의 친구인 불은 가마 아궁이에만 있다. 그 불은 그릇을 구워낸다. 불이 가마에서 타고 있는 동안 그는 눕지 않는다. 친구가 일하는데 나는 누워서 잠잘 수 없다는 것이다. 그는 장좌불와(長坐不臥)의 수행을 하는 스님처럼 아궁이 앞에 앉아서 밤을 샌다.

애꾸는 동계에서 왔다. 그곳에서 숯쟁이였다. 숯쟁이한테 힘들고 시간이 오래 걸리는 일은 숯 굽기가 아니라 참나무 베기였다. 거의 매일 도끼를 들고 참나무 밑동을 찍어댔다. 도끼질은 정확하고 힘찼다. 그러던 어느 날 참나무 숲에 호랑이가 나타났다. 호랑이는 그가 잡아놓은 산토끼를 보고 있었다. 호랑이 뱃가죽이 달라붙어 있었으나 그는 산토끼를 주지 않았다. 호랑이가 산토끼에게 다가가자 그는 도끼를 들고 내달렸다. 도끼는 호랑이의 정수리에 박혔다. 그는 호랑이 껍질을 벗겨서 저자에다 내다팔았다. 그걸로 술을 마시고 돼지고기도 샀다. 숯가마로 돌아가는 산길에서 울고 있는 새끼 호랑이를 만났다. 자신이 죽인 호랑이가 암컷이었다는 걸 돌이켰다. 그 암컷은 새끼한테 젖을 먹이려고 산토끼를 바랐는데 자신은 주지 않았던 것이다. 그는 호랑이 새끼한테 잘못했다고 고개를 숙이고 나서 돼지고기를 던져주었다. 숯가마로 가서는 도끼를 집어들었다. 나는 두 눈을 가졌다고 어디에다 말을 할 수 없는 놈이야. 그는 왼쪽 눈을 도끼날에 갖다댔다. 애꾸가 되자 걷고 또 걸었다. 뭍이 끝나자 거기에서 머물렀다. 그곳이 탐진이었다.

상감청자 가게 주인의 얘길 듣고 나서 윤누리가 말했다.

"제 친구 중에 운달이라고 이야기꾼이 있어요. 그의 이야기에 쏙 빠져들곤 했지요. 당신 이야기에도 그랬네요."

"당신 말을 듣고 보니 최고의 청자는 쏙 빠져드는 것이라고 했던 청허의 말이 생각나는군요."

"그런 말씀을 하셨지요. 지금은 어디 계신지 모르지만."

"여기 탐진에 계시지요. 청자를 만들어요."

*

초가삼간 지붕에는 박이 누워 있고 뜰에는 국화가 한창이었다. 청허는 긴 머리카락을 늘어뜨린 채 국화 옆에 앉아서 해바라기를 했다. 늦가을 햇볕이 바탕흙의 반죽처럼 부드러웠다. 흰 구름 몇 점이 동동 떠 있는 하늘을 올려다보았다. 두엄의 거름발이 제대로 난 배춧잎처럼 시퍼렇고 윤기가 흐르는 하늘을 보자 맘이 트였다. 하늘은 전생과 후생의 이야기가 깃들은 곳이어서 이렇게 마음을 잡아당기는 것인지. 나는 전생에 무엇이었을까. 도대체 이 청허는 후생에 뭐가 될까. 또, 농사꾼이나 도공이 될까. 하늘은 다 알고 있으련만 말해준 적이 없다. 도사는 하늘의 뜻을 미리 알고 무녀는 귀신과 만나 길흉화복을 전해 받는다지만 나는 그럴 재주가 없다.

개경에서 돌아온 청허는 탐진강 가에다 오두막을 짓고 살아왔다. 강가 모래밭에다 배추와 무를 심고 낚싯대를 드리워 붕어와 잉어를 잡았다. 밤에는 가끔《도덕경》을 읽었다. 이렇게 살다가 저승으로 떠나가고 싶었다. 떠나기 전에 마음 씀씀이가 괜찮은 귀신 몇을 사귀어두면 저승이 과히 삭막하지 않으리라.

청허가 탐진강 강둑길을 타고 이쪽으로 오고 있는 두 사람을 발견했다. 한 사람은 낯이 익었다. 그는 실눈을 떴다. 두 사람 가운데 한 사람은 분명 윤누리였다.

윤누리와 다물이가 초가삼간 뜰에 이르렀다.

"스승님, 잘 지내셨는지요?"

"병치레는 하지 않았다."

"아내와 함께 인사를 올립니다."

윤누리와 다물이가 큰절을 했다. 청허는 부부에게 덕담을 건네고 다물이에게 윤누리를 잘 부탁한다고 했다.

둘이 부부가 된 사연을 듣고 난 후에 청허가 윤누리에게 물었다.

"대비를 떠나온 것이냐?"

"명산대천을 찾아가라고 하셨지요. 저는 명산대천을 금강산과 대동강으로 알고 있었는데 아내는 가지산과 탐진강이라고 했어요."

"누리야, 대비가 분명 명산대천을 구경하러 가라고 했느냐?"

"그랬다니까요."

"그건 말이다, 떠나라는 소리야."

청허는 개경에서 최고의 고려청자를 찾아다녔다. 비색 청자를 만나서 이것이라고 믿고 있으면 저것이었다. 저것을 보고 감탄하고 나면 그게 아니었다. 그렇게 이리저리 돌아다니는 동안 세월이 흘러갔다. 그러는 중에 상감청자까지 보게 됐다. 그것은 그 나름대로 무늬와 모양이 있었다. 청허는 최고의 고려청자를 찾아낼 수 없다고 여겼다. 그 무렵 대비의 청자 창고를 보게 됐다. 거기에는 청자가 단 한 점도 없었다. 대비는 신품으로 감별된 청자들을 아낌없이 왕족과 대신들에게 선물했던 것이다. 대비가 최고의 고려청자를 갖고 싶어서 자신을 묶어두고 있다고 청허는 여겼는데 그 빈방을 보고 나서 오해했다는 걸 알았다. 자신을 묶고 있었던 건 바로 자신이었다. 최고의 고려청자를 만날 거라는 생각에 스스로 묶여 있었다. 자신을 풀어놓으려면 대비를 떠나야 했다. 대비에게 떠난다는 말을 차마 하지 못했다. 청자를 대충 감별하며 지내던 어느 날 대비가 명산대천을 구경하러 가라고 말했다. 청허는 느닷없는 말에 뭐라 대꾸하지도 못했다. 대비가 말을 이었다. 명산대천을 찾아갔다가 여기 오고 싶지 않거든 그렇게 해라. 그는 머리를 숙이고 있다가 물었다. 제가 떠나려고 하는지 어떻게 아셨습니까? 대비는 웃기만 했다. 그는 개경을 떠나더라도 대비를 잊지 않겠다고 했다. 대비가 또 웃었다. 지금의 마음은 그럴 것이다. 길을 떠나면 마음도 떠난다. 새 마음이 생기거든 그걸 데리고 살아라. 옛 마음으로 돌아가야 한다고 새 마음을 설득하지 마라. 그러면 갈 길을 제대로 가지 못한다.

　청허는 거듭 대비가 떠나라고 말했다고 했으나 윤누리는 믿지 않았다.

　"아닙니다. 제게 자식이 없는 걸 알고 기도하라고 보내준 거예요. 저는 돌아가서 대비의 상감청자를 감별해야 해요."

　"누리야, 대비에게 상감청자는 무엇이냐?"

　윤누리는 대비의 창고에서 본 구절을 떠올렸다.

　"그릇이지요."

"그릇 모아들이는 일을 대비가 언제까지나 너한테만 맡길 거라고 믿느냐?"

윤누리는 입을 다물었다.

청허가 뜰에서 사립문 밖으로 나갔다. 윤누리와 다물이가 따라갔다. 청허가 강둑길로 접어들었다.

"바람 끝이 차구나. 이제 학이 날아들 거야."

"스승님께서는 어떻게 사시나요?"

"농사짓는다. 낚시도 하고."

"비색 청자는 만들지 않으시나요?"

"만들지 않는다."

"고려 최고의 비색 청자를 만들 수 없다는 생각에서 그걸 외면하시는 건가요?"

"나도 상감청자를 만든다."

청허는 어떻게 해서 상감청자를 만들게 됐는지 말해주기로 했다. 그러려면 우선 도공이 된 일부터 말해야 한다. 그 일은 이제껏 누구에게도 말한 적이 없었다.

청허는 농사꾼의 아들로 자라났다. 아버지는 다른 농사꾼들과 함께 귀족들의 수탈에 항의해 난을 일으켰다. 아버지가 좋은 세상을 바라며 떠날 때, 어머니는 당신 저고리를 찢고 거기에다 흰 실로 해를 수놓아주었다. 농사꾼도 웃고 살 수 있는 그런 밝은 세상을 만들라고. 어머니가 정화수를 떠놓고 빌고 빈 보람도 없이 아버지는 밝은 세상을 만들지 못한 채 고향 마을 뒷산으로 돌아왔다. 관군의 화살에 맞아 생긴, 가슴의 상처는 썩어갔다. 화살 상처는 난리에 나갔다는 뜻이어서 아버지는 향리가 눈을 부라리고 있는 마을에는 오지 못했다. 뒷산에서 숨을 거두었다. 어머넌 아버지의 품에 있던, 흰 실로 해가 수놓아진 천 조각을 청허에게 주었다. 그 해를 품고 그는 마을을 떠나 세상으로 나왔다. 무예당과 명산을 떠돌며 무술을 배우고 민란에도 참여했다. 두 번째 민란 때는 우두머리 중의 한 사람이 돼 말을 타고 다니며 관군의 대정을 칼로 찔러 죽였다. 민란은 성공하지 못했고 그는 내쫓기게 됐다.

살아남기 위해 천민으로 위장하고 탐진의 가마에 도공으로 들어갔다. 언젠가는 도공들을 모아서 세상을 뒤집어버릴 셈도 있었다. 한 해가 지나고 나자 세상 뒤집기보다는 청자의 비색에 빠져들었다. 마음 한쪽에서는 세상을 뒤집으려면 싸워야 한다고 속삭였다. 아침저녁으로 생각이 바뀌어서 마음의 갈피를 잡을 수가 없었다. 다시 민란을 일으켜야 한다는 생각이 밀려들면 칼을 들고 밤새 허공을 그었다. 아침이 돼 비색 청자들을 보면 거기에 마음이 녹아들었다. 이번에는 물레 앞에 앉아서 숨결을 가다듬었다. 그 무렵 윤누리가 왔다. 그의 눈빛에 살기가 가득 차 있었다. 청허는 젊은 날의 자신을 보는 듯해서 그를 제자로 거두어들였다. 제자까지 두고 나서도 청자냐, 민란이냐 하고 고민할 수는 없었다. 청자를 선택했다. 목숨을 걸고 민란에 나갔듯이 목숨을 걸고 청자에 매달렸다. 남다른 비색을 얻어냈고 그의 청자는 개경에까지 알려졌다. 어느 날 장흥부에서 관리가 찾아왔다. 대비가 그를 청자 감별관으로 쓰고 싶어 한다고 전했다. 청허는 개경의 대비에게 가는 걸 주저하지 않았다. 그곳에서 신품인 청자들을 보고 나서 그것들을 넘어선 고려 최고의 청자를 만들 결심이었다. 세월이 흘러서 알게 된 것은 최고의 청자라는 건 따로 없다는 사실이었다.

개경에서 탐진으로 돌아와 탐진강에서 몸을 씻었다. '물은 만물을 이롭게 하며 싸우지 않는다(水善利萬物而不爭)'는 《도덕경》의 한 구절을 되새겼다. 그 후 매일 강물에서 몸을 씻으면서 마음을 대비의 청자 창고 처럼 깨끗하게 비우려고 했다. 마음은 그렇게 비워지지 않았다. 물레 앞에 앉으면 비색 청자 감별관을 하면서 얼굴을 마주했던 조정의 간신배들이 떠올랐다. 민란을 일으키지 않고 가마에서 보낸 세월이 후회스러웠다. 청허는 물레를 부수고 칼을 잡았다. 며칠이고 칼을 휘둘렀다. 그러면 이번에는 눈앞에서 비색 청자가 오락가락했다. 핏빛과 비색, 그 둘 사이에서 생각이 오락가락했기에 물레에 앉아 그릇을 빚는다고 빚어도 겉이 거칠고 모양이 제대로 나지 않을 때가 많았다. 잔잔하고도 깊은 비색을 그런 그릇에서는 기대할 수 없었다. 청허는 빚어낸 그릇을 자꾸 내던져야 했다. 그러다가 어느 날 그릇이 자신을 닮았다는 생각이 들었다. 쉬지 않고 걸었고 때로 달렸지만 이쪽에서도, 저쪽에서도 무엇 하나 제대로 해내지 못해서 쓸모없게 된 자신의 모습. 자신과 비슷하다는 그런 생각이 들면 들수록 빚어낸 그릇을 내버리지 못했다. 그걸 버리지 못하던 청허는 거기에다가 어머니가 수놓았고 아버지가 간직했던 해 무늬를 넣었다. 그랬더니 그 못나 보이는 거친 표면이 해 무늬를 통해서 살아났다. 그는 상감청자를 만들기 시작했다.

청허는 탐진강 강둑길을 따라가며 자신의 지난날을 윤누리와 다물이에게 들려주었다. 처음에는 이걸 드러내야 하나, 하고 주저했지만 말하다 보니 마음 한쪽이 열리는 느낌이 들었다.

청허의 얘기를 묵묵히 듣고 난 다물이가 말했다.

"어르신처럼 우리 아버지도 오래도록 비색 청자 도공이셨지요. 나중에 다른 그릇을 만들었어요."

"나는 개경에서 탐진으로 내려온 직후에 여러 도공들을 찾아갔지. 그때 뵈었을 수도 있겠군. 함자가 어떻게 되나?"

"개부리입니다."

"아, 생각나는군. 그는 예전에 청자를 구웠는데 지금은 옹기를 굽는다고 하더군. 도공들이 더 비싼 그릇을 외치면서 비색 청자에서 상감청자로 옮겨가고 있는데, 그는 더 싼 그릇을 사람들한테 주어야 한다며 청자 아닌 옹기를 굽고 있었어. 그는 모양이나 빛깔은 상관하지 않더라고. 그에게 그릇이란 빈곳을 만들어내는 일이었어. 쌀독이면 쌀이 들어갈 빈곳, 물독이면 물이 들어갈 빈곳. 그때서야 내 알았지, 곁에다 온갖 무늬를 다 상감해놓는다고 해도 우선 안이 비어 있지 않으면 그건 쓸모가 없다는 것을. 그 빈곳에 술이 담기고 물이 담기고 향불이 담기지. 도공이 할 일은 그 빈곳부터 만들어내는 것이야. 그대 아버님은 지금도 그 빈곳을 만들고 계시겠지?"

"돌아가셨습니다."

"빈곳을 만들어놓고 가장 넓은 빈곳으로 돌아가셨구면."

다물이는 탐진강을 보며 걸어갔다. 강물은 여울지며 소리치고, 굽이치며 멀어졌다. 그리고 어디서든 햇빛이 놀 곳을 만들어냈다.

청허가 윤누리 부부와 함께 초가로 돌아왔을 때 말발굽 소리가 들렸다. 말 네 필이 강둑을 내달리고 있었다.

초가에 주상모가 무인 셋을 데리고 나타났다. 주상모가 말을 사립문 앞에다 바싹 붙였다. 그는 탐진나루에서 윤누리가 상감청자 가게에 들렀다는 말을 들었다. 가마를 지키는 무인들에게 그를 몰래 뒤쫓게 했다. 오늘은 윤누리가 나루에서 벗어나 한적한 탐진강으로 간다는 걸 알았다. 그를 없애기 좋은 곳이어서 주상모는 무인들과 함께 말을 타고 쫓아왔다. 청허까지 있는지는 몰랐다.

말에서 내린 주상모가 윤누리 앞으로 가서 칼을 뽑았다. 청허가 막아섰다.

"상모, 왜 이러나?"

"물러나라. 그렇지 않으면 너도 베어버린다."

주상모가 칼끝을 청허에게 겨누었다. 청허는 담담한 표정으로 그를 쳐다보았다.

윤누리가 주상모와 스승 사이로 들어섰다.

"스승님, 이자는 저를 죽이려고 왔어요. 스승님은 상관하지 않으셔도 됩니다."

청허가 윤누리를 옆으로 밀쳐냈다.

"상모, 이러지 말게. 탐진은 아름다운 청자를 만드는 땅 아닌가? 이런 땅에 피가 흘러서야 되겠는가?"

주상모는 일광에다 누리의 피만 묻히고 싶었다. 그런데 앞을 가로막은 청허를 보자 그의 피까지 묻히고 싶어졌다.

주상모가 칼을 갑자기 내질렀다. 청허는 뒤로 홀쩍 뛰었고 그의 칼은 허공만 찌르고 말았다. 주상모가 한 발을 내밀어 칼을 휘둘렀고 청허가 상체를 뒤로 젖혔다가 옆으로 밀어냈다가 하면서 피해냈다. 주상모가 칼을 잡아들이는 순간 청허가 잽싸게 앞으로 달려들어 그의 오른팔을 잡았다. 주상모가 왼 주먹을 내지르자 왼팔도 잡아버렸다.

두 팔이 잡힌 주상모는 바로 앞에 얼굴을 들이대고 있는 청허를 씹어 삼킬 듯이 노려보았다. 청허가 싱긋 웃고는 조그맣게 말했다.

"다행히 땅에 피가 흐르지 않게 됐네. 이제 돌아가게나."

주상모는, 무인이 말고삐를 잡아채는 걸 흘끗 보고 나서 짓씹었다.

"네놈을 죽일 것이야."

청허가 일시에 양손에서 힘을 뺐다. 그걸 예상하지 못한 주상모가 잠시 멍한 사이에 청허가 주먹으로 명치를 가격했다. 주상모가 급소를 맞아서 허리를 굽혔다. 그의 오른팔을 청허가 발로 찼다. 주상모는 팔이 부러지는 듯한 통증을 느꼈고 이어서 팔에서 힘이 빠져나갔다.

주상모가 놓친 일광을 청허가 주워들었다. 무인 한 명이 청허에게 다가가서 칼을 치켜들었다. 청허에게 마상에서 내지른 칼이 밀려왔다. 그는 바닥에 몸을 내던져서 칼을 피한 후에 발로 말의 배를 찼다. 말이 놀라 솟구치고 무인이 말에서 떨어졌다. 청허가 몸을 날려서 말에 올라탔다.

청허가 무인과 싸우는 틈을 타 주상모는 자신의 말에 올라타고 다른 무인에게서 칼을 건네받았다. 손에 익지 않은 칼이어서 일단 허공에 휘둘러보았다. 칼은 날카롭게 울지 않았다.

청허가 말을 몰아 달려들자 주상모는 말고삐를 잡아채서 옆으로 피했다. 청허가 일광으로 주상모의 말 궁둥이를 찔렀다. 말이 탐진강 강둑 쪽으로 내달렸다. 청허가 일광을 풀밭에 내던졌다.

*

두리마을 뒤편의 언덕바지에 초가가 있었다. 안방, 마루, 건넌방이 갖춰진 집으로 예전에 개부리와 다물이가 살던 초가삼간보다 더 컸다. 거기에는 다물이가 개경에서 풀어준 노비 부부가 아들을 키우며 살고 있었다. 그들은 다물이가 일러준 대로 두리마을 뒤 언덕으로 찾아왔던 것이다.

다물이는 노비 부부의 아들을 제 자식이라도 되는 듯이 오래 쓰다듬었다. 이어서 방과 부엌을 들여다보고 물동이에서 물도 마셨다. 언덕 아래 샘에서 떠온 물은 예나 지금이나 달착지근했다.

158

윤누리가 마당에서 남정네에게 물었다.

"마을에는 몇 사람이나 사나?"

"한 명도 없답니다."

"돌림병이 왔나?"

"돌림병보다 더 무서운 일이 십 년 전에 벌어졌지요."

남정네가 언덕바지로 살러 와서 들었던 얘길 했다.

두리마을 부자네의 작은아들이 주상모와 탐진나루에서 청자 장사를 하기로 하고 이사를 갔다. 그는 장사 비용을 마련하고자 마을 사람들에게 빚을 받아들였다. 봄에 곡식을 빌릴 적에 가을에 갚기로 했다면서 마을 사람들은 당장 줄 수 없다고 했다. 작은아들이 마을 사람들을 윽박지르고 매를 때렸다. 사람들의 얼굴은 돌림병을 만난 것처럼 침침해졌다. 마을의 노인 한 명이 사매질에 죽는 일이 벌어졌다.

마을 사람 열 명이 모였다. 그들은 탐진나루로 가서 복면을 하고 죽창을 들었다. 한밤중에 작은아들의 기와집을 덮쳤다. 목소리를 내면 누구인지 드러나니까 그들은 아무런 말도 하지 않았다. 안방과 건넌방에서 자는 남자들을 죽창으로 죽여버렸다. 큰아들과 작은아들인지 알고 그런 것이었으나 실은 큰아들과 사내종이었다. 작은아들은 누군가 습격해올 경우를 대비해서 사내종을 그의 방에다 두고 문간채에 머물렀던 것이다.

마을 사람들이 습격했을 때 작은아들은 안채에서 나는 발소리에 잠에서 깨어났다. 습격해온 자들이 누구인지 알아두려고 문틈으로 밖을 내다보았지만 그들은 복면을 하고 있었고 한마디 말도 하지 않았다. 열 명은 복면을 풀지 않은 채 마을로 돌아왔다. 그들이 탐진나루에 다녀온 것은 마을의 다른 사람들도 몰랐다. 이튿날, 작은아들이 돈을 주고 무인들을 데려왔다. 무인 스무 명이 두리마을로 와서 남자들의 팔뚝을 살폈다.

그중에서 한 젊은이를 끌고 갔다. 그는 작은아들을 죽이려고 나섰던 사람이었다. 젊은이는 탐진나루에 가지 않았다고 작은아들에게 말했다. 작은아들이 그에게 거짓말하지 말라고 뺨을 쳤다. 젊은이가 아니라고 할 때마다 작은아들이 뺨을 쳤다. 젊은이의 입에서, 나중에는 뺨에서 피가 흘러내렸다. 도대체 내가 왜 그곳으로 갔다고 하느냐고 젊은이가 물었다. 작은아들이 그날 밤의 일을 들먹였다. 네놈들이 왔을 적에 나는 문간채에서 밖을 내다보았다. 사내종을 부르지 않았다. 네놈들을 불러들이는 짓이 될 테니까. 형의 비명이 들렸다. 형이 책 속에 묻혀 지내다가 그곳에 영원히 묻혀버렸다는 걸 알았다. 문간채 다른 방에 있던 사내종이 안채가 소란한 걸 보고 밖으로 나왔다. 사내종은 어둠을 밝히려고 횃불을 만들었다. 그가 횃불을 들고 밖으로 나왔을 때 네놈들은 집을 떠나려고 대문으로 가는 중이었다. 한 놈이 사내종에게 달려가서 횃불을 뺏어들어 그걸 바닥에다 내던졌다. 그때 나는 그의 팔뚝에 있는 흉터를 보았다. 낫에 베인 후에 생긴 듯한 초승달 모양의 흉터였다. 그 흉터를 가진 자가 두리마을에 있을 거라고 믿고 무인들을 데리고 나섰다. 그 예상은 맞았다. 작은아들이 젊은이의 팔뚝에 난, 초승달 모양의 흉터를 가리켰다.

작은아들이 젊은이에게 누구와 갔느냐고 물었다. 젊은이는 묵묵부답이었다. 작은아들은 젊은이의 처자식과 부모를 데려왔다. 무리 가운데서 한 명만 말해주면 처자식과 부모는 무사할 거라고 약속했다. 젊은이는 하룻밤을 새우고 나서 한 사람을 말해주었다. 이렇게 해서 결국은 습격에 나선 젊은이들 열 명이 잡히고 말았다. 장흥부 관아에서 열 명을 잡아들였다. 맨 처음 습격을 제안한 사람과 맨 처음 죽창을 내지른 사람은 참수했다. 다른 여덟 명은 관노로 살아야 했다. 그런 일을 겪고 나서 마을 사람들은 이사를 가기 시작했다. 마을에 어느 날 불이 났다. 마을 사람들이 살던 초가들이 타버렸다. 부자네 작은아들이 불을 질렀다는 소문이 났다. 얼마 후에는 부자네 기와집에서 불이 났다. 마을은 폐허가 됐다.

윤누리는 어머니를 생각했다. 어머니는 개간지를 부자에게 뺏기지 않으려고 부자와 맞선 것처럼 보이지만 실은 대화를 요구한 거였다. 제 말만 해놓고 남의 말은 전혀 들으려고 하지 않는 부자에게 어머니는 죽창으로 말했던 것이다. 부자네 작은아들 또한 제 말만 해놓고 돌아섰다. 이번에도 마을 사람들은 죽창으로 말해야 했고.

윤누리가 아내에게 소리쳤다.

"마을을 만들어낼 거야."

"개경으로 가지 않고?"

윤누리는 스승의 말을 들은 후 감별관 자리를 잃었다는 걸 받아들였다. 대비가 뒤에 없다는 게 알려지면 너나없이 짓밟으려고 할 터였다. 벼슬아치가 물러나면 그를 다른 벼슬아치들이 얼마나 가볍게 대하는지 개경에서 봐왔던 것이다. 물러난 벼슬아치가 귀향하는 것은 고향이 그리워서가 아니라 다른 벼슬아치들에게 짓밟히지 않으려는 것임을 그는 알고 있었다.

"개경에는 내 자리가 없어. 마을을 만들어서 자리 잡아야지."

"마을이 쉽게 만들어질까? 오랜 세월이 걸리지 않을까?"

"마을을 되살리는 일에 여러 사람들이 나서면 그렇게 오래 걸리지 않을 수도 있어."

"여러 사람들이라면?"

"이곳에서 살았던 사람들이지."

"멀리, 그들은 떠났어."

"돌아오게 만들어야지."

"어떻게?"

"내가 여기에서 살면 돼. 고향마을에 사람이 살고 있다는 소문이 나면 그들은 돌아와."

윤누리가 들뜬 기분으로 마을 쪽을 보고 있을 때 남정네가 말했다.

"마을에다 우리가 맨 처음 집을 지을게요."

윤누리는 활짝 웃었다가 이내 고개를 내저었다.

"양민이 사는 동네에 천민은 살 수 없어요."

"그간 돈을 모아두었답니다. 그걸로 양민의 호적을 살 수 있어요."

아낙네가 다물이에게 말했다.

"마을에 집을 짓고 나면 이 집은 비어요. 원래 언덕바지에서 사셨으니까 이 집에서 사시는 건 어때요?"

다물이는 고맙다고 말했다. 눈에 눈물이 맺혔다.

*

격구는 무르익었고 왕은 자꾸 웃었다. 왕은 스스로 격구를 했고 틈나는 대로 격구 시합을 열어 그걸 구경했다. 이번에는 여자들에게 격구를 하게 만들었다. 지금 격구장에서 시합을 벌이고 있는 열네 명은 모두 여자들이었다. 여자들은 남자들과는 달리 마상 아닌 땅바닥에서 격구를 하고 있었다.

여자들은 머리띠를 묶고 흉배를 드리웠는데 청색, 홍색이 각각 일곱이다. 같은 색깔로 한패가 되는 일곱 명은 채로 공을 다루어서 상대방의 문에 넣는다. 먼저 다섯 번을 넣으면 이긴다. 일곱 명은 서로 공을 건네면서 상대방의 방어를 피하려고 하지만 상대방에서도 채를 휘둘러 공을 뺏는다. 이쪽 문에서 저쪽 문까지 이백 보에 이르고 그 사이에서 두 패는 공을 뺏고 뺏긴다.

격구장은 동서로 길게 지어져 있고 왕과 신하들은 북쪽에서 이를 구경한다. 왕, 왕비, 왕족, 재상들은 단상의 의자에 앉는다. 왕과 왕비 위에는 일산을 세워놓고 재상들 위에는 차일을 친다. 단 아래에도 의자가 늘어서 있다. 여기에는 주로 문신들이 앉는다. 무신들은 문신들 좌우에 줄지어 선다.

주상우는 문하시중 뒷자리에 앉아 있었다. 격구는 거의 보지 않고 왕과 문하시중을 살폈다. 왕이 격구장을 보면서 웃어댔다. 글을 좋아하지만 그보다는 여자를, 여자보다는 격구를 더 좋아한다는 말을 듣고 있었다. 여자와 격구를 동시에 보려고 기녀들로 격구 패를 만들었다는 백성의 비아냥거림이 개경에서 돌아다녔다.

여자들로 격구 패를 만들겠다는 왕의 말이 떨어졌을 당시, 재상들은 반대했다. 중원에 없는 일이라는, 왕이 느닷없는 일을 할 때마다 나오는 그 말이 이번에도 맨 처음에 나왔다.

이자겸과 김부식은 죽었지만 조정은 여전히 이자겸의 무리와 김부식의 무리가 덮고 있다. 선왕 대에 이자겸이 쫓겨나고 딸들 역시 폐비가 되었으나 이자겸이 곳곳에다 심었던 자들이 모두 물러난 것은 아니었다. 이자겸의 무리는 대개 부자였고 신왕이 보좌에 오르자 왕의 놀이에 돈을 대서 환심을 샀다. 그들은 천천히 품계를 올리고 외직에 있는 자들은 조정으로 들어왔다. 이자겸의 무리보다 수가 월등한 김부식의 무리는 지금 조정에서 대소사를 결정하고 있다시피 한다. 이들은 조정에서 일을 결정할 때면 미리 자신에게 묻는다. 중원에 있었던 일인가, 없었던 일인가.

재상들에 이어서 중서문하성의 간관들도 여자들의 격구 패를 반대했다. 예종이 서경의 격구장에서 여자가 채를 들고 설치는 걸 보고 여자의 격구를 금지했다는 걸 상기시켰다. 상서성의 상서들도 반대했다. 주상우 차례가 왔다. 그는 찬성했다. 태조대왕께서 개경에 격구장을 지은 이후로 고려에는 나라 곳곳에 격구장이 있다. 고려에서 격구는 상하가 함께 즐기는 놀이다. 이런 놀이에는 남녀 구분이 없어야 한다. 이런 점을 염두에 두고 폐하께서 여자들의 격구 패를 만들자고 하신 것이다. 문하시중을 비롯한 재상들의 표정이 어두워지고 왕의 표정이 밝아졌다.

청색 머리띠와 흉배를 한 패에서 먼저 상대방 문에 공을 넣었다. 격구를 구경하는 무신들 사이에서 환성이 일었다. 문신들 몇이 박수를 쳤다.

주상우가 문하시중에게 물었다.

"시중께서는 어느 패를 응원하시는지요?"

"폐하께서 청색 패를 응원하시니 그걸 따라야지요. 이부 상서는 어느 편이오?"

주상우는 문하시중이 바라는 대답을 알 수 있었다. '저야 시중께서 응원하는 편이지요'라는 것이었다.

"제가 응원하는 패는 바뀝니다. 지금 어느 패가 지고 있다면 그 패를 응원하거든요. 그 패가 이기게 되면 다른 패를 응원하고요."

"상서는 인정이 있군요."

"나랏일을 할 때는 그렇지 않은데도 주위에서는 거기에서도 제가 인정에 휘둘린다고 하지요. 이번에 장흥부로 새 부사를 보내는 일도 그렇습니다. 저는 상감청자를 잘 아는 벼슬아치를 보낼 참인데 주위에서는 정실이 개입돼 있다고 말합니다."

이번에 새 장흥부사로 주상우가 고른 관리는 예전에 장흥부에서 함께 일했던 문신이었다. 지금은 내직으로 옮겨와 있었다. 장흥에서나 개경에서나 아랫사람으로서 충실한 그를 주상우는 장흥부사로 결정했다.

"상감청자를 잘 알아서 장흥부사로 보낸다? 내가 전해 듣기로 그는 장흥부 판관 시절에 청룡요에 몇 번 가보지도 않았대요. 그가 상감청자를 잘 안다는 말은 받아들이기 어렵소."

주상우는 문하시중의 반대를 예상했다. 다른 대신들도 반대할 게 뻔했다. 자신의 사람이 아닌데 찬성할 리 없었다. 이럴 때 이부의 전임 상서들은 다음에는 대신들이 천거하는 자를 받아들이겠다고 약속해서 타협을 이루었다고 들었다. 주상우는 그러지 않을 참이었다. 이번에 타협하지 않고 내 사람을 써야 다음에도 그럴 수 있다.

격구장에서 환호성이 일어났다. 홍색 패가 공을 상대편 문에 넣었다. 홍색 패들이 채를 들어올려 흔들어댔다.

문하시중이 뒤로 고개를 돌렸다.

"두 패가 비기고 있을 때는 누굴 응원하시오? 둘 다 응원하시오, 아니면 아예 응원하지 않으시오?"

"둘 다 응원하지요."

"상서는 인정이 지나치군요. 과유불급(過猶不及)을 되새겨보시오."

왕이 잠시 쉬자고 했으므로 격구는 중지됐다. 격구장의 두 패는 자신들의 문이 있는 쪽으로 물러나 휴식을 취했다. 왕족과 대신들은 소변을 보려고 자리를 떠났다. 단상에는 왕과 왕비만 남았다. 환관들이 차를 올렸다.

왕이 왕비에게 물었다.

"여자들의 격구를 구경한 느낌이 어떻소?"

"마상 격구는 말이 날뛰어서 거친데 이것은 부드러운 맛이 있네요. 아기자기한 맛도 있고요."

"왕비는 보는 눈이 있군요. 대신들은 그게 없어요."

"하지만 고려의 돈과 중원의 전례는 대신들이 가지고 있지요."

"돈이 많지 않고 중원의 전례에 조금은 어두운 자를 중용해볼까 하는데 어떻소?"

"이부 상서로 이미 중용한 것 아닌가요?"

"이번에 여자들의 격구를 찬성한 걸 보고 고려 조정을 그에게 맡겨보고 싶은 생각까지 들었소."

대신들이 단상으로 돌아와 자리에 앉기 시작했다. 왕비는 뭐라고 말을 하려다가 그만두었다.

격구장에 늦가을 한낮의 햇살이 내리고 있었다. 격구장을 빙 둘러 심어진 회화나무에는 이파리가 몇 남아 있지 않았다.

왕이 문하시중에게 얼굴을 돌렸다.

"시중은 격구를 즐기시오?"

"무신의 놀이라서 즐기지는 않습니다."

"고려의 무신은 지금이 문신의 세상이라고 떠들고 있소. 왕은 문신의 꼭두각시에 불과하다고 말하고. 하지만 짐은 무신의 놀이인 수박희와 격구를 즐기지요. 도대체 왜 이런 일이 벌어지고 있는 걸까요?"

"폐하께서 늘 무신을 잊지 않고 계시기 때문이지요."

"잊지 않고 있다?"

"무신도 또한 폐하를 잊지 않고 있을 겁니다."

왕은 더 말하지 않고 차를 마셨다.

다시 격구가 시작되었다. 채와 채가 부딪치고 사람과 사람이 또 그랬다. 쇠가죽으로 만들어진, 장정 주먹의 두 배 크기인 공은 이리저리 굴러다녔다. 가끔은 허공으로 날아오르고 흙먼지 속에 숨기도 했다.

홍색 패거리가 먼저 상대방 문에 다섯 번을 넣었다. 시합을 마치고 여자 열네 명이 격구장 가운데 두 줄로 섰다. 왕에게 큰절을 올렸다. 왕이 이긴 편에게 은병 일곱 개를 내렸다. 이긴 편이 은병을 치켜들자 은빛이 번쩍거렸다.

왕이 일산 밖으로 나왔다.

"늦가을 하늘은 맑고 햇빛은 밝소. 이런 날에는 맑고 밝은 시 구절이 나올 거요. 여기서 시회를 열어봅시다."

왕은 왕족과 대신들의 대답은 듣지도 않고 내시를 불렀다.

"여봐라, 지필묵을 가져오너라."

내시들이 시회를 준비하는 동안 왕이 주상우를 불렀다. 그가 왕 앞으로 가서 허리를 굽혔다.

"시중에게 뭘 물었는데 상서에게도 같은 걸 물어보고 싶소."

"소신이 아는 대로 대답하겠습니다."

"문신 세상이니, 왕은 문신의 꼭두각시에 불과하다느니 하는 말이 나돌고 있소. 그런 말과는 달리 짐은 문신이 최고로 치는 송나라 글보다 당나라 시를 많이 들여다보았소. 당나라 시는 희로애락이 넘쳐서 그 구절들이 낭창낭창하게 휘어져 있는데 송나라 글에는 충의가 깃들어서 그 구절들이 곧게 솟아 있다고들 하지요. 제왕은 희로애락보다 충의를 중히 여겨야 한다고도 하고. 그런데도 왜 짐에게는 송나라 글이 맘에 들지 않는 걸까요?"

주상우는 그 이유를 짐작했다. 왕은 문신에게 충의가 없다고 여긴다. 여러 사례가 있지만 그중의 하나는 이자겸 생전에 보여준 문신의 처신 때문이다. 이자겸은 선왕을 손에 쥐고 놀았다. 아예 조정을 농단하려고 자신의 두 딸을 선왕에게 시집보냈다. 두 딸은 선왕에게 이모들이었다.

왕이 두 이모와 혼인하는 일을 보고서도 문신은 숨죽이고 지냈다. 이자
겸을 제거한 것은 문신이 아니라 무신인 척준경이었다. 문신은 충의를
보여주지 못했던 것이다. 그래놓고도 문신은 충의의 글이라며 송나라 글
을 왕에게 권한다. 그걸 왕이 외면하는 건 당연하다. 이런 생각을 주상우
는 여러 대신들이 듣고 있는 자리에서 말할 수는 없었다.

"당나라 시를 무척 좋아하시니까 송나라 글에 소홀해지신 게 아닌
지······."

"짐은 당나라 시를 자주 들여다보기는 하지만 좋아하지는 않소. 시회
를 자주 여니까 당나라 시를 좋아한다고 여기는 모양이지만 그건 아니
오. 짐이 좋아하는 것은 시회이고 그곳에서 읊어지는 고려의 시들이오."

"그러시군요."

"상서는 중원의 시와 고려의 시에서 어디에다 더 맘을 두고 있소?"

고려의 시라고 주상우는 대답할 수 없었다. 고려의 시를 하찮게 여기
는 대신들과 내시들이 단상에 그득했다.

"상서는 왜 말이 없소?"

"구분하지 않고 읽어온 탓에 당장 대답하기 어려워 그렇습니다."

*

주상우가 걸음을 멈추었다. 회경전 기와지붕이 눈으로 덮여 있었다.
지붕은 잡티가 섞이지 않은 하얀 종이처럼 보였다. 궁궐의 검은 기와지
붕이 하얗게 변한 광경과 처음 맞닥뜨린 것은 스물다섯 해 전이었다. 머
리맡에 청운만리(靑雲萬里)라고 쓰인 족자를 두고 그 앞에서 아침마다 관
복을 입던 때였다. 글씨는 그가 쓴 거였다. 지금의 머리맡에는 선물 받은

금동불상이 놓여 있었다. 벽에는 족자가 있었고 그것 또한 선물 받은 것으로 탄연의 글씨였다.

주상우는 원덕전과 건덕전을 지나서 후덕전으로 다가갔다. 나인이 나와 있었다.

"대비께서 기다리고 계십니다."

주상우가 나인의 안내로 방 안으로 들어갔다. 방은 따뜻하고 은은한 향기가 났다. 병풍 앞에 대비가 앉아 있었다. 병풍은 네 폭으로 사시사철의 풍광을 담은 거였는데 겨울 풍광은 눈에 덮인 강마을이었다.

주상우는 대비에게 큰절을 올렸다.

"이부 상서 주상우, 대비께 문안 인사를 드립니다."

"상서께서도 안녕하시지요?"

"예."

"이 중늙은이는 창을 열어 뜰을 구경했답니다. 묘향산 송이버섯의 속살처럼 하얀 눈이 뜰에 가득했어요. 그 눈을 녹여서 차를 우려내고 싶더군요."

"눈밭을 보며 술을 데우는 것도, 눈을 녹여서 차를 우려내는 것도 다 아름다운 일이지요."

"이 중늙은이가 뜰의 눈을 가져와서 화로의 주전자에 넣었답니다. 그 물로 차를 끓여보았는데 맛이 어떨지 모르겠네요."

나인이 찻잔을 가져와서 주상우 앞에 놓았다. 찻잔에 여지가 상감돼 있었다. 당나라 현종의 비, 양귀비가 좋아했다는 과일이었다. 여지는 고려에서 나지 않기에 그는 먹어본 적이 없었다. 그림으로는 자주 만나는 것인데 지금은 찻잔에서 보고 있었다.

양귀비는 난리의 원인이었고 그 난리의 와중에서 죽임당했다. 그 양귀비가 좋아한 여지를 대비가 좋아할 리 없다. 여지 무늬가 대비와 어울리지 않는데도 그게 박힌 찻잔이 버젓이 이곳에서 쓰인다. 윤누리가 없어서 이런 일이 벌어진 것이리라. 대비는 그걸 알리려고 일부러 그 찻잔을 쓰고 있는 듯하다.

주상모가 개경에서 머무르다 탐진으로 돌아갈 무렵 소문이 났다. 이부의 상서가 자객을 보내 윤누리를 죽이려고 했다. 그 이유는 윤누리에게 최고의 상감청자를 가져오라고 했다가 거절당했기 때문이다. 주상우는 소문을 낸 자가 동생이 아닐까 하고 의심했다. 동생은 상감청자를 송나라, 금나라, 왜국 등에 팔 때 인삼도 끼워 넣고 싶어 한다. 인삼이 상감청자보다 이익이 더 남기 때문이다. 하지만 인삼은 나라에서 허락받은 수량만 팔아야 한다. 그것으로는 이익이 적다. 밀매해야 하는데 이는 형이 앞장서서 막는다. 동생의 밀매가 들통 나면 이부 상서의 자리를 지킬 수 없기 때문이다. 형은 장흥부사까지 동원해서 동생의 밀매를 감시한다. 그걸 아는 밀매꾼들은 동생과 인삼 밀매를 하려고 하지 않는다. 동생은 형이 실각해서 시골에 처박히길 바란다. 형이 상감청자 감별관을 죽이려 했다는 게 대비의 귀에 들어가면 실각할 수 있다.

소문은 시들어갔고 대비가 주상우를 부르는 일은 없었다. 주상우는 안심하지 않았다. 동생이 탐진에서 인삼을 밀매하는지 알아보려고 염탐꾼을 보냈다. 염탐꾼이 가져온 소식은 엉뚱하게도 동생이 그곳에서 윤누리를 죽이려다가 오히려 당했다는 거였다. 윤누리가 탐진에 가 있는 것도 의외였지만 검술을 익힌 동생이 윤누리에게 당했다는 것은 더욱더 그랬다. 주상우는 심부름꾼을 동생에게 보내서 만약에 윤누리한테 또 칼을 뽑아든다면 탐진에서 더는 장사하지 못하게 만들어버리겠다고 알렸다. 동생과 그의 작은처남 재산 역시 어떤 이유를 붙여서라도 몰수해버릴 거라고 덧붙였다.

동생과 윤누리 사이의 일이 마무리된 줄 알았다. 그런데 오늘 대비가 불렀다. 여지를 보자 윤누리가 떠올랐고 동생과 윤누리 사이의 일이 이어지고 있다는 느낌이 들었다.

주상우가 찻잔을 들어올렸다. 차를 입에다 머금고 한참 있다가 넘겼다. 별다른 맛은 느껴지지 않았다.

"눈을 녹여 차를 끓이셨다니 신선의 경지로 느껴집니다."

"삼라만상과 하나가 돼야 신선이라고 할 수 있지요. 궁궐에 앉아 있는 이 중늙은이는 신선이 될 수 없어요. 그렇지만 고향의 천관산으로 돌아가서 신선처럼 살아가는 꿈을 꾸기는 한답니다."

"소신이 장흥부사를 해서 잘 알지만 장흥은 아름다운 고장입니다. 산자수명(山紫水明)한 데다가 바다까지 있지요. 그곳에서 한 평생을 보낸 어떤 시인은 후생에도 고향으로 삼고 싶어 하더군요."

"그곳이 항상 아름답기를 바라지만 그렇지 못해요. 얼마 전에는 별로 좋지 않은 소문도 있었고."

주상우는 찻잔을 내려놓고 대비의 말을 기다렸다.

"소문은 저 송악산 산등성이의 바람 같은 것이지요. 어떤 바람은 산등성이 너머로 사라지지만 다른 어떤 것은 궁궐로 달려와서 나무를 흔들어대요. 뜰의 나무가 흔들리면 내가 그걸 보지 않을 수 없어요."

그는 이마가 방바닥에 닿을 정도로 고개를 숙였다.

"동생에게는 묵은 원한이 있지요. 그걸 잊어야 한다고 타일렀는데도 그러지 못한 모양입니다. 동생을 다스리지 못한 죄를 용서하십시오."

"원한이 깊으면 한쪽이 죽어야만 끝나지요. 상서가 말해도 끝나지 않은 원한이라면 한쪽이 죽어야 끝나는 그런 원한이겠군요."

윤누리와 동생 중에서 누굴 죽일 것이냐, 하는 문제를 대비가 냈다. 주상우는 동생을 죽여야 한다고 말하고 싶었다. 그것은 대비가 바라는 대답이고 그가 걱정거리를 없애는 일이었다.

수신제가(修身齊家)가 이루어져야 치국평천하(治國平天下)로 나갈 수 있다. 수신은 내 의지였으나 제가는 아니었다. 처자식은 말썽을 피우지 않았지만 동생은 달랐다. 동생은 칼을 휘둘렀고 음탕했다. 그는 동생을 없애버리려고 했다. 예전에 탐진으로 동생을 보냈을 때 자객에게 죽어도 괜찮다고 여겼다. 삼강오륜으로 보면 그것은 있어서는 안 될 일이었다. 그러나 치국평천하로 나아가는 처지에서 본다면 있을 수도 있는 일이었다. 지금도 그 생각에는 변함이 없다. 동생을 없앨 수만 있다면 그러고 싶다. 내놓고 그럴 수는 없다. 대비의 뜻을 받아들여서 동생을 죽게 하면, 많은 이들이 벼슬자리를 지키려고 형제의 우애를 돌아보지 않았다고 비난할 터이다. 동생들을 죽이고 즉위한 제왕은 천하의 태평을 위해서 불가피한 일을 한 것이지만, 같은 일을 하고서 자리를 지킨 벼슬아치는 천하의 불한당이다. 그렇다고 윤누리를 죽여야 한다고 말할 수는 없다. 그것은 대비에게 칼을 들이미는 짓이다. 이미 대비는 주상모가 자신에게 칼을 들이밀었다고 여기고 있다. 형까지 덩달아서 나서면 대비는 격노하리라.

주상우는 각촉부시(刻燭賦詩)에서 초는 다 탔는데 시의 첫 구절도 쓰지 못한 심정이었다.

대비가 헛기침을 하자 주상우가 고개를 숙였다.

"그 일에 다시는 심려치 마십시오. 소신이 알아서 처리하겠습니다."

"난제인데 쉽게 해결 방안을 찾았나보군요. 상서는 과연 폐하가 맘에 들어 하는 인물답군요."

주상우는 방안을 찾아내지 못했다. 난제를 해결할 시간을 벌어두려고 처리하겠다는 약속을 우선 해두었다. 대비도 그걸 알고 있으리라. 인물 운운하면서 만약에 그걸 해결하지 못하면 인물일 수 없다고 미리 말해 둔 것이리라.

주상우는 여유를 잃지 않았다는 걸 보여주려고 차를 마셨다.

"눈을 녹여 만든 차라서 그런지 입안에 향기가 넘치는군요."

"입안에 있는 것은 향기 아닌 맛이지요."

*

오늘이 쉬는 날이라 주상우는 김병욱을 만나려고 다점에 나왔다. 오전 이른 시간이어서 다점은 한산했다.

주상우는 형부의 시랑에 적당한 관료를 대신들과 왕에게 천거해야 했다. 세 명을 천거하면 그들 중에서 한 명을 대신들과 왕이 고를 터이다. 주상우는 이자겸과 김부식 무리에서 각각 한 명씩을 골라놓고 다른 한 명을 찾는 중이었다. 무리에 끼어들지 않은 자여야 한다. 그런 자는 좀체 보이지 않았다. 가끔 그런 자가 있었지만 품계가 낮아서 시랑에 오를 수 있는 위치가 아니었다. 김병욱에게 인재를 천거해달라고 부탁하기로 했다.

아이가 주상우에게 차를 드실 거냐고 물었다. 아이 얼굴에는 마른버짐 이 피어 있어서 메마른 나무껍질 같았다. 주상우는 한 사람이 더 오면 그 때 차를 가져오라고 말했다.

문밖에서 느티나무가 북풍에 우는 소리가 들렸다. 그제 내린 눈이 다 녹고 나자 이렇게 바람이 거칠고 날씨가 추워졌다. 개경 저잣거리에 얼어 죽은 사람들이 늘어났다고 들었다. 집에서 이곳으로 오는 동안에도 주상우는 시체를 두 구나 보았다.

김병욱이 다점으로 들어왔다. 털신에 털모자를 쓰고 있어서 구월산이나 묘향산에서 온 사냥꾼 같았다. 주상우가 의자에서 일어나 예를 갖추었다. 김병욱이 답례하고 자리에 앉자 주상우가 아이를 불러서 차를 두 잔 가져오라고 했다.

"산에서 은거하고 계시는 것 같습니다."

"추위를 이기자면 이런 옷차림이 좋아요."

아이가 차 두 잔을 들고 왔다. 찻잔에다 가루차를 넣고 뜨거운 물을 부어서 저은 것이었다. 대나무 가지로 차를 젓는데 익숙하지 않은 자가 저으면 찻잔 안쪽에 가루가 묻는다. 이 찻잔 안에는 가루가 묻어 있지 않고 찻물 가장자리에 거품이 있다. 송나라 사람들이 흰 구름이라고 부르는 거품이다.

주상우가 찻잔을 앞으로 당겨놓았다.

"형부 시랑 자리가 비어서 그곳에 적합한 인재를 찾고 있습니다."

"뜰의 못을 들여다보면 늘 보는 잉어만 있지요. 강이나 호수로 가보는 게 어떻소?"

"강호에 인재인 척하는 사람은 많아도 인재는 드물더군요. 그들을 대제학께서 감별해주십시오."

"내가 인재 두세 명을 모레까지 찾아보리다."

"글피 저녁에 이곳에서 뵙지요."

"그럽시다."

주상우는 찻잔을 들어올렸다. 인재를 찾는 일에서 벗어났다고 느끼자 동생의 일이 밀려왔다. 대비에게 난제를 처리하겠다고 공언했으니 뭔가 방안을 내어놓아야 한다. 주상우는 김병욱에게 동생의 일을 털어놓았다.

어떻게 해야 동생이 탐진에서 윤누리를 습격한 일로 불편해진 대비의 심기를 풀어줄 수 있을까요? 하고 주상우가 물었다. 김병욱은 잠시 뜸을 들이지도 않고 말했다. 동생에게 벌을 내려야 대비의 심기가 풀리리라. 형이 그럴 수는 없다. 우애가 없다는 비웃음을 사리라. 동생을 벌주는 일은 남에게 맡기면 된다. 동생이 지금 탐진에 있다니까 그건 장흥부사에게 부탁해라. 그대가 천거한 장흥부사라서 그대의 바람대로 해줄 터이다. 장흥부사가 무슨 명목으로 동생을 잡아들여 벌을 줄지는 그대가 걱정하지 않아도 된다. 사람은 모과와 같다. 멀리서 보면 누르스름하게 잘 익은 듯해도 가까이서 훑어보면 모난 데, 벌레 먹은 데가 있기 마련이다. 그쯤은 장흥부사도 알고 있을 것이다. 그대는 대비만 신경 쓰면 된다. 대비에게 동생이 장흥부사에게 잡혀서 벌을 받고 있다고 알린다. 벌을 받고 나오면 동생한테 따로 벌을 주겠다고 덧붙인다. 그러면 대비도 더는 말하지 않으리라. 동생이 풀려나기 전에 그대가 할 일이 있다. 대비에게 상감청자 감별관을 새로 보내주는 것이다. 윤누리가 없다니까 명분은 충분하다. 대비는 새 감별관과 만나는 동안 윤누리를 잊어간다. 윤누리를 잊은 만큼 그대가 동생에게 주는 벌이 가벼워진다. 대비가 윤누리를 온전히 잊는다면 그대가 내리는 벌은 미미해도 된다.

주상우는 김병욱의 방안에 놀랐다. 자신이 며칠 동안 고심해도 풀지 못한 일을 그는 단숨에 풀어버렸다. 특히나 대비에게 새 감별관을 보내는 대목에서는 속으로 감탄했다. 새 감별관이 있어야 윤누리에게서 대비가 멀어지게 된다는 걸 생각하지 못한 자신에게는 속으로 혀를 차댔고.

김병욱은 차를 마시고 나자 자리에서 일어났다. 주상우는 그를 보내고 자리에 앉았다. 아이를 불러서 차를 한 잔 더 가져오라고 했다.

아이가 찻잔을 앞에 놓았다.

"너는 몇 살이냐?"

"열두 살입니다."

"이런 데서 언제부터 일했느냐?"

"열 살 때부터입니다."

"부모가 널 팔았느냐?"

아이는 대답하지 않았다. 부모가 욕을 먹는 대답을 하면 불효를 저지른다고 여기는 모양이었다.

주상우는 아이의 손에다 눈길을 주었다. 앙상한 겨울나무 같은 뼈가 드러나 보였다. 아이가 손으로 입을 가리고 기침을 했다.

"차를 마시면 감기에 걸리지 않는다. 이 차는 네가 마셔라."

아이는 안쪽의 주인을 힐끗 보았다.

"손님 것은 마시지 못합니다."

"주인에게 내가 말해주마."

"그러시면 나중에 주인이 저를 채찍으로 때립니다. 손님한테 불쌍하게 보였기에 손님이 차를 준 거라고 말하면서요."

주상우가 차를 마시고 일어섰다. 다점 밖에 호위무사가 서 있었다. 주상우가 미복으로 왔기 때문에 그 또한 관군의 옷을 벗고 백성처럼 털가죽 옷을 입었다. 그를 앞세우고 주상우는 집으로 갔다.

사흘 후, 주상우가 대비에게로 갔다. 대비가 화로 옆에 앉아서 그를 맞았다. 주상우가 큰절을 올리고 안부를 물었다. 대비가 화로에 놓인 주전자에서 물이 끓는 소리가 듣기 좋다고, 다른 데는 몰라도 귀는 건강하다고 대꾸했다. 그는 대비가 귀로 듣고 싶어 하는 말을 가져왔다고 생각했다.

"장흥부에서 동생을 잡아들일 거라고 합니다. 뭘 잘못해서 그런 모양입니다. 동생이 벌을 받고 풀려나면 제가 다시 벌을 내릴 것입니다."

그제, 주상우는 믿을 만한 부하를 장흥부로 보냈다. 장흥부사에게 동생을 잡아들이라는 은밀한 부탁을 전할 부하였다.

"그걸 말하려고 공무 시간 중에 여기까지 왔습니까?"

"대비를 뵙자 그게 먼저 입 밖으로 나와버렸습니다. 여기로 온 것은 동생 일이 아니라 대비의 일 때문입니다."

대비가 다음 말을 기다렸다.

"상감청자 감별관을 추천해드리려고요. 윤누리가 떠났으니 새 감별관이 필요하실 듯해서."

대비가 또 다음 말을 기다렸다.

"전임 대제학이 어떻습니까?"

"대제학이라고 했소?"

"대비께서는 맨 처음 만난 상감청자를 대제학에게 보내셨지요. 이제 대제학이 대비께 상감청자를 가져올 때가 됐습니다. 대제학은 청허나 윤누리 같은 도공이 아니어서 상감청자를 보는 눈이 다를 것입니다. 대비께 이전과 다른 상감청자를 가져다줄 것으로 여겨집니다."

"대제학에게 허락을 얻었소?"

"대제학에게 먼저 허락을 얻고 나중에 대비께 말씀 올리는 것은 순서에 어긋납니다."

"내가 대제학을 불러들인다고 해도 그가 오지 않으면 어떻게 하겠소?"

"대비께서 부르시는데 어찌 오지 않겠습니까?"

"그 일은 두고 봅시다."

주상우는 대비에게서 물러났다. 대비는 김병욱을 감별관으로 불러들이지 않더라도 이전처럼 도공만이 감별관이 돼야 한다는 생각에서 벗어

나리라. 그렇게 된 후에 감별관을 원한다면 주상우는 제 주위의 사람을 천거할 수 있었다.

주상우는 집으로 가서 지필묵을 꺼냈다. 노비에게 누가 찾아오더라도 집 안으로 들이지 말라고 말해놓고 연적을 집어들었다. 연적은 연꽃 봉오리 모양이다. 봉오리에 청개구리가 앉아 있는데 그 입에서 물이 떨어져 내린다. 청개구리의 두 눈에만 흑색 상감이 돼 있다. 봉오리와 청개구리의 푸른 빛깔 속에서도 그 작은 검은 점은 기죽지 않는다. 검은 점에서 그는 먹빛을 미리 보곤 한다.

주상우는 숨결을 고른 후에 먹을 갈기 시작했다. 벼루는 장산곶에서 가져온 돌로 만든, 동그란 모양의 돌벼루였다. 이것 이외에도 돌벼루를 둘 더 가지고 있는데 하나는 압록강 변의 위원석 벼루이고 다른 하나는 송나라의 단계 벼루였다.

붓에다 먹물을 적셨다. 왕에게 보낼 상소를 다시 되새겨보았다. 지금 고려는 위아래로 갈라져 있다. 위쪽은 아래를 모르고 아래쪽은 위쪽을 원망한다. 둘을 하나로 만들어낼 문하시중이 필요하다. 그 문하시중은 멀리 있지 않다. 전임 대제학인 김병욱이야말로 그 사람이다. 그는 이자겸이나 김부식과는 다른 길을 걸었다. 이자겸은 위에서 아래를 노려보았고 김부식은 위에서 저 먼 곳으로만 시선을 주었다. 김병욱은 아래에 있을 때는 주위를 둘러보았고 위에 있을 때는 아래를 살펴보았다. 그가 문하시중이 된다면 김부식을 능가하는 재상이 될 것이다.

*

말이 입김을 하얗게 내뿜었다. 말에 앉은 주상모는 두툼한 털옷 차림이었다.

탐진강 강물의 성엣장은 닦아놓은 은병처럼 반짝거렸다. 학들은 물가에 한 발로 서 있었다. 무예 고수가 한 발로 온몸을 지탱하고 있는 듯했다.

주상모는 두리마을에 들어섰다. 초가 셋이 붙어 있었다. 지난가을까지도 사람이 살지 않았다가 겨울에 세 집이나 들어왔다. 윤누리가 상감청자를 만든다는데 마을에는 가마가 보이지 않았다.

주상모는 개경에서 윤누리 집을 습격했다가 물러났고 탐진강 가에서는 청허와 싸워서 일광을 빼앗겼다. 탐진나루에서 술과 여자로 나날을 보냈다. 어제 작은처남이 술집으로 찾아왔다. 장흥부 판관에게서 은밀하게 연락이 왔는데 장흥부사가 주상모를 잡아들일 거라고 말했다는 거였다. 주상모는 장흥부사 뒤에 형이 있다고 여겼다. 술집 벽에서 형이 웃었다. 주상모는 술잔을 내던졌다. 술잔은 깨지고 형은 여전히 웃고 있었다.

형은 내가 탐진에서 윤누리를 죽이려고 했다는 걸 들었다. 내가 앞으로도 그를 죽이려 들 거라고 확신한다. 형은 윤누리를 죽게 내버려둘 수는 없다. 그 뒤에는 대비가 있으니까. 형은 윤누리를 살리고 나를 죽이고 싶을 것이다. 그렇지만 자객을 보낼 수는 없다. 그런 건 소문을 만들어낸다. 형이 동생을 죽였다는 소문이 나면 인륜을 저버린 자라고 비난이 쏟아지고 형은 벼슬길에서 떠나야 할지도 모른다. 형은 자신의 지위를 이용해서 장흥부사에게 날 가두라고 한다. 장흥부사가 내어놓을 죄목이야 여럿이다. 인삼을 밀매했다, 도공에게 사매질을 해서 죽였다, 저자에서 주사를 부려 풍속을 어지럽혔다, 뭐 그런 죄목이리라. 내가 장흥부에 잡혀 있어도 형은 절대로 구명에 힘쓰지 않는다. 그러면 벼슬아치들이 형을 두고 칭찬하리라. 자신의 집안사람에게도 국법의 엄정함을 준수한 사람이다. 이런 사람이야말로 재상에 어울린다. 사람들의 관심이 사라진

후에 형은 나를 어떻게 할까. 대비와 맞설 일이 다시는 없게끔 날 죽이려고 할까. 그러고 싶다는 걸 넌짓 장흥부사에게 알리면 장흥부에서 날 죽일 것이다. 독약으로 죽여놓고 병으로 죽었다고 말하리라.

주상모는 오늘 아침에 비단옷을 털옷으로 바꿔 입었다. 기녀의 속살처럼 부드럽다는 여우 털가죽으로 안감을 댄 옷인데 품이 넉넉하지 않아서 약간 갑갑했다. 그는 칼을 차지 않고 말에 올랐다. 칼을 차고 말을 타왔던 터라서 어딘지 어색했다.

주상모가 말을 몰아서 초가로 다가갔다. 사립문으로 나온 아낙에게 윤누리가 어디에 살고 있느냐고 물었다. 아낙이 상감청자를 얻으려면 저기로 가라고 언덕바지를 가리켰다.

주상모는 처남댁 집터로 갔다. 마른 풀 사이로 기와 조각이 드문드문 보였다. 큰처남이 시를 읊는 소리가 금방이라도 들릴 듯한데 바람 소리만 이어졌다. 큰처남은 복면한 자들에게 습격당했을 때 자신은 그 누구에게도 모질게 한 적이 없으며 시만 안다고 말했다던가. 그때 복면 하나가 그렇게 빈정거렸다던가. 시만 알아왔으니 오늘은 죽창이 뭔지도 알아보아라.

복면한 이들이 아이와 여자는 손대지 않았기에 큰처남의 아들은 살아남았고 이제 글을 익히기 시작했다. 그는 얼굴은 물론이고 글을 읽는 목소리까지도 제 아버지를 빼다박았다. 주상모는 뭐가 되고 싶으냐고 물어본 적이 있었다. 그는 또렷하게 대답했다. 시인이 되고 싶습니다.

주상모는 마을에서 벗어나 뒤편 언덕으로 말을 몰았다. 언덕바지에 올라서서 저 앞을 보았다. 예전처럼 초가와 가마가 있었다.

둥그스름한 초가지붕 아래 살아서 윤누리가 해 무늬를 만들었다고 주상모는 짐작했다. 윤누리는 이번 겨울에 동그라미로 해 무늬를 만들었고 그걸로 탐진에서 유명해졌다. 그의 해 무늬는 여러 청자에 새겨졌다. 다완에서 그것은 안에 있다. 다완 바닥에 해 무늬를 상감해놓으면 다완은 더 깊어진다. 항아리에서는 몸통에 새겨져 있다. 몸통의 해 무늬는 푸른 하늘에 뜬 해처럼 보인다. 해가 떠 있는 푸른 하늘은 밝다.

주상모는 초가로 다가가며 가마를 살펴보았다. 탐진에서 흔히 볼 수 있는, 상감청자를 굽는 용가마였다.

주상모가 말 옆구리를 가볍게 찼다. 말이 울자 초가 문이 열렸다. 바자울 너머로 보이는, 쪽마루로 나온 여자는 다물이였다.

"네놈이 웬일이냐?"

"윤누리를 보러 왔다."

"남편은 탐진나루의 친구네에 갔다. 거기 돌잔치가 있어서."

다물이는 그가 칼을 들고 있지는 않은 걸 보고 한숨은 돌렸다. 하지만 단도를 가지고 있을지도 모를 일이었다.

"부탁이 있어 왔는데 만나기가 어렵겠군."

다물이는 무슨 부탁이냐고 묻지 않았다. 주상모는 다물이의 눈을 보았다. 저 맑은 눈빛이 맘에 들어서 이곳에서 개경까지 다물이를 데려갔다, 그 시절에는 내가 젊었다, 하는 생각이 들었다.

"내 부탁을 남편에게 전해라."

"뭐냐?"

"나는 멀리 떠나. 이걸 윤누리가 장흥부에 알려주면 좋겠어."

"네가 부사한테 직접 말하지 그러느냐?"

"난 장흥부에 갈 수 없거든. 떠난다는 걸 알려주기는 해야 하고. 그래서 부탁하러 왔다."

주상모는 잠시 놀러 왔다가 돌아가는 이웃집 사람처럼 느긋하게 초가를 떠났다. 그가 언덕길에서 사라질 때까지 다물이는 바자울 가에 서 있었다. 바자울의 대나무를 만지작거렸다. 주상모가 탐진을 떠난다는 것은 반가운 일이었다. 그렇기는 해도 자신의 떠남을 남편에게 장흥부에다 알려주라고 한 것은 석연치 않았다.

하늘은 저녁놀에 물들어서 잉걸 빛이었다. 남서쪽으로 보이는 두리마을 들판에는 점점이 사람들이 있었다. 들길에도 사람들이 있긴 했으나 누가 누군지 알 수 없었다.

그녀는 서녘 하늘을 향해 합장했다. 서녘 저 멀리 극락정토가 있다고 했다. 그곳에는 부처님이 있고 사람들이 부처님처럼 산다고 들었다. 그녀는 극락정토가 있다고 믿었다. 해 뜨는 곳에 그런 세상이 있다고 하면 믿지 않았을 것이다. 해 뜨는 곳은 인연이 채 시작하지도 않은 곳인데 어찌 그런 세상이 있겠는가. 해지는 곳, 해맑은 인연이 모여 있는 그곳에 극락정토가 있을 것이다.

다물이는 부엌으로 가서 밥을 안쳤다. 불씨에다 검불을 놓아서 불을 살려냈다. 검불이 타오르자 장작을 넣었다. 불이 붙은 장작을 아궁이 가운데로 모아서 불길이 흩어지지 않게 만들었다. 불길은 장작에서 샘물처럼 솟아난다. 불길은 솟구쳐 끝에 꽃을 피운다. 세상에서 가장 짧게 피지만 가장 밝은 꽃이다.

가마솥에서 김이 솟아났다. 다물이는 장작을 더 넣지 않았다. 불길이 잦아들고 잉걸이 드러났다. 장작불은 잉걸이 된다. 그곳에는 껍질도, 고갱이도 없다. 불기운만 이글거린다. 그것은 깨끗하다. 극락정토가 이렇게 깨끗하리라.

밥을 뜸 들이는 동안 행주로 솥뚜껑과 전을 닦았다. 가마솥은 뜨거운 숨을 내쉬어서 그녀의 손을 어루만져주었다. 돌잔치에 다녀오면 남편도 뜨거운 숨을 내쉬었다. 저녁도 먹지 않고 옷을 벗겼다. 금방이라도 아이를 만들어버릴 기세였다.

마당에서 다물이는 하늘을 올려다보았다. 별이 하나, 하나 돋아났다. 별은 아이의 눈처럼 빛났다. 다물이는 양손을 모았다. 삼신할미를 찾는데 주상모가 떠올랐다. 저자의 장사꾼으로 설쳤던 그가 암자의 수도승처럼 조용해졌다. 왜 그토록 갑자기 변한 것일까. 하긴 밤은 어두워도 언젠가 아침이 된다. 사람은 밤에만 사는 게 아니라 낮에도 산다.

사방이 어두워졌는데도 남편은 오지 않았다. 다물이는 몸으로 스며드는 한기를 떨쳐내려고 이리저리 거닐었다. 〈청산별곡〉을 노래했다. 남편이 옆에 있었다면 얄리얄리얄라셩 얄라리 얄라, 하고 가락을 넣어주었으리라.

열이레 달이 떠오르자 다물이는 사립문 밖으로 나갔다. 달빛이 내린 언덕 어디에도 사람은 보이지 않았다. 언덕길을 따라 마을로 향했다. 남편은 취해서 길에 쓰러져 있는지도 모른다. 돌잔치에 갈 때 그런 내색을 하지 않았지만 벗이 늦둥이 아들을 얻은 게 많이 부러웠으리라. 돌잔치에서 그 부러움만큼 술을 마셨을 수도 있다.

청룡요의 벗들을 만나서 오래도록 얘기꽃을 피우고 있을까? 얘기꽃, 하니까 운달이가 떠오른다. 운달이처럼 얘길 재미있게 하는 사람을 만날 수 있는지. 말도 말이지만 몸짓은 또 얼마나 재미있는지. 운달이는 낙랑공주와 호동왕자를 얘기할 때 자신의 배를 내밀어서 그걸 자명고로 삼았다. 도미 부인을 처음 만난 백제 개루왕의 욕심을 말할 때는 새끼손가락을 내보였다. 욕심이 새끼손가락 정도이면 도미 부인을 욕보이려는 개루왕의 모습과 어울리지 않는데, 하고 다물이는 생각했다. 나중에 돌이켜보니 새끼손가락이 맞았다. 욕심은 그렇게 작게 시작한다. 그렇지만 다스리지 않으면 순식간에 몸뚱이보다 더 커진다.

언덕길이 끝나고 저 앞에 초가 세 채가 오순도순 모여 있는 두리마을이 보였다. 초가 한 채에서는 예전의 노비 부부가 양민 호적을 사들여 양민으로 살고 있었다. 남편은 그 집에 들렀다가 그들과 농사 얘길 하는 것은 아닌지. 지난해 농사를 지은 게 아니어서 준비해야 할 씨앗이 많다. 벼, 보리, 콩, 수수, 기장은 탐진나루 저자에서 씨앗을 사다두었지만 채소 씨앗은 다 갖춰놓은 게 아니다.

다물이가 마을에 다가갔을 때 대밭 쪽에서 인기척이 들렸다. 그녀가 대밭 쪽으로 종종걸음 쳤다. 남편을 보자마자 소리쳤다.

"주상모가 왔다 갔어."

윤누리는 아내 얼굴을 보았다. 달빛에 젖은 아내 얼굴에 상처는 없었다.

"어디에 숨어 있었어?"

"숨지 않았어."

"집은 괜찮아? 가마를 부순 것은 아니고?"

다물이는 주상모가 와서 했던 말을 남편에게 전했다. 왜 장흥부에 자신이 떠나는 걸 말해달라고 했는지 오후 내내 곱씹어보았으나 아직도 모르겠다고 덧붙였다.

윤누리는 주상모가 왜 떠난 것인지 알 수 없었다. 짐작 가는 게 있긴 했다. 스승은 칼로 주상모를 이긴 자신을 부끄러워했고 주상모는 칼로 스승에게 진 것을 부끄러워했다. 스승이 부끄러움 때문에 탐진에서 떠나갔듯이 주상모 또한 그런 것 아닐까.

스승이 떠났을 때 윤누리는 흰 실로 해가 수놓아진, 스승이 아직도 품고 다닐 천을 되새겼다. 나중에 해는 하얀 동그라미로 남았다. 윤누리는 그 동그라미를 상감했고 해 무늬라고 불렀다.

　윤누리는 장흥부의 객사에 앉아서 장흥부사를 기다렸다. 방 가운데 앉은뱅이 탁자가 자리하고 그 위에 수석과 소나무 화분이 있다. 탐라에서 온 수석은 검은색이어서 벽에 걸린 묵화와 어울린다.

　조금 전에 윤누리는 장흥부 관아에서 부사를 만났다. 부사에게 주상모가 떠났다는 걸 알렸다. 부사는 그게 사실이냐고 재차 확인한 후에 잠시 객사에서 쉬고 있으라고 말했다. 이렇게 찬 날씨에 먼 길을 돌아가려면 몸을 덥히는 게 좋다며 술을 내리겠다는 거였다. 윤누리는 괜찮다고 했으나 부사는 관비에게 손님을 모시라고 소리쳤다. 그는 관비의 안내를 받아서 객사의 방으로 왔다.

　부사가 방 안으로 들어오자 윤누리가 허리를 굽혀 예를 취했다. 부사가 아랫목의 보료에 앉았다.

　"앉게."

　윤누리가 보료에 앉았다.

　"신임 문하시중께서 공무 시간 중의 술자리를 엄금하셨네. 일을 마치고 오느라고 늦었어."

　"당연히 제가 기다려야지요."

　"신임 문하시중을 자네도 개경에서 뵌 적이 있겠군. 국자감 대제학이실 때부터 상감청자에 관심을 두셨던 분이니까."

　"전임 대제학이라면 뵌 적이 있지요. 그분이 문하시중이 되셨군요."

　"주상우 나리께서 올린 상소를 폐하께서 받아들이셨지."

　윤누리는 주상우의 권세가 더 커진 것을 알았다. 비로소 주상모가 왜 탐진을 떠났는지 알 만했다. 주상모는 형의 만류에도 인삼과 종이를 밀매해왔다. 형을 두려워하는 장사꾼들에게 형이 실각할 거라고 말했다고 한다. 형이 대비의 상감청자 감별관을 죽이려고 했는데 그 일이 탄로 났다는 거였다. 예상과는 달리 형의 권세는 더 막강해졌다. 그의 언행을 형이 그냥 넘어가지 않을 터이다. 후환을 없애려고 이번에는 동생을 아주 죽여버릴 수도 있다. 이걸 예상한 주상모는 탐진을 떠나기로 한다. 떠난 사실은 나를 통해서 장흥부사에게 알린다. 이렇게 함으로써 주상모는 나를 죽이려고 하지 않는다는 걸 형에게 보여줄 수 있다. 여기에는 죽이려고 들지 않은 자를 죽이지 말라는, 그러니까 자객을 보내 자신을 추적하지 말라는 부탁도 담겨 있다.

부사는 밖에다가 술상을 들이라고 말하고 나서 자신이 국자감에서 공부할 때를 들먹였다.

"지금의 문하시중한테서 대학을 배웠어. 그때는 아직 대제학이 아니었고 종칠품인 대학박사(大學博士)였지. 당시에 가장 많이 말씀하신 게 신민이었지. 백성을 새롭게 만들어야 한다는 거지."

"백성은 살길을 찾아서 늘 변하지요. 굳이 위에서 새롭게 만들려고 하지 않아도 그렇게 됩니다."

"하지만 어디로 가야 할지는 모르지."

"백성은 사방이 어두우면 해 뜨는 쪽으로, 추우면 따뜻한 곳으로 가지요."

술상이 옮겨져 왔다. 부사가 주전자를 잡고 윤누리에게 술을 받으라고 말했다. 윤누리는 잔을 내밀어놓고 주전자의 무늬를 보았다. 상감된 모란꽃은 꽃술이 없고 꽃잎뿐이다. 꽃잎 석 장이 삼태극으로 어울리면서 모란꽃을 이룬다. 꽃잎 석 장만으로 모란꽃을 만든 것도 뜻밖인데 그 색깔이 까만 것은 더 뜻밖이었다.

기녀 두 명이 방 안으로 들어왔다. 둘 다 해금을 들었다.

"곡을 타거라."

부사의 명이 떨어지자 기녀들이 나란히 앉아 해금을 타기 시작했다. 윤누리는 〈청산별곡〉이란 걸 바로 알았다. 곡조가 애절해서 눈물이 나올 듯했다.

〈청산별곡〉이 끝나자 부사가 말했다.

"자, 옷을 벗어라. 너희 등에다 난을 칠 것이다. 여봐라, 필묵을 가져오너라."

관비가 필묵을 가져오자 기녀 둘이 옷을 벗었다. 술상이 치워진 자리에 기녀 둘이 나란히 엎드렸다. 부사는 먹물을 잔뜩 머금은 붓을 들어서 기녀의 허리로 가져갔다. 부사가 난을 치기 시작했다. 기녀가 몸을 움칠거리면 왼손으로 기녀 엉덩이를 내리쳐서 움직이지 말라고 일렀다. 부사는 기녀의 허리에다 한 가닥, 한 가닥 난을 쳐나갔다. 난 다섯 가닥이 좌우로 뻗어나갔다. 기녀 엉덩이에 그려진 동그라미는 난이 뿌리를 서린 바위였다. 엉덩이의 점 몇은 이끼였다.

부사가 붓을 내던지고 술잔을 잡았다.

"오늘의 난은 그런대로 괜찮아. 자, 그대도 쳐보게."

윤누리가 붓을 건네받았다. 먹물을 묻혀서 기녀에게로 가져갔다. 등에는 조가비 모양의 흉터가 널려 있었다. 채찍에 맞아 살이 파여 나간 뒤에 생긴 흉터였다. 그 흉터 위에다 그는 학을 그려나갔다. 학의 몸통을 그리는데 모양이 제대로 나오지 않았다. 그릇에 낯선 무늬를 넣을 때는 세필로 먼저 밑그림을 그려 놓기도 했다. 붓은 그런대로 익숙한데 여기서는 그렇지 않았다. 손이 자꾸 떨렸다. 학의 몸통에 날개를 붙이려는데 기녀가 허리를 꿈틀거렸다. 윤누리는 엉덩이를 쳐야 한다고 생각했으나 선뜻 손이 나가지 않았다. 또 기녀가 허리를 꿈틀대자 부사가 엉덩이를 때리라고 말했다. 윤누리가 주저하자 부사가 엉덩이를 때렸다.

윤누리가 학의 두 다리까지 그리고 나서 붓을 놓았다.

"이게 학인지 오리인지 모르게 돼버렸습니다."

"내가 보기에는 기러기인데."

부사는 웃었으나 윤누리는 웃지 않았다.

기녀들이 일어나 옷을 입었다. 부사가 기녀들에게 나가라고 명하고 나서 윤누리에게 물었다.

"주상모가 어디로 간지 아나?"

"모르겠습니다."

"짐작 가는 데는 없나?"

"없습니다."

"주상모와 친한 것 아닌가?"

"원수지간입니다."

"주상모가 탐진을 떠나면서 그걸 자네에게 알린 이유는 과거에야 어떤 사이였든 지금은 친구로 지내자는 제안 아닐까?"

"원수가 어떻게 하루아침에 친구가 되겠습니까?"

"원수가 오랜 시간을 두고 천천히 친구가 되는 일은 보지 못했어. 허나 어느 날 하루아침에 그렇게 되는 건 자주 보았지. 그건 벼슬아치들 사이에서는 흔한 일이거든. 자네도 개경에서 살아봤으니 그런 일이야 여러 번 봤겠지."

윤누리는 술잔을 기울였으나 술맛이 나지 않았다. 얼굴이 불쾌해진 부사가 말했다.

"나는 개경으로 가고 싶네. 내직에서 일하고 싶어. 자네는 개경으로 가고 싶지 않나?"

"가고 싶지 않습니다."

"하긴 대비의 상감청자를 감별하는 일은 신임 문하시중께서 하시지. 자네의 자리가 없어졌으니 가고 싶지 않은 게 당연해."

윤누리는 상감청자 감별관에 다른 사람이 올 거라는 생각은 했다. 그가 문하시중일지는 몰랐다.

윤누리는 개경에서 술 마시던 때를 떠올렸다. 술집 거리에 등롱이 줄지어 있다. 바람에 등롱들이 흔들리면 오색의 용이 꿈틀거리는 듯하다. 등롱 아래에 얼굴이 동글동글한 술집 여자들이 서 있다. 술집 주인이 뛰어나와서 감별관님, 감별관님, 하고 허리를 굽실거린다.

"개경의 거리가 떠오르네요. 오색의 등롱이 춤추는 곳이지요."

"나는 궁궐과 기와집들이 떠오르는데."

"부사께서는 그 거무튀튀한 기와지붕이 지겹지도 않으세요? 저는 개경이 맘에 들었을 때도 그놈의 기와지붕은 그렇지 않았어요. 한창 때가 지난 기녀의 머리카락처럼 윤기는 없고 거무튀튀하기만 한 그 색깔이 싫어요. 기와지붕을 바꿔버리고 싶어요. 지붕이란 지붕은 모두 청기와로 덮는 겁니다. 태양 아래서 청기와 지붕은 하늘이 내려온 듯이 밝고, 달 아래서 청기와 지붕은 달빛에 젖어 꿈을 꿀 겁니다."

"개경이 송나라의 서울인 임안(항주)에 비할 수 없을 만큼 아름답겠군."

"사람들도 청기와 지붕을 따라서 낮에는 밝게 웃고 밤에는 꿈꾸겠지요."

*

"요나라가 있었을 때는 나라 북방이 시끄러웠소. 다행히 서희, 강감찬 같은 인물이 있어서 북방을 조용하게 만들었지요. 요나라를 이어 금나라가 들어섰소. 중원은 금나라와 송나라로 나누어지고 두 나라 모두 고려를 제 편으로 삼고자 화친을 바라기에 짐이 보위에 있는 동안 외침은 없었다고 말할 수 있소. 경들은 오직 내치에만 힘을 써왔소. 이런데도 왜 민란이 그치지 않는 것이오?"

대신들이 머리를 조아렸다.

"신들의 불찰이옵니다."

"경들은 민란을 막을 방안을 찾아보시오."

대신들이 허리를 굽혔고 왕이 보좌에서 일어났다.

밖으로 나온 주상우는 원덕전 앞에 서 있는 문하시중 김병욱에게로 갔다.

"어떻게 해야 민란을 막을 수 있을까요?"

"상서는 왜 민란이 일어난다고 보시오?"

주상우가 생각해온 민란의 원인은 크게 두 가지였다. 하나는 배가 고파서이다. 배고픈 자는 밤에 혼자서 도둑질한다. 이렇게 지내다가 끼리끼리 모인다. 무리는 낮에 대놓고 도둑질한다. 부자가 거느린 사병을 이기려고 무기를 든다. 그러다가 깃발도 들어올린다. 깃발에 백성을 구하기 위해서라고 쓰지만 실제 그들이 바라는 것은 곡식이다. 다른 하나는 억울해서이다. 부자와 벼슬아치의 억지에 당한 자는 억울함을 호소하려고 한다. 부자와 벼슬아치에게 호소하면 사매질당하고 곤장을 맞는다는 걸 알고 있다. 억울한 자는 그걸 주위에 토로한다. 억울한 자들끼리 위로를 주고받다가 나중에는 부자와 벼슬아치를 욕한다. 부자와 벼슬아치가 그들을 잡아다가 두들겨 팬다. 몇은 매질에 목숨이 끊어지기도 한다. 그들은 맞아 죽느니 한번 맞서나 보자고 죽창을 든다. 깃발에는 간신을 제거하기 위해서라고 하지만 실제 그들이 바라는 것은 억울함을 푸는 것이다.

"제 생각과 시중의 생각이 같을 겁니다."

"내가 대제학이던 시절에는 지금 상서가 하고 있을 그런 생각을 했소이다. 대제학에서 물러나 백성으로 살면서 민란을 바로 옆에서 보았소. 민란이 일어나는 이유는 하나였소. 조정에서 대신들은 민란이 일어나는 이유를 두고 말이 많지만 나는 하나라고 믿고 있소."

"시중의 고견을 듣고 싶습니다."

"백성 스스로 신민이 되기 위해서이지요."

주상우는 김병욱의 말에 놀랐으나 내색하지 않고 듣고만 있었다.

"부자와 벼슬아치들은 그러지 않지만 백성은 새로 태어나려고 몸부림칩니다. 그걸 민란이라고 우리 같은 벼슬아치들은 부르고요. 민란이 많다는 것은 그 나라가 새 나라가 돼가는 중이지요."

"새 나라가 되려면…… 지극히 높으신 분을……?"

"맹자는 일찍이 역성혁명을 말했소. 민란은 역성혁명이오."

"역성혁명은 제왕의 잘못이 아주 클 때나 있는 일이지요."

"백성이 신민이 되려는 걸 막는 것보다 더 큰 제왕의 잘못은 없소."

김병욱이 원덕전 앞의 계단을 내려가자 주상우는 따라갔다. 돌계단은 딱딱하고 차게 보였지만 가죽신이 두툼해서 그런지 발바닥에 그런 느낌은 없었다. 김병욱은 회경전으로 이어지는 회랑으로 들어섰다. 주상우는 회경전을 보며 서경의 아들을 생각했다. 아들이 하루빨리 외직에서 빠져나와 회경전에서 폐하를 모시고 일해야 하리라.

회경전 옆을 지날 때 김병욱이 입을 열었다.

"나라는 두 가지가 있지요. 백성이 스스로 신민이 되는 걸 북돋아주는 나라와 그걸 막는 나라. 고려는 이제껏 막는 나라였소. 앞으로는 바뀌어야 하오. 신민이 되는 걸 막지 않으면 백성도 낫이나 죽창을 들고 나서는 일이 없지요."

"신민이라고 하시는데 그게 정확히 무슨……?"

"승려는 깨달아서 새롭게 된다고 하오. 학자는 배우고 익혀서 그렇게 된다고 하고. 그들의 새로움은 자신의 탈바꿈이지요. 신민은 그들보다 더 나아갑니다. 자신의 탈바꿈에서 그치는 게 아니에요. 주위를 새로 만들지요."

"예를 들면요?"

"상감청자 도공이 있지요. 그들은 비색 청자 도공에서 상감청자 도공으로 탈바꿈했소. 나아가 고려 천지가 상감청자를 쓰게 만들었고."

김병욱이 대제학이던 당시 상감청자를 받아들이면서 신민이란 말을 했다. 백성을 새롭게 만든다고 해석했고 주상우는 그 말에 크게 관심 두지 않았다. 대제학에서 물러난 그를 주상우는 몇 번 만났다. 그때마다 신민을 빠뜨리지 않았다. 신민을 새로운 백성이라고 해석했다. 대학의 길은 곧 신민이라고 했다. 그것은 매일 책을 들여다보며 이렇게도 해석하고 저렇게도 해석하는 재야의 선비가 할 수도 있는 말이었다. 조정은 《대학》의 구절을 들먹이고 있을 만큼 한가한 곳이 아니라고 여겨서 주상우는 그 말을 흘려 넘겼다. 주상우의 천거로 그는 문하시중이 됐다. 이번에도 신민을 들먹였다. 신민을 세상을 바꾸는 백성으로 해석했다.

"시중께서 더 잘 아시겠지만 고려 백성이 신민의 길로 가려고 해도 부자와 벼슬아치들은 막아설 겁니다."

"그렇소. 그들이 신민의 길을 막고 있소."

김병욱이 발걸음을 멈추었다. 주상우는 그 옆에 섰고 김병욱이 말을 이었다.

"부자 뒤에는 돈이 있소. 벼슬아치 뒤에는 중원에서 넘어온 삼강오륜이 있고. 돈은 세상 모두의 손에서 돌고 도는 것이라고 하지만 그건 말뿐이오. 실제는 부자들의 손에서 돌고 돌지요. 그리고 삼강오륜은 세상 모두의 규범이라고 하는데 각각의 무게는 달라요. 군위신강과 군신유의의 무게가 반을 넘어서지요. 군위신강은 왕에게 바치는 충성에서 비롯하고 군신의 의리는 신하의 충성이니까, 충성이 곧 삼강오륜이지요. 충성은 내 아랫사람이 말을 잘 듣는 것으로도 해석돼 벼슬아치들이 가장 좋아하는 것이지요. 돈과 충성이야말로 신민의 길을 막는 걸림돌입니다."

"돈과 충성으로 나라가 돌아가는데 그걸 없앨 수 있겠습니까?"

"돈이 백성 모두의 손에서 돌 때 그것은 약이지요. 충성이 백성을 떠받드는 일이 될 때 그것 또한 약이지요."

김병욱이 더는 말하지 않았다. 주상우는 그 속내를 짐작할 수 있었다. 문하시중은 무엇이 약인지 아는데 그 약을 만들 방법을 찾지 못하고 있다. 돈을 백성의 손에서 돌게 하자면 부자 손아귀에서 그걸 빼내야 한다. 아직은 빼낼 방법이 없다. 백성을 떠받드는 일을 하려면 우선 벼슬아치를 바꾸어야 한다. 벼슬아치를 바꿀 명분이 없다.

김병욱이 걷기 시작하자 주상우는 뒤따랐다. 회경전 앞에 가파른 계단이 있었다. 김병욱이 계단 위에 서서 멀리 쳐다보았다. 정전은 송악산 산자락에 지어져 있는데 지덕이 상할까봐 터를 잡을 때 땅을 파내지 않았다. 흙을 날라다가 토대를 쌓아서 거기에다 전각을 세웠고 앞에다는 돌계단을 놓았다. 회경전 앞의 돌계단에서는 개경 성내가 내려다보였다.

주상우는 개경 성내를 모처럼 찬찬히 둘러보았다. 저 멀리 거무스름한 기와지붕이 이어지는 게, 작은 글자가 촘촘하게 박힌 책을 연상시켰다. 정궁 바로 앞의 관아 거리 역시 까만색 일색이었다. 여백 없는 묵화처럼 답답했다.

김병욱이 계단을 내려가서 광화문 쪽으로 방향을 잡았다. 주상우는 이부 관아로 가려면 주작문으로 가야 했으나 김병욱 뒤를 따랐다.

"상서."

"예."

"다음 문하시중은 누가 될 성싶소?"

"그 자리를 맡으신 지 몇 달밖에 안 됐는데 벌써 그런 걸……?"

"두세 달 만에 문하시중을 그만둔 사람도 있소. 나는 언제든 이곳을 떠날 각오로 일하고 있소. 떠나는 방식은 둘 중 하나이지요. 스스로 물러나든가, 주위의 압박으로 밀려나든가. 스스로 물러날 때는 후임자를 천거할 수 있고 그를 폐하께서도 받아들이지요. 내가 누굴 후임으로 천거할지는 알고 있겠지요?"

주상우는 문하시중이 되길 바랐다. 하지만 그걸 드러내면 이자겸 패거리도, 김부식 패거리도 반대할 게 뻔했다. 자신의 무리가 아니어서 그렇다는 말은 하지 않고 경륜으로나 나이로나 거기에 오를 수 없다는 이유를 댈 터였다. 그래서 그는 어느 패거리에도 속하지 않은 김병욱을 문하시중에 천거했다. 김병욱이 문하시중이 되면 그 자리를 자신에게 물려줄 거라고 여겼다. 그걸 김병욱도 뻔히 알고 있을 터이므로 그는 말을 에둘러 하지 않았다.

"저를 천거하시겠지요."

"문하시중으로 천거되려면 업적을 쌓아야 할 거요."

그 업적이 무엇이냐고 주상우는 묻지 않았다. 돈을 백성의 손에서 돌게 하고 새 벼슬아치들이 백성에게 충성하도록 바꾸는 일일 것이다.

광화문에서 주상우는 김병욱과 헤어져 가마에 올랐다. 가마는 정궁의 담을 따라 주작문 쪽으로 나아갔다. 늦겨울 바람이 거칠었다. 주상우는 가마 속에 들어 있는 작은 화로를 끌어당겼다.

해거름에 공무가 끝나고 주상우는 집으로 갔다. 사랑방에 앉아서 이런저런 생각을 해보고 사서들을 들추어보았다. 돈을 백성의 손에서 돌게 하고 새 벼슬아치들이 백성에게 충성하도록 만들 수 있는 뾰족한 방안은 떠오르지 않았다.

주상우는 방안의 실마리를 찾으려고 서찰을 뒤적였다. 장흥부사가 보낸 서찰이 손에 잡혔다. 주상모가 멀리 떠났다는 걸 알리는 서찰이었다. 거기에 윤누리의 동향도 적혀 있었다. 윤누리는 개경의 기와지붕을 청기와 지붕으로 바꾸는 헛꿈이나 꾸고 있다, 라는 대목이 눈에 들었다.

개경의 기와지붕을 모두 청기와로 덮을 수는 없다. 궁궐만 덮는다. 그렇게만 하려고 들어도 청기와 만들 도공을 탐진에 수천 명은 모아야 한다. 가마에 쓸 소나무 장작은 인근 보성과 영암에서까지 가져와야 하리라. 청기와를 개경까지 가져오는 데는 배와 뱃사람이 있어야 한다. 이래저래 엄청난 돈이 든다. 그 돈은 부자들에게 부담시킨다. 돈은 부자의 손에서 빠져나와 백성의 손에서 돈다. 그리고 청기와를 만들고 옮기는 일을 감독할 벼슬아치가 필요하다. 벼슬아치는 청기와를, 그러니까 청자를 알아야 한다. 청자를 아는 자를 관리로 임용한다는 명분으로 이자겸과 김부식의 무리를 배제한다. 국자감에서 대학의 신민이 무엇인지 배운 자들을 임용한다. 그들은 백성에게 충성한다.

궁궐의 기와지붕을 모두 청기와로 덮으면 개경은 비색을 내뿜는다. 송나라 임안, 금나라 중도(中都)의 황궁은 노란색이어서 황토밭을 떠올리게 하는 정도지만 개경의 전각들은 하늘이 내려와 있는 듯하다. 개경은 천하에서 제일 아름다운 곳이라는 말을 듣게 된다. 이런 업적을 이룬

자는 주상우라고 사서는 기록한다.

주상우는 왕에게 주청할 말을 준비하기 시작했다.

*

두리마을 언덕에 풀색이 짙고 종달새가 떴다. 윤누리는 가마 옆에 앉아서 골호(骨壺)에 무늬를 새겨나갔다. 해를 새겨 넣고 그 바깥에 구름을 풀어놓았다.

고려 사람들은 부모가 돌아가시면 화장한 후 뼛가루를 청자 골호에 담아서 산이나 강에 뿌리는 산골을 한다. 이것은 이승의 삶을 마무리하는 것이자 후생의 삶을 여는, 끝이자 시작이다. 그가 살아생전에 왕후장상이었든 부곡의 화척이었든, 그에게 이승이 아름다운 정분의 땅이었든 무명장야(無明長夜)의 고해였든, 모든 사람에게 산골은 끝이자 시작이라는 점에서 똑같다. 이런 산골에 골호가 걸맞아야 한다. 사람들은 부모나 친척의 산골에는 뼛가루를 함지박이나 나무 그릇 같은 투박한 데 담지 않고 비색이 감돌고 무늬가 빼어난 상감청자 골호를 찾는다. 여느 상감청자 골호는, 운두가 한 척가량이다. 뼛가루를 담기 쉽도록 주둥이를 큼직하게 하고 몸은 볼록하게 만든다.

윤누리 옆에서 다물이는 도토리를 깠다. 지난해 가을에 모아둔 것인데 봄 양식이 떨어져가자 꺼내왔다. 납작한 돌에 도토리를 놓고 나무망치로 살짝 내리치면 껍질이 부서졌다. 껍질을 내버리고 알만 모았다.

"도토리를 이틀은 물에 담가두어야 쓴 물이 빠지는데 그동안 뭘 먹지?"

"내가 냇물에 가서 잉어를 잡아봐야지."

"알 낳으려고 얕은 데로 나오는 잉어를 잡아버린단 말이야?"

다물이는 자식을 얻으려면 다른 생명의 새끼를 죽여서는 안 된다고 믿었다. 알밴 물고기는 잡지 못하게 했다. 꿩알을 보고도 주워오지 않았고 굶주린 멧돼지 새끼한테는 먹이를 가져다주었다.

오후에는 쇤 쑥이라도 뜯어와야겠다고 생각하며 다물이는 언덕 아래의 냇둑을 내려다보았다. 냇둑 길에서 세 사람이 말을 내달리고 있었다. 맨 앞에 선 이는 옷 색깔이 검고 뒤의 두 명은 회색으로 같았다. 장흥부의 기마대에서 나온 우두머리와 부하들인 듯했다. 맨 뒤에는 사람이 타지 않은 안장마가 따르고 있었다.

선두의 사람이 냇둑 길에서 언덕길로 말을 몰았다.

"관리가 와."

다물이가 외치자 윤누리가 골호를 내려놓고 일어났다. 그는 언덕길로 오는 사람들이 장흥부의 교위와 부하들이라는 걸 옷차림으로 알아보았다.

윤누리가 사립문 밖으로 나갔다. 교위가 말에서 내렸다.

"나는 장흥부의 교위요."

"윤누리라고 하오."

"장흥부에 가야겠소."

"무슨 일이오?"

"부사께서 데려오라는 말만 하셨습니다."

윤누리가 다물이에게로 돌아섰다.

"다녀올게."

"주상모 일이 아닐까?"

"글쎄."

"다녀와."

윤누리가 안장마에 올랐다.

냇둑 길에 이르자 교위가 말에 채찍질을 했다. 앞 말이 내달리자 윤누리의 말도 내달렸다. 그는 개경에 있을 때 말타기를 배웠는데 그때나 지금이나 서툴렀다. 교위에게 천천히 가자고 부탁했다.

윤누리는 두리마을 앞길에 이르렀다. 이곳에 살러 와서 그가 처음 한 일은 길에 묻힌 어머니의 뼈를 파낸 거였다. 사람들이 밟고 다니라고 부자네 아들이 길에 어머니를 묻은 게 언제인데 이제야 파내는가 하고 그는 눈물지었다. 어머니가 묻혔다고 여겨지는 곳을 파냈다. 뼈들이 나왔다. 해골을 보니 남자 것이었다. 팔다리의 뼈를 보아도 남자였다. 부자네에서 언제 남자도 묻었던 모양이었다. 남자의 뼈를 수습해놓고 조금 떨어진 곳을 팠다. 그곳에서 나온 건 아이였다. 아이가 도대체 무슨 일을 했다고 길에 묻고 짓밟았는지 알 수 없었다. 아이의 뼈도 수습했다. 마을 앞길을 모두 파서 다섯 사람의 뼈를 수습했다. 그중에서 어깨뼈와 갈비뼈가 부러져 있는 게 어머니의 뼈라고 여겼다. 어머니는 부자네에서 몰매를 맞고 칼로 난도질당했기에 뼈가 온전할 리 없었다. 맨 처음 잿물을 만들려고 장석과 석회석을 가루 냈을 때처럼 정성스럽게 어머니의 뼈를 빻았다. 다른 사람들의 뼈도 빻았고 각각 골호에 담았다. 아내와 함께 뼛가루를 마을과 냇물과 들판에 뿌렸다.

그 후로 윤누리는 골호를 만들었다. 골호를 살 돈이 없는 사람들에게 그걸 나누어주었다. 소문이 퍼져서 가난한 농사꾼들과 천민들이 찾아왔다. 상감청자 골호를 계속 만들었다. 골호에 언제나 넣는 것은 해와 구름무늬이다. 밝은 세상에서 살았으면 더 밝은 세상으로 가라고 해 무늬를 넣는다. 어두운 세상에서 살았으면 이제는 밝은 세상으로 가라고 또한 해 무늬를 넣는다. 해 무늬의 크기는 갓난아이 손바닥 정도이다. 세상을 향해 벌린 갓난아이의 손, 그것이야말로 또 하나의 아침 해라고 믿기에 그 크기로 해 무늬로 만드는 것이다. 해 무늬 밖에다는 구름을 풀어놓는다. 구름은 떠나는 것이자 돌아오는 것이기에 윤회에 가장 어울리는 무늬이다. 그는 죽은 사람의 환생을 기원하면서 구름무늬를 새긴다. 구름무늬는 전체가 하얀색이다. 환생한 세상이 밝기를 바라는 마음이 담겨 있다.

냇둑 길이 들길로 바뀌었다. 늦봄의 들판은 초록빛이 짙었다. 윤누리는 말고삐를 잡아당겨서 말의 걸음을 늦추었다.

장흥부 관아에 도착하자 교위가 윤누리를 객사로 안내했다. 그는 방으로 들어가서 부사를 기다렸다. 벽의 족자에는 정지상의 시 〈송인〉이 해서로 쓰여 있었다. 김부식 일파가 묘청과 정지상을 죽인 이후로 관아에서 정지상의 시는 사라졌다. 그게 다시 나타난 거였다.

부사가 방 안으로 들어왔다. 윤누리가 절을 하고 나서 물었다.

"족자를 쓴 서예가의 이름이 낯설군요."

"백련사에 갔더니 천출인 학승이 시를 알더군. 권세가들의 시보다 정지상의 시가 좋다고 말했으니 시를 안다고 해야겠지. 그리고 서예도 알아. 그에게 족자를 얻어서 이곳에 걸어두었어. 누군가 내게 족자를 버리라고 하더군. 김부식 일파가 여전히 설치니까 정지상의 시를 걸어두지 말라고 말하는 걸로 알았어. 그게 아니야. 이곳 객사는 부사의 손님이 머무는 곳인데 천출인 학승의 이름이 손님 머리 위에 붙어 있어서는 안 된다고 하더군. 그건 천출이 벼슬아치인 부사의 머리 위에 앉아 있는 거와 같다더라고. 나는 그렇게 말했지. 족자에 적힌 이름은 천출의 것이 아니라 서예가의 것이다. 그리고 족자는 방바닥 아닌 벽에 걸어두는 것이다."

"그 학승은 이름을 얻어서 천출에서 벗어났군요. 거기서 그치지 않고 불멸의 서예가가 돼가고 있고요."

"그래, 이름을 얻는 게 바로 큰일이지."

윤누리는 족자에 박힌 학승의 이름을 외워두었다.

"이제는 학승 아닌 서예가로 불러야 하는 것 아닌가요?"

"남이 무엇으로 부르든 학승은 상관하지 않는다고 하더라고."

"호탕하군요."

"그대가 더 호탕하지. 개경의 기와집을 모두 청기와로 덮어버리려고 했으니까."

"그건 제 꿈입니다. 취중이 아니었다면 그런 꿈은 말하지 않았을 텐데."

"그 꿈을 개경의 주상우 나리께서 함께 꾸고 싶어 하셔."

윤누리가 그걸 이부 상서께 언제 말씀드렸느냐고 물으려는데 부사가 말을 이었다.

"개경으로 갈 날짜를 잡게. 장흥부에서 돛배를 내겠네."

윤누리는 개경의 모든 기와집이 청기와로 덮인 모습을 그려보았다. 개경은 푸른 깃털의 봉새였다.

*

뒤뜰의 정자는 두리기둥 넷이 둥그런 기와지붕을 떠받들고 있었다. 윤누리는 정자 난간에서 뜰을 구경했다. 군데군데 수석이 놓여 있고 못에 연꽃이 떠 있다. 못에 비친 연꽃을 잉어가 지나가면서 흐트러뜨려놓는다. 잉어는 연잎 밑으로 사라지고 연꽃은 다시 물속에서 어른거린다.

주상우가 정자로 와서 보료에 앉았다. 윤누리가 큰절을 올리고 나서 머리를 조아렸다.

"앉게."

"예."

"먼 길의 여독이 풀리지 않은 자네를 부른 것은 조금이라도 빨리 만나
보고 싶어서였네."

윤누리는 개경에 도착하면 대비께 먼저 인사를 가려고 했다. 장흥부에
서 개경까지 그와 동행한 교위는 상서 나리를 당장 뵈어야 한다며 그를
주상우의 집으로 데려왔다. 다물이는 문간채에 머무르고 그는 청지기의
안내로 이곳에 왔다.

"뒤뜰이 아름답군요."

"수석이 보기에 좋아. 태백산(백두산)의 부석에서부터 탐라의 흑석까지
있다네. 강남의 태호석도 하나 있고."

"돌을 많이 모으셨군요."

"주위에서 가져다준 것들이지."

윤누리는 수석에다 눈길을 좁혔다. 탐라에서 온 흑석으로 보이는데 위
가 푸르스름하다. 바닷물에 물든 듯하다.

"돌에 매일 물을 주시나요?"

"사내종이 주고 있지. 수석에 물을 주면 그게 살아나거든."

바탕흙과 물을 섞어 반죽을 만들 때 도공들은 흙이 살아난다는 말을
한다. 반죽은 부드럽고 촉촉해서 살아 있는 듯하다. 돌에 물을 주어 그걸
살아나게 한다는 말은 듣지 못했다.

"돌이 살아나면 어떻게 됩니까?"

"겉이 푸르스름해지지."

"이끼가 끼어서……?"

"그래, 이끼야. 거무튀튀한 돌은 죽어 있어. 이끼가 살려내지."

윤누리가 수석의 이끼를 내려다보고 있을 때 주상우가 말을 이었다.

"송악산에서 개경의 기와집들을 내려다보면 거무튀튀한 바위들이 몸을 맞대고 있는 것처럼 보여. 나는 이런 경치가 싫어. 그 거무튀튀한 바위들에다 새파란 이끼를 얹고 싶어."

윤누리는 탐진나루에서 벽란도로 이어지는 바닷길에서도, 벽란도에서 개경으로 이어지는 한길에서도 청기와 지붕을 잊은 적이 없었다. 개경의 모든 지붕이 청기와로 덮인 걸 상상하면 눈앞이 찬란했다. 그 찬란함 뒤에는 그림자도 있다는 걸 되새겼다. 우선 도공이다. 개경 근처에서 청기와를 만든다면 그곳에서 일할 도공을 탐진에서 데려와야 한다. 수백 명 정도는 한참 부족하다. 최소한 수천 명은 있어야 한다. 탐진의 모든 도공을 다 모아도 수천 명에 이를지 의문이다. 도공을 따로 길러내야 한다. 지금 당장 일을 시작해도 몇 년이 걸릴지 알 수 없는 판국에 도공을 길러내는 세월까지 합쳐지면 일이 언제 끝날지 알 수 없다.

계집종이 정자로 차를 가져왔다. 주상우가 윤누리에게 말했다.

"보림사에서 온 햇차라네."

"잘 마시겠습니다."

"햇차를 좀 더 일찍 마시고 싶어 개경에 차밭을 만들기로 했지. 차 씨를 가져와서 뒤뜰에 뿌렸어. 봄에 싹이 나더라고. 차밭이 되는가 했지. 겨울에 모두 얼어 죽었어. 중원의 귤은 회수를 넘으면 탱자라도 된다지만 고려의 차나무는 웅진강(금강)을 넘으면 아예 얼어 죽는다고 하더군."

"상감청자 도공도 차나무와 비슷합니다. 탐진에서는 살아도 개경에 와서 살려고 하지 않지요."

윤누리가 차를 마셨다. 햇차여서 그런지 향기가 좋고 맛도 고소했다.

"도공을 이곳으로 데려오지 않을 거네."

202

"청기와를 만들어서 그걸 옮겨오는 게 쉽지 않을 겁니다."

"배가 많다면 가능한 일이지."

"배를 만드실 겁니까?"

"개경의 부자들은 배를 가지고 있어. 벽란도에 둔 그 배들은, 내가 알기로는 수백 척에 이르지. 우선 그걸 내놓게 만들어야지."

부자들이 배를 내어놓지 않을 거라고 윤누리는 예상했다. 부자들은 차일피일 미룬다. 그들은 잽싸게 받고 미적거리며 내어주는 게 몸에 익어 있으니까. 나라에서는 관리를 보내서 부자의 배를 징발하려고 든다. 하지만 그 관리는 부자의 아들이거나 친척이다. 설혹 그런 사이가 아니라고 해도 부자는 배 대신 뒷돈을 내민다. 관리는, 보는 사람이 많은 데서는 돈에 강하지만 보는 사람이 없는 데서는 돈에 약하다. 배를 징발하는 대신 뒷돈을 받고 물러날 것이다.

"부자들이 배를 내놓지 않으면 어쩌시겠습니까?"

"관리를 보내야지. 물론 지금의 관리는 아니야. 새로 뽑은 관리여야 해."

주상우는 우선 궁궐의 지붕을 청기와로 바꾸는 일을 시작하고 그 후에 관리를 뽑을 참이었다. 문하시중을 제외한 대신들은 자기 사람이 청자를 모른다는 이유로 음서에서 제외되는 걸 알면 격렬하게 반대하리라. 이번에 개경의 궁궐을 청기와로 덮느냐 못 덮느냐는 조정 대신들과의 힘겨루기에서 이기느냐 지느냐에 달려 있다.

주상우가 염두에 둔 첫 번째의 새 관리는 윤누리였다. 그를 행수로 임명해서 청룡요를 맡길 참이었다. 윤누리는 양민이긴 하지만 대비 옆에서 상감청자 감별관을 했으므로 행수 임명에 큰 하자는 없었다. 주상우는 윤누리를 만나자마자 그것까지 말하고 싶지는 않았다. 개경의 궁궐을 청기와로 덮는 일을 함께 시작하자는 말까지만 오늘은 하기로 했다.

"자네는 꿈이 개경의 모든 기와지붕을 청기와로 덮는 것이라고 했다면서?"

"푸른 날개를 펼친 대붕을 날려보고 싶었습니다마는 말 그대로 꿈입니다."

"꿈은 때로 현실이 되지. 그걸 꿈꾼 그대로 실현하겠다는 생각만 하지 않으면."

윤누리는 못에서 잉어가 뛰는 소리를 들었다. 탐진강에서도 잉어는 가끔 뛰어올랐다. 어떤 이들은 그걸 두고 잉어가 훗날 용이 되어 날아오를 하늘을 보려고 그러는 거라고 했다.

"제가 꿈의 어떤 부분을 고쳐야 그게 현실이 될까요?"

"개경의 모든 기와지붕을 궁궐의 지붕으로 고쳐야지."

"궁궐의 지붕만 덮는 것은 꿈을 작게 만들어버리는 것 아닐까요?"

"작지 않아. 정궁의 대문과 전각만 해도 수십 채야. 별궁들도 즐비하지."

주상우는 그걸 청기와로 덮는 것은 큰 꿈이라고 거듭 말하고 찻잔을 들었다.

못에서 또 잉어가 뛰었다. 윤누리는 용이 된 잉어를 본 적이 없었다. 그걸 믿지도 않았다. 장흥 사람들은 탐진강 잉어 중에서 한 마리는 용이 된다고 믿었다. 청룡요의 한 도공도 그걸 믿었고 윤누리에게 세세하게 얘기해주기도 했다.

탐진강에 수많은 잉어가 살지. 그것들은 모두 용이 되려고 하지는 않아. 용이 되려면 탐진강 시원까지 거슬러 올라가야 하는데 강 상류는 얕아서 가기 힘들어. 그런데도 기어이 용이 되려는 잉어들이 있어. 그것들은 물이 불어나는 한여름에 탐진강을 거슬러 올라가지. 몇은 샛강으로 잘못 들어가고 몇은 낚시나 그물에 잡혀. 한 마리가 탐진강의 시원에 이르지. 시원은 보림사 안에 있어. 보림사 앞뜰에 샘이 있는데 그게 바로 시원이야. 그 샘물은 장흥에서 가장 맑은 물이지. 잉어는 칠월 칠석에 그 샘으로 들어가. 칠월 칠석에 하늘에서 견우와 직녀의 눈물이 내려. 그 눈물을 잉어는 몸에다 받아. 그때 비늘 하나가 용의 비늘이 돼. 잉어는 이제 물을 따라 내려가. 내년 칠월 칠석을 기약하면서. 이렇게 칠월 칠석마다 비늘 하나씩을 용의 비늘로 바꿔가. 용의 비늘 백 개가 몸을 덮으면 잉어는 마침내 용이 되는 거야.

윤누리가 찻잔을 비웠다.

"장흥부사로 계셨을 때 탐진강의 잉어가 용이 되는 얘길 들으셨을 거예요. 그 잉어가 매년 칠월 칠석에 용의 비늘을 늘려가는데 그게 뭘 말한다고 생각하셨나요?"

"칠월 칠석에 내리는 빗물은 이별의 눈물이라고 하지만 거기에는 기다림이 깃들어 있어. 일 년 후 다시 만날 기약이 만든 기다림이 거기에 담겨 있는 거라고. 용의 비늘은 바로 기다림이야."

"외람됩니다마는 나리께서는 지금도 비늘을 늘려가고 계신가요?"

주상우는 문하시중을 눈앞에 두고 있었다. 용이 다 된 거였다. 그는 용이 된 다음에 날아다녀야 할 곳을 꿈꾸었다. 그곳은 청기와로 덮인 궁궐이 늘어선 개경의 하늘이다. 그 꿈이 이뤄져야만 다른 꿈이 열린다. 백성의 손에서 돈이 돌고 관리들이 백성을 떠받들고 사는 세상이다. 그리고 그 꿈은 주상우 자신만의 것이 아니다. 백성의 것이고 관리들의 것이며 사관(史官)들의 것이다.

주상우는 청사에 이름이 오를 때까지 비늘을 늘려갈 거라는 각오를 되새겼다.

"나는 비늘을 늘리고 있지. 자네는 어떤가?"

"저는 비늘을 다 붙였습니다."

"흐음, 그렇겠군. 고려 최고의 상감청자 도공이라고 스스로 여길 테니까."

"최고의 도공이 만든 청기와는 개경의 궁궐 지붕을 천 년 넘게 덮을 것입니다. 사람들은 천 년 넘게 청기와를 볼 거고요. 그들은 누가 청기와를 만들었는지 궁금해하겠지요. 청사가 기록해주면 좋으련만 청사는 우리 같은 백성을 기록하는 데 인색하지요. 그래서 저는 청기와에 제 이름을 새겨 넣으려고 합니다."

"고려에는 고을마다 절이 있고 거기에는 불상이 모셔져 있지. 불상은 도공이 흙으로, 목수가 나무로, 대장장이가 쇠로 만들어. 누가 무엇으로 만들든 불상에 이름을 새기진 않아. 이름이 붙은 불상은 만인의 부처님이 될 수 없거든. 이름을 새긴 자의 불상일 뿐이지. 청기와도 그래. 여기에 어떤 도공의 이름이 붙어버리면 고려의 청기와가 될 수 없지. 도공의 청기와가 돼버려. 그걸로 고려의 궁궐을 덮을 수는 없어."

*

다물이는 너럭바위에 앉아서 계류를 보고 있었다. 옆에 앉은 두 사람은 지팡이를 가지고 있었는데 실제는 칼이었다. 그들은 주상우가 다물이 부부에게 딸려 보낸 칼잡이들이었다. 다물이는 이곳 송악산 골짜기로 놀러 나오기 전에 주상우에게 허락을 받으러 갔다. 남편도 함께 간다고 했더니 주상우는 얼굴을 찌푸렸다. 잠시 후에 두 사람의 안녕을 위해 칼잡이들을 딸려 보내겠다고 말했다.

남편은 이곳으로 오는 동안 다점을 세 곳이나 들렀다. 운달이를 찾았으나 없었다. 남편은 다점 주인들에게 송악산 맨 서쪽 골짜기의 너럭바위로 놀러 간다고 알려놓았다. 다물이가 남편과 너럭바위에서 땀을 들이고 있을 때 운달이가 찾아왔다. 운달이는 칼잡이를 보더니 말을 아꼈다. 그들은 너럭바위를 오가며 지난 얘길 하다가 저쪽 끝으로 가서는 뭔가를 속삭이고 있었다.

다물이는 남편이 주상우의 제안대로 청기와 만들기에 나서길 바랐다. 그러면 남편은 주상우를 받아들이는 것이고 그의 동생인 주상모와 더는 악연을 이어가지 않는 것이 된다. 남편과 악연이 아닌 자라면 그녀도 받아들일 수 있을 성싶었다. 그리해야 주상모와의 악연이 끊어지는 거였다.

우선 악연부터 끊어야 한다고 다물이는 믿었다. 부처님께서 그러시지 않았던가. 끊어라. 모든 악연을 끊어라. 더는 악연이 없다면 이제 선한 인연만 있게 될 터이다. 그리고 그 선한 인연의 한 갈래가 자식이다.

칼잡이 한 사람이 일어나 너럭바위 가장자리로 갔다. 윤누리와 운달이가 얘기를 멈추었다.

운달이가 옆으로 다가오자 다물이가 물었다.

"개경 사람들이 요즘 가장 많이 하는 얘기는 뭔가요?"

"궁궐의 지붕이 시퍼렇게 바뀔 거라는 것이죠."

"그다음으로 자주 하는 얘기는요?"

"백성의 초가는 전혀 바뀌지 않을 거라는 것이죠."

운달이가 너럭바위에서 떠나갔다.

너럭바위에 난 물길을 따라서 계류가 흘러갔다. 물은 맑고 물소리는 더 맑았다. 다물이는 계류에 손을 담갔다. 계류는 너럭바위의 가장 약한 속살을 어떻게 알아내서 거길 파내기 시작했을까. 이렇게 깊고도 원만하게 굽이치는 물길을 내기까지 얼마나 많은 세월을 보낸 것일까? 수백 년? 아니, 수천 년? 그리하여 이제는 바위에 난 물길이 물보다 더 부드럽게 보인다. 하늘의 빛을 닮고자 한 비색 청자가 하늘보다 더 맑게 보이는 것처럼.

다물이가 계류에 얼굴을 씻고 났을 때 남편이 왔다.

"계곡을 타고 더 올라가자. 운달이가 저 위쪽의 이름바위에 들러보래."

이름바위라면 다물이도 얘길 들은 적이 있었다. 송악산 서쪽 골짜기 위쪽에는 너럭바위가 있다. 그 바위에다 정분을 맺은 두 사람의 이름을 새긴다. 그러면 그 바위만큼이나 오래 그 정분이 이어진다.

윤누리와 다물이가 계류 가를 따라서 위로 올라갔다. 칼잡이들이 계류에서 스무 걸음 정도 떨어진 산길을 타고 가며 윤누리 부부를 감시했다.

"바위에는 얼마나 많은 이름이 있을까?"

다물이가 묻자 윤누리가 대답했다.

"많지는 않을 거야. 바위에 이름을 새기기가 쉽지 않으니까 생각보다 적을지도 몰라."

"우리 이름을 새길 수 있겠네."

"얼마나 걸릴까? 한나절? 참, 끌이 없잖아?"

윤누리는 그릇에다 무늬를 새길 때 칼이 없으면 손톱을 쓰기도 했다. 바위에다는 끌이 없으면 조금도 새길 수 없다. 그 끌이 이름바위에 가면 있지 않을까? 이름을 새기고 난 사람들이 끌을 남겨두고 떠났으리라.

윤누리와 다물이는 이름바위에 이르렀다. 너럭바위인 이름바위는 윤누리가 이전에 생각했던 것보다 훨씬 더 넓었다. 논 세 마지기는 돼 보였다. 이름바위에는 네모들이 있었는데 얼굴만 한 것에서부터 아기 이불만 한 것까지 크기가 다양했다. 벌집처럼 촘촘하게 박힌 네모마다 이름이 새겨져 있었다.

다물이는 이름이 새겨진 네모 위를 천천히 걸어갔다. 글자를 알지 못하니까 이름을 읽을 수 없었다. 그들의 이름을 굳이 알고 싶지도 않았다. 어차피 모르는 사람들이었다.

윤누리는 이름을 밟고 돌아다녔다. 글자는 크기가 달랐지만 글씨는 대부분 해서였다. 사람들이 직접 새긴 게 아니라 이곳에서 돈을 받고 새겨주는 사람이 있다는 걸 알았다.

윤누리는 이름바위 한가운데서 빈 곳을 찾아보았다. 그런 곳은 보이지 않았다. 몇 걸음을 옮겨갔다. 빈 곳이 없기는 마찬가지였다.

바위 가장자리에 사내 둘이 앉아 있었다. 윤누리가 보기에 그들도 이름을 새기러 온 듯했다.

"이름을 새기러 오셨나요?"

윤누리가 다가가서 묻자 그중 한 명이 대답했다.

"당신의 이름을 새겨주려고 기다리고 있소."

"빈 곳이 없던데."

"빈 곳은 있소. 당신은 찾아내지 못하지."

"돈을 주면……?"

"말귀를 알아듣는군."

"얼마를 주면 가르쳐주겠소?"

"끌로 새기는 값까지 내야 하는데……"

윤누리는 돈을 가지고 있지 않았다. 외상으로 하자고 말하자 사내가 바로 고개를 내저었다. 그는 아내에게 여길 떠나자고 소리쳤다.

둘은 송악산을 내려와서 한길로 접어들었다. 칼잡이는 열대여섯 걸음 떨어져서 뒤따라왔다.

다물이가 남편에게 속삭였다.

"운달이와 무슨 얘길 했어? 칼잡이들 몰래 말하는 걸 보니까 상서네에서 떠나려는 그런 얘기 같기도 하고."

"청기와에 내 이름을 넣고 싶다는 말을 운달이한테 했지. 그는 입을 다물고만 있었어. 내가 이름을 넣는 걸 어떻게 생각하느냐고 물었지. 그가 이름바위에 들러보라고 하더군."

"이름바위에서 운달이의 대답을 찾아냈어?"

"이름은 새겨두어야 오래간다는 걸 새삼 깨달았어. 그게 그의 대답인지는 모르겠지만."

윤누리는 송악산을 올려다보았다. 이름바위는 보이지 않았다.

윤누리 부부는 주상우네 문간채로 돌아왔다. 윤누리가 방에 앉아서 이름바위를 돌이켜보며 운달이가 뭘 말하려고 한 것인지 생각하고 있을 때 청지기가 왔다. 나리께서 뒤뜰 정자에서 기다리신다고 했다.

윤누리가 정자에서 주상우와 마주 앉았다.

"송악산 골짜기에서 잘 놀다 왔나?"

"이름바위에 가보았습니다."

"그런 게 있다는 말은 들었지."

"호랑이는 죽어서 가죽을 남기고 사람은 죽어서 이름을 남긴다고 하지요. 이름바위에서 새삼 깨달았어요. 호랑이는 살아서 가죽을 만들고 사람은 살아서 이름을 새긴다. 이름을 새겨두어야 그게 남지요."

주상우가 숨을 깊이 들이쉬었다가 천천히 내뱉었다.

"청기와에 이름을 넣는 것은 안 된다고 말하지 않았던가?"

"모든 청기와에 이름을 넣을 수야 없지요. 치미와 막새 안쪽에다만 이름을 넣을 겁니다."

"안 돼."

"그걸 만드는 건 도공 윤누리입니다."

"그걸 만드는 건 이부 상서인 주상우다. 네가 앞으로 헛소리하지 않게 만들어주마."

"하긴 개경의 감옥은 벼슬아치에게는 좁아도 양민에게는 넓다고 하더군요."

"집 안 창고에 널 사흘 동안 가두어두겠다. 그사이에 네 잘못을 반성하고 다시는 헛소리하지 않겠다고 약속하면 용서해주마."

*

정궁의 주작문에서 뻗어나온 대남가에 사람들이 붐볐다. 유월 유두를 맞아서 장수를 기원하며 국수를 사먹는 사람들이 많았다. 운달이도 국숫집 뜰의 평상에서 국수를 먹고 있었다. 국숫집 주인이 운달이를 알아보고 돈 대신 이야기를 내놓고 가라고 했다. 운달이는 얘기주머니에서 얘길 꺼내면 왜 배가 홀쭉해지는지 모르겠다고 중얼거렸다. 주인이 국수 한 그릇을 더 가져다주었다.

운달이가 국숫집 뜰 가운데 섰다.

"여러분의 국수 그릇은 질그릇입니다. 흙 그릇을 한 번 구워낸 것이지요. 흙 그릇을 두 번 구워내면 어떻게 되죠? 예, 청자가 됩니다. 질그릇과 청자는 뜨거운 데를 한 번 들어가고 마느냐, 두 번은 거뜬히 들어가느냐로 나누어집니다. 질그릇이 나이 지긋한 남자라면 청자는 젊은이라고 할 수 있지요."

손님 서넛은 웃었으나 나머지는 무슨 소리야, 하는 표정이었다.

"밤일을 가지고 말하면 그렇다는 거지요."

이제야 대부분의 손님이 웃었다.

"젊은이들은 꾸미기를 좋아하지요. 귀걸이도 달고 목걸이도 걸고 분도 바르고. 그렇게 청자도 꾸미기를 좋아한답니다. 몸을 꾸민 청자를 가리켜서 상감청자라고 하지요. 지금 고려에 상감청자가 넘쳐납니다."

운달이가 상감청자를 꺼내놓자 여기저기서 사람들이 떠들었다.

"그래, 상감청자가 많아. 그게 지붕으로 기어올라갈 거라는 말이 나올 정도이니 많고말고."

"꾸미면 남한테 보이고 싶어. 상감청자도 그래서 지붕으로 올라가려는 거겠지."

"무늬가 새겨진 청기와가 궁궐 지붕을 덮고 있으면 우리도 구경하고 좋지 뭐."

"청기와 만든다고 우리한테 돈을 거둬들일 거야."

"부자들 돈으로 만든다던데?"

"처음에는 늘 그렇게 말하지. 나중에는 백성 돈만 거둬가."

국숫집 주인이 운달이한테 다가와서 얘길 하라고 했더니 사람들이 나랏일을 들먹이게 만들어놓으면 어떡하느냐고 볼멘소리를 했다.

운달이는 국숫집에서 나와 대남가를 걸어갔다. 저 앞에 멍하니 서 있는 여자가 보였다. 산발한 머리에 흐트러진 옷차림으로 보아 미친 여자 같았다.

여자가 이쪽으로 돌아섰다. 다물이였다. 운달이는 국수 가닥이 목에서 넘어올 정도로 뛰어갔다.

"왜 이렇게……?"

다물이는 그제와 어제 울 만큼 울었다. 오늘은 그만 울어야겠다고 맘먹었다. 그런데도 운달이를 보자 눈물이 쏟아졌다.

그제, 다물이는 주상우의 청지기가 가져온 상감청자 대접을 받았다.

대접에는 인동당초문이 상감된 뚜껑이 있었다. 뚜껑을 열자 천 조각이 보였다. 그걸 들어올리고 나서 화들짝 놀랐다. 천 조각 아래 있는 것은 혀였다. 이걸 왜 나한테, 하는 표정으로 청지기를 보았다. 청지기가 뼈 씹는 소리처럼 딱딱 부러지게 말했다. 이건 윤누리의 혀입니다. 그는 나리께 혀로 죄를 지어 죽임당했고 곧바로 화장됐습니다. 윤누리를 죽게 만든 혀는 불태우지 않고 이렇게 잘라왔습니다. 이걸 보면 다물이가 앞으로 어떻게 살아야 할지 알 거라고 나리께서 말씀하셨습니다. 청지기가 나가자 다물이는 혀를 깨물었다. 입안에 피가 고였다. 혀가 잘리지는 않았다. 그녀는 또 혀를 깨물었다. 피가 입에서 흘러넘쳤다. 눈앞이 캄캄해졌다. 남편을 따라 머나먼 길을 떠나는 게 당연하다고 생각했다.

다물이는 역한 냄새에 눈을 떴다. 몸이 덕석에 말려 있다는 걸 알았다. 덕석에서 빠져나오자 주위에 문둥이들이 있었다. 문둥이 한 명이 다물이에게 말했다. 혀를 깨물고 죽은 여자라면서 어떤 집안의 사내종들이 여기에다 내버렸어. 그런데 시체가 아니었구먼. 다물이는 낯선 산골짜기에서 나왔다. 개경 성안으로 들어와 남대가를 지나가던 참이었다.

다물이는 그제 주상우네에서 있었던 일을 운달이에게 들려주었다. 운달이는 고개를 떨어뜨렸다.

눈물을 닦는 운달이에게 다물이가 말했다.

"남편의 복수를 해야지요. 죽창을 들고 주상우를 찾아가겠어요."

"가면 죽어요. 남편을 죽인 사람한테 죽임당하는 그런 짓은 하지 마세요. 그건, 정말이지, 누리가 바라지 않을 거예요."

운달이가 품에서 작은 주머니를 꺼냈다.

"이건 돈주머니입니다. 이걸로 뭐든 좀 사서 드시고 여기 계세요. 그동안 나는 당신이 머물 곳을 찾아볼게요."

운달이가 돈주머니를 내던지고 달려갔다.

다물이는 발걸음을 옮겼다. 살면서 좋은 인연이 많기를 바랐다. 남편이 가장 좋은 인연이라는데 첫 남편과도, 윤누리와도 그 인연은 끊어졌다. 자식이 그다음으로 좋은 인연이라고 믿었다. 자식은 낳지 못했다. 남은 인연은 주상우, 주상모 형제와의 악연뿐이다. 살아 있는 한 그 악연에서 벗어날 수는 없으리라. 차라리 자진한다면 악연을 끊을 수 있다.

다물이는 송악산 서쪽 골짜기에 이르렀다. 계류 가에서 남자들이 몸을 씻고 있었다. 유월 유두에 청산의 계류에 몸을 씻으면 잔병이 없어진다고 했다. 오늘 송악산 골짜기마다 몸 씻는 사람들이 와 있을 터였다. 이곳에서 목을 매기도 쉽지 않은 일이었다.

계곡을 오르다보니 이름바위에 이르렀다. 바위에는 전에 봤던 두 사람이 있었는데 그들 중 한 명이 다가왔다.

"이름을 새기려고?"

다물이는 운달이에게 받은 돈주머니가 생각났다. 돈주머니를 주고 윤누리와 자신의 이름을 이곳에 새겨놓고 싶었다. 천 년 후에도 이름은 남아 있으리라.

"바위에 이름 새길 데가 남아 있나요?"

"어디든 말만 하세요. 거기에다 새겨드리지요."

"한가운데가 좋겠지만 그곳은 이미 다른 사람의 이름이 있어서……"

"그건 걱정하지 말아요. 끌로 파내버리면 되니까."

"다른 사람 이름을 지우고 거기에다 새로……?"

"어떤 이름이든지 처음 새겨진 건 아니지요. 서너 번 파낸 자리에 새겨져 있어요. 이름이란 게 그렇게 새겨졌다 지워지는 거지요."

다물이는 돈주머니를 내놓지 않았다.

계류 위쪽에는 여자들이 몸을 씻고 있었다. 어떤 여자는 바위에 앉아 〈청산별곡〉을 불렀다. 다물이는 걸음을 멈추고 그 노래를 들었다. 청산에 살자는 노랫말이 남편의 말처럼 들렸다. 남편은 혼백이 돼 청산에 머무르고 있다. 나도 곧 청산으로 가야 한다.

아이 울음소리가 들렸다. 다물이는 울음소리가 나는 데로 갔다. 여섯 살쯤 돼 보이는 사내아이가 어떤 아주머니한테 얻어맞고 있었다. 아주머니는 아이의 뺨을 때리면서 도둑놈의 새끼라고 욕을 퍼부었다. 아이가 음식을 훔치다가 잡힌 모양이었다. 다물이가 달려들어서 아주머니를 가로막았다. 운달이한테 받은 돈주머니를 꺼내서 해동통보 한 닢을 내밀었다. 아주머니는 배고픈 솔개가 병아리를 낚아채듯이 그 동전을 채갔다.

"자식이우?"

다물이는 아이를 안았다. 잘 마른 장작개비를 드는 기분이었다. 핏기 없는 얼굴은 눈물 자국으로 덮여 있었다.

계류를 타고 내려가자 국수와 떡을 파는 장사치가 있었다. 다물이가 동전 한 닢을 주고 국수를 샀다. 아이가 젓가락을 놓아두고 손으로 국수를 움켜서 입으로 가져갔다.

국수 두 그릇을 비운 아이가 세 번째 그릇을 끌어당겼다. 그것은 먹지 않고 들고 있었다.

"더 먹지 그러느냐?"

"여동생 주려고요."

"여동생이 있어?"

"여기서 조금 더 내려가면 있어요. 제가 먹을 걸 가져오겠다고 했으니까 기다리고 있을 거예요."

다물이는 국수 두 그릇을 들고 아이를 앞세웠다. 아이는 말문이 열려서 자신은 청산이고 한 살 적은 여동생은 여울치라고 말했다. 자신과 여울치는 친형제는 아니고 둘 다 부모를 잃은 떠돌이로 지내다가 만났다고 했다.

청산이가 바위 밑에 웅크리고 있는 여자아이에게 가서 손을 잡았다. 다물이가 여자아이 앞에 국수를 내려놓았다.

"네가 여울치로구나. 자, 먹어라."

여울치가 일어나서 청산이와 다물이를 번갈아보았다.

"어서 먹어."

청산이가 권하자 여울치가 오빠도 먹으라고 손짓했다.

"나는 이미 두 그릇이나 먹었어. 이건 네가 먹어도 돼."

여울치가 국수 그릇을 집어들었다. 그걸 먹기 전에 다물이에게 허리를 굽혀 인사했다.

여울치가 국수 한 그릇을 다 먹었다. 다물이가 또 한 그릇을 건네주었다. 그걸 먹지 않고 여울치가 눈물을 흘렸다. 부모가 생각나는 모양이었다. 다물이가 여울치의 눈물을 닦아주었다.

"울지 마라. 엄마 아빠는 저 하늘나라에서 네가 울지 않기를 바랄 거야."

"국수가 아주 맛있어요. 눈물이 나요."

여울치의 눈빛이 계류에 막 씻어낸 국수가닥처럼 촉촉하고 깨끗했다.

학의 무리

가을에 들어서면서 예성강 하구의 강물은 줄어들었으나 벽란도에 돛
배들은 더 늘어났다. 여름 폭풍우가 물러나자 중원과 왜에서 상선이 몰
려든 것이다. 황수양의 가을 해산물과 예성강 연안의 햇곡식도 배로 들
어오고 있었다.

주상모는 안장마에 앉아서 물가를 따라 펼쳐진 저자를 천천히 지나갔
다. 장사꾼들이 손님을 부르느라고 손뼉을 쳐댔다. 그는 장사꾼들을 보
는 척하며 예성강 하구와 바다를 살폈다.

양광도에서 온 돛배가 예성강 하구로 들어오지 않고 바다에 닻을 내렸
다. 주상모는 말을 몰아 바닷가로 달려갔다. 부하 두 명을 데리고 거룻배
를 몰아서 돛배로 갔다. 돛배에 인삼이 실려 있었으나 그는 거들떠보지
않았다. 사람이 숨어 있을 만한 곳을 찾아다녔다. 그러나 숨어 있는 사람
은 없었다.

작년 가을에 정중부, 이의방 같은 무신들이 보현원에서 문신들을 죽
이고 조정을 장악했다. 무신을 업신여긴 문신들한테 화풀이를 제대로 한

거였다. 그 무렵 무신들의 칼을 피해서 도망친 문신들이 아직도 잡히지 않았다. 주상모는 이 돛배로 예전의 문신을 찾으러 왔다. 작년에 양광도로 피신했던 문신이 돛배로 올 거라는 말을 염탐꾼에게 들었던 것이다. 그 염탐꾼이 틀림없다고 해서 그는 웃돈까지 주었는데 허탕이었다.

주상모는 돛배를 떠나 바닷가로 나갔다. 스무 기 남짓한 기마대가 이쪽으로 오고 있었다. 기를 앞세우고 있는 걸로 보아 어느 장군 일행이었다. 작년 가을 무신들이 신왕(명종)을 옹립하고 선왕의 관료들을 쫓아냈는데 이때 장군이 된 자들이 많았다. 고려에 대장군과 상장군은 흔치 않지만 장군은 예전보다 서너 배는 늘어났다.

주상모는 말에 올라타지 않고 길가에 서 있었다. 교위 벼슬인 그가 장군 앞으로 말을 몰아갈 수는 없었다. 기마대가 다가오자 주상모가 장군에게 고개를 숙였다.

"이의방 장군 휘하의 교위, 주상모입니다."

"우리 예전에 탐진에서 본 적이 있지?"

주상모는 예전에 그가 장흥부의 벼슬아치였다는 걸 기억해냈다. 지난해 운 좋게도 보현원의 거사에 낄 수 있었던 모양이다. 아니면 숨어 있는 예전의 문신을 서넛 찾아내서 참살했거나.

"서너 번 뵌 듯합니다."

"그대는 탐진나루에서 상감청자 장사를 하지 않았나?"

"그랬지요. 뜻이 있어서 송나라에 다녀왔습니다."

주상모는 형에게 쫓겨 탐진을 떠나게 되자 송나라로 갔다. 무인으로 성공하고 싶었다. 금나라와의 화의에 매달린 재상 진회는 죽었으나 송나라 조정은 여전히 금나라에 굴복하고 있었다. 송나라도 무인을 천대하는 걸 보고 고려로 향했다. 황수양에서 해적에게 잡혀서 노를 젓다가 수년 후에는 해적으로 살았다. 고려의 상선을 털었는데 은병보다 더 귀한 게 나왔다. 무신들이 일어섰다는 소식이었다. 주상모는 당장 뱃머리를 돌려 벽란도로 향했다.

"대각국사 이래 고려에서 송나라로 공부하러 가는 사람들이 많다는 건 알고 있었지만 무인이 그렇다는 말은 듣지 못했어. 더구나 금나라와 맞선 악비 장군께서 돌아가신 지가 언제인데 거기에 가다니."

"무예보다는 견문을 넓히려고……"

"견문이라? 문신들이 좋아하던 말이로군. 그런데 그대 형은 어떻게 됐나?"

"어디 있는지 모릅니다."

"그래도 형제 아닌가?"

"말씀드렸다시피 저는 송나라에서 살다 왔어요. 그사이에 형은 상서에서 문하시중으로 올라갔다는데 그것도 제가 고려로 돌아와서야 들었습니다. 이런 제가 형이 어디로 잠적했는지 어떻게 알겠습니까?"

"전임 문하시중이 도둑고양이처럼 사람들을 피해 다닌다?"

"죽었는지도 모릅니다."

"그건 그렇고, 문하시중의 동생이 사십 대 중반의 나이에 고작 교위라?"

장군은 동정인지 비웃음인지 알 수 없는 표정을 짓더니 말채찍을 휘둘렀다. 주상모는 장군이 남긴 먼지 속에 서 있었다. 바닷바람은 부는 듯 마는 듯했는데 비린내는 독했다.

칼은 같은 피를 묻힌 것끼리 모인다. 같은 피가 묻어 있지 않으면 바로 경계한다. 이걸 잘 아는 주상모는 같은 피를 자신의 칼에 묻히고자 이의방 휘하에 들어갔다. 한 패거리가 되기는 했지만 처음부터 참여하지 못한 탓에 뒷전으로 밀렸다. 보현원에서 무신들이 일어설 때 그곳의 사내종이던 자가 문신을 죽였다고 해서 교위에 앉는 세상이다보니 검술은 크게 소용되지 않았다. 술 취해 칼로 여자 치맛자락이나 찢어대는 그런 한심한 칼잡이들이 보현원에서 문신을 죽일 때 옆에 있었다고 해서 장군 바로 아래 품계인 중랑장이었다. 주상모는 있는 충성, 없는 충성 다 바치고도 교위였다. 칼은, 나중에 나타난 칼을 늦었다는 이유로 무시한다는 걸 그는 되새겨야 했다.

이의방 장군 옆에서 지내며 그는 나라를 이끌어가는 데는 글과 법률에 통달한 문신도 필요하다는 사실을 새삼 깨달았다. 작년에 무신들은 고려에서 문신들의 씨를 말려버리겠다고 칼을 치켜들었지만 그때뿐이었다. 조정을 손에 넣자마자 문인들을 데려와서 일을 맡겼다. 예전의 문신들 중에서도 장군들에게 허리를 굽혀서 벼슬자리를 그대로 지키고 있는 이들이 흔했다. 자객을 보내 형을 죽이려고 들었던, 예전의 형부 상서는 환갑이 넘은 나이에도 정중부 장군을 찾아다녔다. 그는 은일공(隱逸公)으로 불렸다.

주상모는 형이 장군들에게 머리를 조아려서 벼슬자리로 돌아가길 바랐다. 그가 교위에서 벗어나 중랑장이 되려면 누군가의 도움이 필요했다. 그걸 기대할 데가 없다 보니 형의 복직을 바랄 수밖에 없었다. 형을 만나면 다시 벼슬길로 나가라고 부탁할 참이었다. 물론 형이 재상 자리에 앉을 수는 없다. 은일공처럼 공의 작위를 받는 것이다. 이름뿐이기는 해도 그런 작위를 받으면 정중부나 이의방 같은 장군과 만날 수 있다. 동생한테 중랑장 한자리 마련해주기는 아주 쉽다.

주상모는 말에 올라 개경으로 말머리를 돌렸다. 말이 내달리지 않자 말채찍을 휘둘렀다.

*

　무신들이 작년에 보현원에서 일어났던 날을 기념해 마련한 연회가 대장군과 상장군의 협의 기구인 중방(重房)에서 열렸다. 정중부, 이의방, 이의민 같은 장군들과 은일공을 비롯한 몇 명의 문신들은 중방의 관아 마루에 자리를 잡았다. 다른 무신들은 관아 뜰에 차일을 치고 그 아래서 술상을 받았다. 무신들을 위해 친 차일은 뜰에 넷이 있었고 차일마다 스무 명가량의 무신이 자리했다. 주상모도 차일 아래에서 술과 음식을 들고 있었다.

　관아 마루에서 장군들이 작년의 거사를 화제로 삼아 얘기를 나누었다. 일 년이 지난 일이었으나 이의방은 조금 전의 일이라도 되는 듯이 흥분해서 떠들었다.

　"작년 가을에 내가 문신들의 목깨나 잘랐지. 나중에 보니까 칼에 날이 다 빠져버렸어요. 늙은 문신들의 주둥이에서 이가 빠진 것처럼."

　이의방이 잠잠해지자 여러 장군들이 정중부에게 한 말씀 하시라고 권했다. 정중부가 느릿느릿 몸을 일으켰다. 일흔을 바라보는 나이에 어울리게 백발이 성성했다.

　"내가 덕은 많지 않으나 나이는 많으니 여러 장군을 대표해서 한마디 하리다. 여러 무신들과 더불어 내가 칼을 뽑은 이유는 오직 하나입니다. 우리 무신들끼리 힘을 모아서 고려의 썩은 데를 도려내기 위함이었소. 글 나부랭이나 끼적거리고 술에 취해 백성을 잊어버린 문신들이야말로 바로 그 썩은 데가 아니고 무엇이겠소? 그래서 우리는 작년 가을에만 문신 백여 명의 목을 잘랐소이다. 우리가 뜻한 바를 일부 이루었다고 할 수 있겠지요. 하지만 거기서 멈출 수 없었소. 고려 조정에 다시는 썩어빠진 문신들이 설치지 못하게 만들어야 했지요. 그걸 위해서 나를 비롯한 여러 장군들이 중방을 열었소. 앞으로도 이 나라 조정에 참된 신하들만 가득할 것이오."

"그러고말고요."

은일공이 고개를 살짝 숙였다. 정중부가 만족한 웃음을 지으며 마루 가장자리로 나섰다.

"무신 여러분, 실컷 즐깁시다."

뜰 한가운데 멍석이 깔리고 기녀들이 나왔다. 기녀들이 검무를 추기 시작했다. 종횡으로 여섯 명씩, 서른여섯 명의 기녀들이 양손에 단검을 쥐었다. 옷자락 사이로 칼을 거둬들였다가 확 내밀 때면 칼날에서 햇빛이 튕겨나왔다.

검무가 끝나자 이의방이 일어섰다. 그가 차일 아래 앉아 있는 젊은 무신들에게 소리쳤다.

"수박희를 벌이자. 오늘은 내가 직접 나서겠다. 자, 나와 한번 붙어보자."

이의방이 마루에서 뜰의 멍석으로 내려갔다. 취흥이 도도해진 그는 수박희에 나서면 누구든 이길 수 있다는 표정으로 주위를 둘러보았다. 차일 아래의 무신들은 머리를 조아리고 있었다. 주상모도 마찬가지였다. 고려의 병권을 거머쥐고 있다시피 하는 그를 주먹으로 치고 발로 찰 수는 없었다.

"어허, 내가 나이가 들었다고 상대하지 않으려 한단 말인가?"

무신들이 더 깊숙이 고개를 숙였다.

"웃통을 벗겠다."

이의방이 외쳤다. 호위병 한 명이 비단옷을 벗겨냈다. 무인답게 웃통은 튼튼했다.

"누가 나와 맞서보겠는가?"

이의방이 한껏 목소리를 높였다.

정중부가 마루에서 뜰로 내려와 이의방 옆에 섰다.

"《손자병법》에 이르기를 싸우지 않고 이기는 것이 제일 좋은 승리라고 했소. 지금 장군께서 그런 승리를 보여주었소이다."

"내 보기에는 교위와 중랑장 들이 기개가 부족해서 내게 덤비지 못한 것처럼 보이는데……"

"기개란 적에게 쓰는 것이지 받드는 장군에게 쓰는 것은 아니지요."

이의방이 너털웃음을 터뜨렸다.

"그 말씀이 옳습니다. 그 말씀에 보답하는 뜻으로 내 한 잔 드리리다. 여봐라, 이곳으로 술상을 가져오너라."

마루의 술상이 멍석으로 옮겨지자 장군들과 문신들도 뜰로 자리를 옮겼다. 멍석 위에는 차일이 쳐져 있지 않아서 볕이 그대로 떨어졌고 그걸 보고는 중랑장들이 병졸들을 시켜서 자신들 위에 쳐진 차일을 치우도록 했다.

비단옷을 입고 난 이의방이 취기 오른 걸걸한 목소리로 말했다.

"뜰의 멍석에 앉아 술을 마시는 이런 거리낌 없는 술자리를 문신들은 몰라. 이런 놈들의 목은 모조리 잘라버려야 해."

문신들은 이의방을 외면했으나 은일공은 대꾸하고 나섰다.

"그놈들은 기녀들의 치마 속 들여다보는 것만 알지 이렇게 볕이 폭포처럼 내리는 곳에서 청천을 우러르는 호연지기는 모르지요."

이의방이 취기가 오르자 콧노래를 흥얼거렸다. 격구를 시작할 때 악사들이 연주하는 포구락(抛毬樂)의 가락이었다. 장군들이 관아 뒤편의 별당으로 가서 잠시 쉬라고 권했다. 이의방 휘하의 무신들이 그를 별당으로 데려갔다.

주상모는 부러움 반 시새움 반으로 중랑장들이 모인 곳을 일별했다. 낯익은 얼굴이 언뜻 스쳤다. 구월산이나 금강산에서 무예를 수련할 적 만난 적이 있는 무인인가 하고 살펴보았다. 탐진강 가에서 칼싸움을 벌인 후로 만난 적이 없는 청허였다. 그는 생각에 잠긴 모습으로 술잔을 들어 입에 들이붓고 있었다. 무신 세상으로 바뀔 때 그도 어디선가 공을 세워 벼슬 한자리를 차지한 게 분명했다.

청허가 이쪽으로 눈길을 돌리자 주상모는 시선을 피하려고 뜰 가운데로 고개를 돌렸다. 장군들 틈에 앉아 있는 은일공과 눈이 마주쳤다. 은일공이 실눈을 뜨고 주상모를 가리켰다.

"저기 주상모라는 놈이 교위랍시고 앉아 있구먼. 저놈의 형인 주상우가 기녀들과 놀다가 심심했는지 날 모함했어. 내가 중원의 연적을 밀매했다고 말이야. 선왕은 그 말을 믿었지. 그런 헛소리를 믿었으니 폐위나 되고 그러지. 아무튼 저 주상모의 형이 아직도 잡히지 않고 있어. 전임 문하시중은 문신들의 수괴니까 반드시 잡아야 해."

은일공이 또 주상우를 욕했다. 주상모는 그저 머리를 조아리고 있었다. 어차피 연락이 끊긴 형이었다. 내 핏줄 아닌 어떤 문신을 은일공이 들먹이고 있다고 여겼다. 은일공이 말을 마치자 그는 고개를 들어 웃음을 지어 보이기까지 했다.

은일공이 나이답지 않게 큰 목소리로 말했다.

"조금 전 이 늙은이가 술기운에 잠시 중언부언했소이다. 그렇다고 해서 아무런 뜻도 없이 떠들어댄 것은 아니었습니다. 예전에 있었던 한 문신의 허물을 드러내 시 짓고 글 쓴다는 것들의 음흉함을 여러 호걸께 알리려는 것이었습니다. 그런데 이 자리에서 문신 집안의 무도함까지 보게 될 줄은 몰랐습니다. 형이 욕된 마당에 동생이 웃었소이다. 이것이 무도함이 아니면 무엇이겠소? 아무리 미관이어도 인륜을 알 터. 아버지에 버금가는 이가 형 아니던가? 형이 욕된 자리인 만큼 그걸 참느라고 혀를 깨문다거나, 듣기 거북하니 다른 말씀이 좋겠다고 청하거나 해야지, 어찌 웃는단 말인가? 무신들이 칼로 사악함을 잘라내버리고 고려 천지에 밝음을 채워가는 지금, 저런 패덕한 자를 벼슬길에다 남겨둘 수 있겠는가?"

은일공이 주상모를 노려보다가 정중부에게 고개를 돌렸다.

"어떻게 하시겠습니까?"

정중부가 주상모를 힐끗 보고 나서 아무런 말도 하지 않았다.

"장군의 휘하는 아니지만 패덕한 자입니다. 이곳에 그대로 두시겠습니까?"

"즐거운 술자리에 패덕한 자는 어울리지 않겠지요."

은일공이 정중부에게 고개를 숙인 후 주상모를 노려보았다.

"네 이놈, 조금 전의 말씀을 들었겠지? 여기서 나가라."

주상모가 머리를 조아린 후에 대문으로 향했다. 뒤에서 은일공이 소리쳤다.

"여기서 나간 김에 아예 벼슬길에서도 나가버려라."

주상모는 대문 밖에서 발걸음을 멈추었다. 검술을 익힐 적에 죽음이 다가와도 마음가짐이 흐트러져서는 안 된다고 자신을 가르쳤다. 해적으로 살면서 비로소 그런 마음을 지니게 됐다고 자부했다. 오늘 보니 그렇지가 않았다. 청천벽력이 이런 것인가 하는 놀라움이 그를 짓눌렀다. 심호흡을 열 번 넘게 했고 칼을 뽑아 허공을 대여섯 번 갈랐다. 놀라움이 약간은 가셨다. 어디든 가야 한다고 맘먹었으나 발이 옮겨지지 않았다.

청허가 대문 밖으로 나왔다. 주상모는 중랑장인 그에게 허리를 굽혔다. 답례하고 난 청허가 물었다.

"어디로 가려 하는가?"

그것은 탐진강 가에서 서로 칼을 겨누었던 일은 깨끗이 씻어낸, 윗사람이 아랫사람을 걱정하는 목소리였다.

"모르겠어요."

"나는 탐진으로 돌아가려고 하네."

"탐진을 장흥부에서 떼어내 별도 고을인 탐진현을 만든다는 소문이 있던데 탐진현의 감무(監務)를 맡으신 건가요?"

"산천을 떠돌던 나는, 무인들이 일어섰다는 말을 듣고 개경으로 왔다네. 대비의 비색 청자 감별관을 할 때 간신배로 지목했던 자들을 죽이려고. 셋은 죽였지. 다섯은 죽이지 못했어. 그들은 무신과 한편이라고 소리치고 다니거든. 그 다섯 안에 은일공이 들어 있고 나는 그 앞에서 머리를 조아려야 하지. 언제 이런 짓을 그만두나 했는데 자네가 연회장에서 나가는 걸 보니까 나도 나가고 싶더군. 이렇게 나와버렸으니 다시는 벼슬자리를 기웃거리지 않을 참이네."

*

가을배추는 속이 차 있었다. 하늘에는 배춧속처럼 부드럽게 보이는 흰구름이 흘러갔다. 흰 구름이 지나간 자리는 푸르렀다.

윤누리는 배추밭 고랑을 지나가서 밭둑길에 앉았다. 밭둑길로 아이가 달려왔다. 아이는 윤누리가 노예로 이곳에 왔을 때 태어났는데 이제 머리가 그의 가슴에 닿았다.

아이가 외쳤다.

"싸워."

윤누리가 밭둑길에서 일어나자 아이가 또 외쳤다.

"어른들이 싸워."

장원의 대문에서 무사들이 싸우고 있었다. 이곳 장원의 주인은 주상우였고 그가 데려다놓은 무사들이 노예들을 감시했다. 작년에 고려가 무인들의 세상이 됐다는 소문이 돌더니 장원의 주인이 장군으로 바뀌었다. 며칠 전에는 그 장군이 실각했다는 소문이 났다. 그리고 오늘은 무사들이 대문에서 싸우고 있었다.

아이가 깨금발을 딛고 대문을 살폈다.

"대문이 열렸어. 아저씨도 입을 열어봐."

윤누리는 입을 벌리지 않았다. 혀가 잘렸다는 걸 안 직후 얼마나 많이 입을 벌렸던가. 금방 말을 할 수 있을 듯했다. 말이 나오지 않았다. 그래도 벙어리로 살아갈 거라고는 믿지 않았다. 혀가 자라날 거라는 꿈을 지니고 있었다. 머리카락이며 손톱은 잘리면 자라난다. 혀인들 그러지 않으랴? 주상우의 농장에서 노예로 살면서도 꿈을 간직했다. 한 해가 가고 두 해가 가도 혀는 자라나지 않았다. 그렇다고 해도 영원히 말을 할 수 없다고 믿지 않았다. 혼자 있을 때 소리를 내보았다. 신음만 나왔다. 그 신음이 나중에는 말 비슷하게 될 거라고 여겼다. 말은 돌아오지 않았다. 그는 말 대신에 아내를 찾으려고 했다. 울타리는 높고 견고했다. 어렵사리 울타리를 넘어가면 무사들이 개를 데리고 있었다. 개의 이빨과 무사들의 칼에 살점이 떨어져 나갔다. 그 무렵 주상우의 집에서 일하는 사내종이 이곳으로 쫓겨왔다. 그는 다물이가 죽었다고 말했다. 문간채 한 방에 그녀가 갇혀 있었다. 울부짖는 소리가 뜰까지 들렸다. 이튿날 조용하기에 이제는 눈물을 거둬들인 모양이라고 여겼다. 그런데 그 방은 비어 있었다. 아침에 노비들 사이에 소문이 돌았다. 다물이가 어젯밤 혀를 깨물어서 죽었다. 시신은 거적으로 싸서 문둥이들이 모여 있는 산골짜기에다 버렸다. 그날 윤누리는 하루 내내 하늘만 보았다. 하늘은 높았다. 죽은 후에 혼백이 되어야만 갈 수 있는 곳. 하늘은 넓었다. 천민이니 왕후장상이니 하고 나누지 않고 어느 혼백이든 다 받아주는 곳. 그 높고 넓은 하늘에서 구름이 흘러다녔다.

대문에서 불길이 솟았다. 윤누리가 아이 손을 잡고 대문 쪽으로 걸어갔다. 아이 엄마가 밭둑길을 달려왔다.

"어르신도 도망치세요. 우리도 지금 도망칠 거예요."

무슨 일이 일어난 거냐고 윤누리는 얼굴을 치켜들었다.

"개경에서 무사 패거리가 왔어요. 그들이 장원을 뺏으려고 하자 이곳 패거리가 막아섰지요. 두 패거리가 싸우면서 울타리가 넘어지고 집이 불 탔어요. 무사들이 서로 죽이느라고 정신이 없는 틈에 이미 여러 명이 도망쳤답니다."

아주머니가 아이를 안고 고개를 숙였다.

"그동안 우리 아이와 잘 놀아주어서 고마워요."

윤누리는 아이의 머리를 쓰다듬어주고 대문으로 갔다. 대문 바닥에 칼을 맞고 숨진 무사 여섯 명이 있었다. 네 명은 이곳 농장을 지키던 무사들이었고 두 명은 낯설었다. 무사 패거리들은 어디서 싸우고 있는지 대문에서는 보이지 않았다.

윤누리는 대문 밖에 삽으로 구덩이를 파고 시신을 묻어주었다. 해가 뉘엿해지자 그림자가 길게 드리워졌다. 윤누리는 그림자를 밟으며 걸어 나갔다. 개경이 그쪽이었다.

장원을 나온 지 사흘째 되는 날 윤누리는 개경에 도착했다. 식칼을 품고 주상우네로 갔다. 집은 불타버리고 없었다. 근처 사람들은 주상우가 행방불명됐다면서 아마도 죽었을 거라고 말했다. 윤누리는 기와 조각과 개똥이 뒹구는 집터에 식칼을 묻었다. 땅바닥에 누워 하늘을 보았다. 하늘에 흰 구름이 떠 있었다. 운달이가 그랬다. 구름은 바람에 찢어지기도 하고 바람에 쓸려가기도 하고 바람을 타고 가기도 하지. 여기서 가장 보기 좋은 건 바람을 타고 가는 구름이야. 하얀 구름이 바람을 타고 덩실덩실 날아가는 걸 반나절만 바라봐. 자네도 구름이 돼.

윤누리는 한나절이 넘도록 구름을 보았다. 구름은 뿌옇게도 변하고 잿빛으로도 변했다. 어떤 빛깔이든 구름은 머물러 있지 않았다. 빠르건 늦건 흘러오고 흘러갔다.

윤누리는 저자를 찾아나섰다. 운달이가 그곳 어디에선가 얘길 하고 있을 듯했다. 남문 근처의 저자로 들어섰다. 구석에 이야기판이 벌어져 있었다. 윤누리는 사람들 사이에 앉았다. 이야기꾼은 젊은이였다.

이야기꾼이 얘기를 마치자 윤누리가 그에게 다가갔다. 운달이를 아느냐고 물을 수 없었으므로 운달이가 얘기하는 모습을 흉내 냈다. 이야기하듯 입을 벌리고서 눈을 홉뜨고 새끼손가락을 세웠다.

"그런 표정을 짓고 손짓을 하는 이야기꾼을 찾는다는 거죠?"

윤누리가 얼른 고개를 끄덕였다.

"운달이라는 분을 찾나요?"

그가 활짝 웃으며 손뼉을 쳤다.

"그분은 돌아가신 듯해요. 칼잡이들이 싫어하는 얘길 저자에서 해댔지요. 그 후 사라졌어요. 칼잡이들이 죽였다는 말이 있어요."

그가 손사래쳤다.

"그래요, 죽지 않았어요. 그분의 많은 이야기가 살아 있거든요. 조금 전에 내가 한 얘기도 그분이 처음 한 것이랍니다."

*

은행나무 이파리는 누렇게 변하고 은행은 거의 다 익었다. 주상우는 은행나무 아래 부들자리에 앉았다. 그가 이부 상서이던 당시 김병욱과 이곳에서 탁주를 마셨다. 그날은 칠월 열엿새의 달빛이 흘러다녔는데 지금은 찬바람머리의 낙엽이 뒹굴고 있었다.

개경 서문과 홍왕사를 잇는 한길에서 말발굽 소리가 요란했다. 기마병들이 내달리는 모양이었다. 주상우는 벼루에 먹을 가는 소리만큼이나 말발굽 소리에 익숙해졌다.

주모는 툇마루에서 배추를 다듬었다. 홍왕사로 빨래 삯일을 하러 다니는 과부가 술집으로 왔다. 과부는 툇마루에 엉덩이를 걸치고 홍왕사에서 본 걸 떠들었다.

오늘 홍왕사에서 나이도 많고 덕도 높다는 늙은 중이 죽었어. 남자는 몰라도 문자는 조금 아는 여자가 한 말을 빌려 오자면 조실 스님이 열반하셨어. 조실 스님이니까 제 방에서 죽어야 하는데 그렇지 않았어. 대웅전 앞뜰에서 죽은 거야. 스님들은 이 세상을 떠날 때 남과 다른 짓을 하기도 하잖아. 자신이 떠날 때를 미리 말해놓았다가 정확히 그 시각에 떠나기도 하고, 앉은 그대로 숨을 거두기도 하고. 내가 보기에는 말이야, 해우소에서 뒷일 보고 나서 가는 게 큰스님의 마지막으로 좋은데. 속에 든 걸 비워놓고 간다. 이거 얼마나 멋져.

사내도 말이야, 여자를 만나서는 속에 든 걸 시원하게 비울지 알아야 해. 여자가 이팔청춘이든 반백 살이든 가리지 말고 비울지 알아야 한다고. 그래서 나는 속없는 놈들을 좋아해. 여자를 위해서 제 속을 팍팍 비우는 놈들이니까 말이야. 알아, 알아. 속없는 놈들이 삼강오륜을 지키지 못하는 놈들을 말한다는 것. 그런데 그런 놈들이 여자를 만나서는 제 속을 시원하게 비우곤 하거든. 속없는 놈들을 내가 좋아할 수밖에. 나는 속이 있다는 놈들도 좋아하지만 그놈들은 나를 거들떠보지 않아. 쉰 살 넘은 여자는 부처님밖에 보아주지 않는다나 어쩐다나. 걔들이 쉰 살 넘은 여자를 몰라서 그래. 아는 거라고는 그저 중늙은이다, 하는 정도지. 조왕은 밥 냄새 나고 주당은 뒷간 냄새 난다고 지레짐작하는 건 신을 모르는 짓이야. 신에게는 냄새 대신에 마음이 있어. 쉰 살 넘은 여자를 그저 중늙은이라고 무시하는 것 또한 여자를 모르는 짓이야. 나 같은 여자한테는 탱탱한 속살 대신에 달착지근한 마음이 안다미로 있어. 속 있다는 놈들이 왜 여자의 속은 못 알아보는지, 원.

그놈들을 계속 들먹여봐야 입맛만 버리니까 홍왕사 조실 스님 얘길 이어가자. 그 스님은 부처님이 내려다보는 대웅전 앞뜰에서 숨을 거두었어. 왜 거기서 숨을 거두었는지 알려면 오전으로 돌아가야 해. 오전에 비가 내렸어. 그 빗속에 장군이 절을 찾아왔지. 요사채에서 벌거벗고 놀려고 말이야. 여승을 겁탈하는 거라면 내가 말도 안 해. 그 장군이 데리고 노는 것은 젊은 중이야. 전에는 사노였지. 그 사노를 장군이 맘에 들어 했고 중으로 만들었어. 그러고는 가끔 절로 찾아와서 비역질을 하는 거야. 그럴 바에야 사노를 제집으로 데려가 사내종으로 삼으면 되지 왜 절에서 이런 짓을 하느냐고 묻는 사람도 있어. 그 이유는 이 집 주모도 짐작하고 남을 거야. 뭐든 집에서는 맛이 덜하거든. 술만 해도 그래. 술집의 술을 집으로 가져가면 맛이 떨어져. 술맛 모르는 것들이야 아무 데서나 마시지만 술꾼은 그렇지가 않지. 그 장군도 비역질에는 이골이 난 사람이어서 사노를 집으로 데려가면 맛이 떨어진다는 것쯤이야 훤히 꿰고 있었겠지. 그래서 오늘도 흥왕사에서 비역질을 한 거야. 장군은 비역질만 하고 돌아가기가 민망했는지 대웅전을 참배했어. 장군이 대웅전에 들어오자마자 스님들이 전부 뜰로 나가버렸지. 빗속에 그대로 서 있었어. 대웅전에서 나온 장군은 스님들을 보고 얼굴을 찌푸렸어. 잠시 후 씩 웃더니 고맙다고 말했지. 내 가죽신이 젖지 않게끔 너희가 징검돌이 돼주겠다니 고맙다. 그러고는 칼을 뽑았어. 왕족들이 올 때 네놈들은 징검돌이 된다. 장군인 나한테는 그러지 못하겠다고 하면 목을 치겠다. 스님들이 엎드리지 않았어. 장군은 칼로 앞에 있는 스님을 찔렀어. 스님이 그 자리에서 절명했지. 조실 스님이 앞으로 나섰어. 더는 죽이지 마시오. 내가 엎드리겠소. 장군이 칼을 거두었지. 조실 스님이 엎드리자 다른 스님들도 따라 했지. 장군이 스님들을 밟고 갔어. 스님들이 엎드린 채 흐느꼈지. 한참 후에 한 명, 한 명 일어났어. 마지막에 조실 스님만 남았어. 조실 스님은 일어나지 않았어. 부처님이 내려다보고 있는 대웅전 앞뜰에 보리수 낙엽이 굴러다니는데 조실 스님은 보리수 밑동처럼 꼼짝도 하지 않았어. 기다리다 못해서 다른 스님들이 다가갔지. 조실 스님은 이미 죽어 있었어. 남자는 몰라도 문자는 조금 아는 여자가 그러더라고. 큰스님들은 언제 열반할지 안다는데 조실 스님은 그걸 몰랐어. 이렇게 갑자기 열반하시다니. 내가 보기에는 조실 스님은 언제 이승을 떠나야 할지 알고 있었어. 어디서 떠나야 할지도 알고 있었고.

세상이 바뀌었으니까 뭐가 좀 달라지나 했더니 나아진 게 없어. 아니 뒷걸음질이야. 이러다보니 옛날로 돌아가야 한다느니, 쫓겨난 왕을 데려와야 한다느니 하는 말도 나오지. 쫓겨난 왕이 어디 있느냐고? 저 남쪽 거제도에 있대. 거기는 격구장도 없고 궁녀도 없다더라고. 선왕을 감시

232

하는 무인만 있대. 그 무인이 전임 문하시중의 동생이라나 뭐라나. 얼마 전에 무신들이 떼거리로 흥왕사에 몰려왔다가 쫓겨난 왕을 들먹이면서 그를 비웃더라고. 전임 문하시중의 동생인 놈이 선왕 유배지에서 개가 돼 있다면서.

주상우는 선왕이 거제도에 유폐돼 있는지는 알았지만 주상모도 거기 있는지는 몰랐다. 이의방 아래서 교위를 한다는 소문을 들었는데 멀리도 갔다 싶었다.

주모가 탁주와 소금에 절인 배추를 가져와서 부들자리에 놓았다.

"맛이나 봐라."

주상우가 수염을 쓰다듬고 나서 술병을 집어들었다. 탁주에서 시어빠진 냄새가 났다.

"너무 익었어."

"그게 저녁밥이야."

"나는 밥을 먹어야 하는데."

"술이 안 팔려서 곡식은 못 사들인다."

"그렇다고 시어빠진 탁주만 줘?"

"그놈의 머리카락을 베어버리든지 묶든지 해라. 바람난 연놈이 뒹굴고 간 억새밭 꼴을 해가지고는."

주상우는 하얗게 센 머리카락을 늘어뜨리고 있었다. 술꾼들은 그를 도사로 알았지만 그는 얼굴을 가리려고 그런 거였다.

주상우는 문하시중으로 있을 당시 개경 성내에 집을 두 채 가지고 있었다. 동쪽 집에서 매일 지내고 서쪽 집에는 가끔 들렀다. 서쪽 집에는 기녀가 살았다. 기녀는 그가 문하시중인지도 몰랐다. 미복 차림으로 술집에 갔다가 맘에 든 기녀를 보았다. 술집 주인한테 은밀하게 기녀를 사고 그보다 더 은밀하게 기와집도 샀다. 기녀를 기와집에 데려다놓았다. 노비를 딸려주었다. 밤에 무섭다고 해서 문간채에다 칼잡이도 데려다 놓았다. 주상우는 문하시중에서 사직했고 한 달을 집에서 보냈다. 기녀가 생각나서 모처럼 찾아갔다. 기녀는 칼잡이와 도망쳐버리고 없었다. 노비들은 집을 잘 지키겠다고 하더니 얼마 후에 살림살이를 훔쳐서 사라졌다. 주상우는 서쪽 집을 내버려두었다. 무신이 반란을 일으켰다는 말을 들었을 때 그는 집 안의 은병을 챙겨서 서쪽 집으로 갔다. 마루에서 고양이가 새끼들과 낮잠을 자고 있었다. 살림살이를 사들이면서 늙은 노비도 샀다. 아들과 부인의 안부는 돈으로 살 수 없었다. 소문은 돈으로 살 수 있었다. 다점에 나가 염탐꾼에게 돈을 주면 그가 소문을 알아왔던 것이다. 아들과 부인의 소문은 가장 나쁜 것이었다. 서쪽 집에서 열 달을 지내고 나자 돈이 다 떨어졌다. 그는 늙은 노비를 팔았다. 두 달이 지나자 집을 팔아야 했다. 주상우는 머물 곳을 찾다가 예전에 들른 적이 있는, 서문 밖의 은행나무 옆 술집으로 갔다. 머물 곳이 필요하다고 하자 주모가 돈을 내놓으라고 했다. 주상우는 해동통보를 꺼내주었고 주모는 초가의 건넌방을 가리켰다. 주상우가 또 해동통보를 꺼내주었다. 주모가 돈을 세어보았다. 한 달 동안 아침저녁 두 끼는 주마.

주상우는 탁주를 비우고 뒤란으로 갔다. 뒤란에 은행나무 그늘이 밀려와 있었다.

"아나, 나비야."

나비는 나오지 않았다.

주상우가 나비라고 부르는 고양이는 원래 들고양이였다. 여기 살면서 그가 매일 먹이를 주어서 반은 집고양이로 만들었다. 나비는 삼색 고양이로 배는 하얗고 등은 갈색 바탕에 검은색 무늬가 있었다. 그에게 먹이를 얻어먹으려고 아침저녁으로 뒤란에 왔던 나비가 그제부터 없어졌다. 누가 두들겨 팬 것도, 이웃에 따로 먹이를 주는 사람이 있는 것도 아니었다. 왜 나비가 떠났는지 알 수 없었다. 선왕이 주청을 들어주지 않았을 때처럼 짐작 가는 것도 없었다.

주상우는 문하시중이 돼 궁궐의 지붕을 모두 상감청자로 바꾸는 일을 왕에게 주청했다. 그것은 받아들여지지 않았다. 상서 때는 물러났으나 문하시중이 돼서도 그럴 수는 없었다. 그는 석 달을 기다렸다가 다시 주청을 했다. 이번에도 받아들여지지 않았다. 반년 후에 또 나서자 왕이 역정을 냈다. 짐이 듣고 싶지 않다는데도 경은 계속하는군. 짐이 보좌에서 내려가든가 경이 문하시중에서 물러나든가 해야겠소. 주상우는 문하시중에서 물러났다.

주상우가 작별 인사를 할 때 왕이 말했다. 짐은 수박희와 격구를 좋아하면서 무신을 주위에다 불렀소. 그들은 짐에게 비루먹은 개처럼 충성했지. 시회를 좋아하면서 문신을 주위에다 불렀소. 그들은 빛깔 좋은 고양이처럼 건방졌지. 짐은 개와 고양이를 늘 옆에다 두었소. 왜 그랬는지 아시오. 주상우는 대답하지 못했다. 앞으로 시간이 많을 테니 잘 생각해보라며 왕이 웃었다.

"나비야. 아나, 나비야."

은행나무 그늘이 어스름으로 변했다. 주상우는 사방을 살폈다. 나비가 금방이라도 나타날 듯했지만 어스름만 점점 짙어질 뿐이었다.

"야 이놈아, 여기서 뭐 해?"

"주모, 밥 대신 탁주로 끼니를 때웠더니 속이 거북해. 거기에다 이놈이란 말을 들으니 속이 더 거북해."

"우리 집 단골이었던, 너하고 술을 마시기도 했던 영감탱이는 뭐든 먹고 무슨 말이든 다 들었는데……

"그분은 작년에 돌아가셨어. 돌아가신 분을 두고 영감탱이니 뭐니 하고 말하지 마."

"영감탱이가 여기 안 오기에 죽었다고 여겼어. 쓸 만한 놈은 죽고 쓸데 없는 놈은 살아 있어. 송악산 호랑이는 이런 놈 안 잡아가고 뭐 하는지."

주모가 혀를 차대고 나더니 버럭 소리를 질렀다.

"야 이놈아, 여기서 뭐 하냐니까?"

"나비를 기다린다."

"기다린다고 떠난 고양이가 오냐?"

"지난 반달 동안 나비는 내게서 먹이를 얻어먹었어. 날 떠나지 않을 거야."

"일 년 동안 먹이를 줘봐라. 고양이가 네 옆에만 있나? 고양이도 다 갈 곳이 있는 거야. 발정이 나서 수컷 찾아가기도 하고 다른 데로 삶터를 옮기기도 하고. 그러니까 그 고양이를 만나려거든 찾아나서야지. 머리가 하얗게 센 놈이 그것도 몰라? 나이는 똥구멍으로 처먹었냐?"

*

칼을 찬 주상모가 기와집 앞에 서 있었다. 밤바람이 거칠었으나 그는 땅에 박아놓은 창처럼 한자리를 지켰다.

개경 중방의 연회장에서 은일공에게 내쫓긴 이후 주위에서는 주상모를 교위로 부르지도 않았다. 그는 거제도 유배지의 선왕을 지키는 일을 이의방 장군에게 자청했다. 선왕을 지키는 일은 개나 하는 짓이라며 다른 무신들이 쑥덕거리는 걸 알고서도 그랬다. 이의방 장군은 자신의 휘하가 선왕 옆에 없다면서 거제도로 가는 걸 허락했다. 주상모는 거제도의 산성으로 와서 선왕이 유폐된 기와집을 지키고 있었다. 이곳에서 개처럼 지내다가 이의방 장군이 수고했다고 말할 때 중랑장을 청할 셈이었다.

어스름이 깔린 기와집 대문에 누군가 나타났다. 주상모가 칼의 손잡이를 오른손으로 움켜쥐었다.

"누구냐?"

"향리요."

대문으로 간 주상모는 낯이 익은 향리임을 확인하고 나서 물었다.

"무슨 일이 있나요?"

"산성 밖에서 어떤 분과 만나게 됐지요. 그분 말씀이 당신과 아는 사이라고 하더군요. 예전에 벼슬도 하고 그래서 선왕을 뵙고 싶대요."

"누굴까?"

"그분은 당신과 눈매가 닮았더군요."

주상모는 '그분'이 누구인지 알 수 있었다. 속으로 그 이름을 부르자 막 뽑아낸 칼에서 내뿜어지는 서늘한 한기가 가슴에 느껴졌다.

"언제 오겠다고 했습니까?"

"오늘밤에요. 그믐밤이라서 남의 눈에 띄지 않게 산성의 문을 드나들기에 좋다면서."

주상모는 기와집으로 고개를 돌렸다. 문에 불빛이 없었다. 선왕은 초저녁이든 한밤중이든 촛불을 켜지 않았다.

"기와집으로는 해시에 오라고 하시오."

"그렇게 전하지요."

"선왕에게는 예전의 신하가 찾아온다고 미리 말해두겠소. 그러니 그분에게 뒷문으로 들어가서 곧장 기와집으로 가라고 하시오. 우물쭈물하다가 다른 무인들 눈에 띄면 목숨이 위태롭다는 것도 일러주고."

"물론이지요."

향리가 떠나자 주상모는 부하 둘을 불렀다. 해시에 돌아올 테니까 그
때까지 기와집을 잘 지키고 있으라고 일렀다.

주상모는 기와집에서 삼백 걸음 떨어진, 돌담이 둘러쳐진 초가집으로
들어갔다. 이곳은 선왕의 감시를 책임지는 중랑장의 거처였다. 중랑장은
안방에서 거제도의 향리들과 술판을 벌이고 있었다. 주상모는 해시 이후
에도 자신이 선왕을 지키겠다고 말했다. 중랑장이 수고해달라면서 술잔
을 내렸다.

그믐밤의 어둠 속에 선왕이 유폐된 기와집이 묻혀 있었다. 불빛 한 점,
기침 소리 하나 새나오지 않아서 폐가처럼 보였다.

해시에 주상우는 기와집의 뒷문으로 들어섰다. 향리에게서 들었던 대
로 뒷문은 열려 있었다. 왕을 뵐 수 있게 허락해준 동생에게 감사의 말을
하려고 했으나 동생은 뒤란에 없었다.

주상우는 발소리를 죽여서 기와집을 돌아나가 앞뜰에 이르렀다. 마루
에 오른 그가 헛기침을 하자 문이 열렸다.

주상우가 마루에 엎드렸다.

"폐하, 주상우이옵니다."

"안으로 들어오시오."

주상우는 큰절을 하고 나서 방 안으로 들어갔다. 불이 켜져 있지 않아
서 왕의 모습이 흐릿했다.

"옥체는 무고하신지요?"

"날 지키는 자가 그대의 동생이더군요."

"옥체를 보전하셔야 합니다."

"무신들이 날 죽일 때는 독약 아닌 칼을 택할 거요. 그때 그대의 동생이 내 목을 칠지도 모르겠네요. 칼 솜씨가 어떤가요?"

"신은 무도한 무리를 몰아내고 폐하를 다시 보좌로 모실 겁니다."

"뜻을 같이하는 무리가 있소?"

"아직은 없습니다."

"그렇다면 헛소리 아니오?"

"폐하, 충심을 말한 것입니다."

"그런 헛소리나 떠들려고 여기까지 왔나요? 정말 그랬다면 내가 사람을 잘못 보고 문하시중에 앉힌 것이로군."

"왜 신을 문하시중에 앉히고도 신의 주청은 그토록 거절하셨는지 궁금합니다."

"그대는 내가 낸 문제를 풀지 못했군요."

주상우가 문하시중에서 떠날 때 왕이 물었다. 왜 짐이 비루먹은 개와 빛깔 좋은 고양이를 함께 데리고 있는지 아시오? 주상우는 그 답이 될 만한 것을 찾아내지 못했다.

"그 문제는 풀지 못했습니다."

"문신들은 나를 가지고 놀았어요. 세자 때는 왕좌에 올려주느니 마느니 하면서 내게 장난을 쳤지요. 왕이 된 후에도 중원의 선례를 따르라느니, 자신이 천거한 놈에게 관직을 주라느니 하면서 날 윽박질렀고. 그들이 나한테만 그랬나요? 아버지한테도 심했어요. 신하들이 작당해서 아버지를 희롱했어요. 희롱은 도를 넘어서 아버지를 두 이모와 혼인하게까지 하였지요. 그들을 혼내주고 싶었어요."

"그 바람대로 비루먹은 개가 색깔 좋은 고양이를 물었군요."

주상우는 궁궐을 청기와로 바꾸는 일에 왕이 왜 나서지 않았는지 알

만했다. 왕은 청기와로 덮인 푸르스름한 궁궐이 아니라 문신의 핏물이 튄 불그죽죽한 궁궐을 원했다. 그 바람은 이뤄졌지만 그 개는 주인까지 물었다.

"개가 주인을 물 거라는 건 예상하지 못하셨군요?"

"예상하면서도 나는 비루먹은 개를 옆에다 두었소."

왕의 말을 주상우는 믿지 않았다. 왕은 예상하지 못했을 것이다. 예상했다는 건 무신에게 당한 후에 자신의 어리석음을 숨기려고 하는 말에 불과하다.

"폐하, 이제는 솔직해지셔도 됩니다."

"솔직하게 말한 거요."

"벼슬길에 있을 때 신은 솔직하지 않았지요. 폐하께서도 조정 대신들을 앞에 두고 솔직하지 않았고요. 하지만 신은 벼슬길에서 물러났고 여기는 조정이 아닙니다."

왕이 잠시 침묵하고 나서 물었다.

"벼슬길과 조정을 떠나면 우리 사이에 뭐가 남는가요?"

주상우는 대답하지 못했다.

"돌아가시오."

주상우는 가겠다고 말하고 안방에서 나왔다. 마루에서 서 있었다. 여생이 얼마나 남았는지는 모르지만 벼슬길과 조정을 잊고 신민을 찾아가고 싶었다.

주상우는 뒤란을 거쳐 뒷문에 이르렀다. 뒷문을 나서자 거기 누군가 복면하고 서 있었다. 몸집으로 보아서는 동생 같았다.

"상모냐?"

복면한 자가 칼을 뽑았다. 주상우는 무신들이 보낸 자객이라고 여겼다. 선왕을 만난 자를 베라고 무신들이 유배지에 풀어둔 사냥개이리라.

주상우가 소리를 질렀다.

"상모야, 형이 여기 있다. 너는 어디 있느냐?"

동생은 나타나지 않았다. 향리에게 부탁할 때 형이라는 걸 넌지시 알렸으니까 내가 여기에 온다는 걸 알고 있다. 그런데도 동생은 이 자리를 피한 건가? 이런 사냥개가 있다는 걸 알고 있을 터. 그럼에도 불구하고 일부러 피했다면 내가 죽임당해도 상관없다는 건가? 예전에 내가 그를 죽이려고 했다지만 어쨌든 나는 형 아닌가?

복면한 자가 다가왔다. 주상우는 동생을 불러대며 주위를 둘러보았으나 짙은 어둠뿐이었다.

복면한 자가 위로 몸을 솟구쳤다. 그 순간 주상우는 상대방 입에서 나오는 작은 기합 소리를 들었다. 그건 동생이 개경의 기와집 뒤뜰에서 검술 수련할 때 내던 소리였다.

칼이 심장으로 파고들 때 주상우가 소리쳤다.

"상모야."

주상모는 칼에 힘을 주었다. 주상우는 허리가 꺾이자 고개를 들었다.

"동생아."

*

다물이는 누운 채로 허리를 만져보았다. 그제 밭에서 보리씨를 뿌리다가 삐끗한 허리가 많이 나아진 듯싶었다. 몸을 일으키자 허리는 여전히 쑤셨으나 갱신못할 정도는 아니었다.

요즘 여울치가 집안일을 다 해치우다시피 했다. 열여섯 살에 이르러 처녀티가 완연한 딸은 밥짓기에서 빨래까지 쉬지 않았다. 여울치와 달리 청산이는 철부지 짓을 해댔다. 어제만 해도 그랬다. 제 아버지가 이틀째 가마에 불을 넣는 걸 보면서도 두리마을의 벗들과 산으로 간다고 떠들었다. 덕운산 동쪽 기슭에 많이 돌아다니는 멧돼지들을 잡으려고 벗들과 함정을 파두었다면서 거길 살펴보고 오겠다고 새벽부터 설쳤다. 다물이는 아들을 불러 세웠다. 지금 아버지께서 가마에 불을 넣고 계신다. 너한테 장작 넣어달라고 하시진 않겠지만 그래도 옆에 있다가 심부름이라도 해야 할 것 아니냐? 그렇게 일러놓았더니 어제는 아들이 두리마을에도 놀러 가지 않고 집 안에서만 돌았다. 그걸 보고 다물이는, 아들이 앞으로는 함정에 가는 일을 삼가고 집안일을 거들 거라고 여겼다. 오늘 아침에 일어나보니 아니었다. 가마에 불 넣기가 끝난 걸 알고 아들은 새벽같이 덕운산으로 가버리고 없었다.

다물이가 마루로 나가서 딸 옆에 앉았다.

"아버지는 어디 계시느냐?"

"조금 전까지는 가마에 계셨는데요."

"두벌구이가 끝났으니 방 안에서 쉬면 좋으련만."

이번에 굽는 골호는 남편이 빚은 게 아니었다. 다물이가 밤이면 달빛 아래서 빚은 것이었다. 거기에다 해와 구름을 새겨 넣을 때 죽은 줄 알았던 남편이 집에 나타났다. 다물이는 함성을 질렀으나 남편은 아무런 말도 하지 않았다. 살아 돌아와서 말문이 잠시 막힌 것으로 여겼다. 이튿날에도 남편은 말하지 않았다. 골호에다 해와 구름을 새겨 넣기만 했다. 남편은 골호를 가마에다 넣어 초벌구이를 했다. 두벌구이는 어젯밤에 마쳤다.

여울치가 어머니에게 물었다.

"허리는 어떠세요?"

"나아진 듯도 하고 아닌 듯도 하다."

다물이는 송악산에서 만난 청산이와 여울치를 데리고 두리마을 언덕으로 왔고 공동밭 일에서 삯일까지 닥치는 대로 했다. 살림살이는 나아진 듯도 하고 아닌 듯도 했다. 그러나 두리마을은 크게 나아졌다. 마을에는 해마다 유랑민이 정착해서 지금은 서른 호가 살았다. 집들이 둥그스름하게 모여 있어서 두리마을이란 이름에 걸맞은 모양새를 갖추었다.

여울치가 언덕 저 끝을 쳐다보았다. 딸이 마을 쪽에 눈길을 주고 있는 거라고 다물이는 생각했다. 딸은 언덕 아래 샘으로 물을 길으러 다니는데 어떤 때는 쉬 오지 않았다. 한번은 밤인데도 딸이 오지 않아서 다물이가 언덕을 내려갔다. 달빛이 내리는 냇둑에서 딸이 마을의 젊은이와 쌍동밤처럼 붙어 있었다. 그 젊은이는 예전에 노비 부부였던 농사꾼의 아들이었다. 그 농사꾼네와 다물이네는 사이가 각별했다. 어른들처럼 아이들도 가깝게 지내다가 딸과 농사꾼 아들이 아주 가까워진 듯했다.

"요즘 냇물에 가보았느냐?"

"예."

"학이 왔더냐?"

"그럼요."

"학이 어디서 오는지 아느냐?"

"산 너머, 구름 너머, 저 멀리 북쪽 나라에서 온다고 들었어요. 거긴 추운 곳이래요. 겨울에는 더 추우니까 이리로 오는 거래요. 그러니까 우리가 사는 곳은 겨울이라고 해도 그렇게 춥지는 않은 곳이지요."

다물이는 고개를 끄덕여주고 나서 지팡이를 짚었다. 남편을 찾아 집 뒤 가마로 갔다. 가마 아궁이는 진흙으로 막혀 있었다. 남편은 몸을 씻으러 언덕 아래의 냇물로 간 모양이었다.

허리가 아파 오자 가마 앞에 앉았다. 묽은 안개가 흐르던 어느 아침, 화살에 맞아 쫓기는 윤누리를 가마로 이끌고 가던 자신의 모습이 떠올랐다. 여기서 내가 죽는 한이 있어도 그를 살려 놓아야겠다고 눈빛을 빛내던 그 젊은 날을 되새기다가 눈을 감았다.

얼굴이 햇볕을 오래 받아서 따뜻했다. 그 따뜻함을 느끼며 계속 눈을 감고 있었다. 발소리가 났다. 눈을 뜨자 머리가 젖은 남편이 보였다. 남편이 그녀 앞으로 와서 멈추었다.

다물이가 남편에게 말했다.

"몸까지 씻고 왔으니 방에서 좀 자."

윤누리는 아내 옆에 앉았다.

그가 개경에서 탐진으로 걷기 시작한 것은 죽더라도 고향에 가서 죽자는 마음에서였다. 걷는 동안 상감청자를 만들고 싶다는 생각이 짙어졌다. 논흙을 주물럭거리기도 하고 황토로 찻잔을 빚기도 했다. 두리마을 언덕에 이르러서 본 것은 가마였다. 그리고 아내였다. 소문 속의 아내는 죽었지만 눈앞의 아내는 살아 있었다.

다물이는 바자울 너머로 붙어 있는 밭뙈기들을 보다가 개경 송악산의 이름바위를 떠올렸다. 그곳에는 이름이 박힌 네모들이 밭뙈기들처럼 붙어 있었다.

"당신이 죽었다는 말을 들은 후 송악산 이름바위에 갔어."

그래? 하는 표정으로 윤누리가 아내를 쳐다보았다.

"우리 이름을 새겨두려고. 그런데 그곳의 이름은 오래가지 않아. 사람들이 다른 이름을 새기려고 파내버리거든."

윤누리는 이름바위에 이름을 새겨두면 사후에까지 이어지리라고 믿었다. 아내 말을 듣고 나니 그곳의 이름은 남의 손에 맡겨진, 언제든지 사라질 수 있는 것이었다.

윤누리는 보리 싹이 막 솟아나는 밭을 보았다. 보리 싹 빛깔을 바탕색으로 깐 상감청자를 만들기로 맘먹었다. 그것을 매향(埋香)하는 사람들에게 주고 싶었다. 그는 조금 전에 냇물로 몸을 씻으러 갔다가 마을 사람들에게서 내년 봄에 탐진강 하구에서 매향을 할 거라는 말을 들었던 터였다.

고려의 바닷가에 매향이 성행하고 있다. 매향은 참나무를 통나무째 갯벌에다 묻는 것이다. 매향처는 여느 갯벌보다 냇물이나 강이 바다와 만나는 갯벌이 더 좋다. 이런 갯벌은 개흙이 두껍게 쌓여 있다. 그 속에다 참나무를 묻어두면 침향(沈香)이 된다. 침향은 수백, 수천 년이 지나면 향기를 품고 저절로 갯벌 위로 떠오른다. 그때는 미륵이 오기 직전이다. 세상의 어둠을 없애고 빛을 가져올 미륵, 그가 오는 길에는 향이 필요하다. 이걸 알고 개흙에 묻힌 침향이 저절로 솟아나는 것이다. 논밭에 뿌려둔 곡식의 싹처럼 때가 되면 땅속에서 햇빛 밝은 땅 위로 솟아나는 침향, 그것을 위해 지금 참나무를 묻어야 한다.

윤누리는 내년 봄에 아내와 함께 매향하는 모습을 그려보다가 아내의 손을 잡았다.

*

주상모가 이의방 앞에 엎드렸다.

"장군, 주상모이옵니다."

이의방은 주상모가 내민 칼을 뽑아들어 칼날을 살펴보았다. 칼날에서 촛불의 불빛이 미끄러졌다.

손잡이 끝에 박힌 홍옥을 들여다보다가 이의방이 물었다.

"어디서 온 칼인가?"

"왜국에서 왔습니다."

거제도가 왜국과 가까워서 주상모는 왜국의 칼을 가끔 볼 수 있었다. 송나라 칼은 넓고 고려 칼은 길지만 왜국의 것은 넓지도 길지도 않다. 칼날에서는 푸르스름한 기가 번져 나온다.

"어떤 칼인지 아는가?"

"왜국의 한 성주가 고려청자와 바꿔오라고 상인에게 내준 거라고 합니다. 왜국의 칼은 잘 뽑히고 잘 박힙니다."

"이런 선물을 은일공에게도 했나?"

"공께서 예전에 제 형을 들먹이며 화를 내셨지요. 이제는 화를 푸시라고 작은 선물을 했습니다만."

"작은 선물이라? 그런데도 은일공이 그대를 거제도에서 빼내서 외직으로 보내라고 내게 부탁까지 한다?"

주상모는 형의 머리를 잘라서 소금에다 절였다. 그걸 부하를 시켜서 개경의 은일공에게 선물로 보냈다. 짤막한 서찰도 넣었다. 거제도에서 폐왕을 지키는 주상모가 은일공을 불편하게 만들었던 형, 주상우의 목을 보낸다. 이걸로 지난날 우리 집안의 잘못을 용서하시라. 그로부터 한 달 반이 지나자 이의방 장군에게서 개경으로 오라는 연락이 왔다.

"은일공에게는 선물이었지만 장군 앞에서는 들먹여봐야 역겨운 것입니다. 사람의 머리거든요."

"사람의 머리를 선물로 받았다니 은일공은 복도 많군."

이의방 장군이 선물로 받고 싶은 머리는 정중부의 것이라는 걸 주상모는 알고 있었다. 거사 직후에는 문신들의 반격을 함께 걱정하던 장군들이 이제는 서로를 노려보았다. 제 안위를 지키기 위해서 다른 장군을 먼저 공격하는 것도 서슴지 않았다. 정중부와 이의방도 겉으로는 부자지간처럼 친근했지만 속으로는 상대의 틈을 노리고 있었다.

"장군께도 언젠가 사람 머리를 선물할 수 있었으면 합니다."

"그 마음을 믿고 그대를 내 옆에 두고 싶어. 하지만 은일공은 외직이라고 못 박았어. 선물에 보답은 하되 그대를 개경에서 만나고 싶지는 않은 모양이야."

주상모는 형의 머리를 보낼 때 중랑장 정도를 기대했다. 거기서 공을 세우면 그다음은 장군이었다. 중랑장이나 같은 품계의 직위를 준다면 개경이 아니어도 괜찮았다.

"어차피 외직이라면 장흥부로 가고 싶습니다."

"장흥부사는 안 돼. 거긴 전직 교위가 바로 갈 수 없는 자리인 데다 지금 정중부 휘하에서 놀던 자가 부사로 가 있으니까."

"장흥부 판관으로 보내주십시오."

"판관이라? 그 정도라면 중방의 다른 장군들도 반대하지 않겠군."

이의방이 칼을 칼집에 꽂았다.

"여봐라, 술잔을 가져오너라."

무사 두 명이 작은 상을 옮겨왔다. 이의방이 술잔을 비우고 주상모에게 그걸 내밀었다. 주상모가 양손으로 술잔을 받았다. 상감청자 술잔이었다. 몸통에는 해와 구름이 새겨져 있었다. 해 무늬인 동그라미가 흠 잡을 데 없었다. 윤누리의 솜씨란 걸 한눈에 알 수 있었다.

"이 술잔을 장흥부에서 가져오셨나요?"

"누가 선물해주었어. 요즘 탐진에서 만들어진 것이라고 하더군. 나는 상감청자는 잘 모르지만 보기에 괜찮아서 가끔 사용하지. 그대는 무척이나 맘에 드는 모양이로군. 숫제 들여다보고 있으니."

아는 도공이 만든 것이라는 말을 주상모는 삼켰다. 이의방이 술잔을
주상모에게 내밀었다.

"내게 칼을 선물한 대가로 이걸 주지."

"감사합니다."

주상모가 이의방의 집에서 나왔다. 상감청자 술잔을 품에서 꺼내 대문
의 등통 아래서 살펴보았다. 해 무늬는 다시 보아도 윤누리의 솜씨였다.

처남댁으로 말을 몰아가다가 주상모는 예전에 형과 만난 적이 있는
다점 앞에 이르렀다. 당시에는 느티나무 아래에 차탁이 있었지만 지금은
겨울이어서 없었다. 형도 없었다. 그렇지만 형의 유산은 어딘가에 남아
있을 터였다. 형의 처가는 작년에 무신들에게 산산조각이 났고 그때 형
수가 죽었다. 국자감에서 박사로 있던 조카는 행방불명 돼버렸다. 아마
도 무신들에게 죽임당했으리라. 형의 가족들이 죽거나 행방불명된 탓에
그 유산이 어디에 있는지 알 수 없게 돼버렸다.

주상모는 형의 유산은 잊고 장흥부에 판관으로 가게 되면 상감청자로
재산을 만들기로 맘먹었다. 가마를 만들고 도공을 모아들여서 상감청자
를 만들어봐야 남는 게 적다. 청룡요에서 나라의 상감청자를 만들게 해
서 일부를 빼돌려야 한다. 그 상감청자는 작은처남이 개경에서 팔아줄
것이다.

청룡용에서 아무리 상감청자를 잘 만들어도 윤누리의 상감청자보다
값이 쌀 것이다. 만약 윤누리를 없애버린다면?

주상모는 처남댁 사랑방에서 가노를 불러 점박이를 데려오라고 했다.
작은처남의 상감청자 가게는 처남댁과 붙어 있었고 그곳을 밤에 무사가
지켰다. 그 무사의 미간에 까만 점이 있어서 주상모는 그를 점박이라고

248

불렀다. 점박이는 종이 아니라 작은처남이 돈을 주고 고용한 자였다.

점박이가 사랑방 윗목에 앉자마자 주상모가 물었다.

"여기 일이 끝나면 갈 곳이 있느냐?"

"없습니다."

"탐진에 다녀오너라."

"상감청자를 탐진에서 옮겨오는 일꾼은 따로 있습니다."

"다른 걸 가져오는 일이다."

점박이가 칼날에 베인 것처럼 미간을 찌푸렸다.

"사람 머리를 가져오는 일입니까?"

"오가는 비용을 주고 따로 은병 하나를 챙겨주마."

"은병 하나면 상감청자 가게를 열 수 있겠지요?"

"쌀이 열다섯 가마다. 열고도 남는다."

점박이가 마루로 나가 앉았다. 이것은 자객들이 명을 듣는 방식이다. 자객이 마루에 앉아 있으면 윗사람이 방에서 중얼거린다. 자객은 그 말을 듣고 떠난다. 서로 얼굴을 맞대지 않는 것은 자객이 잡혔을 때를 대비해서 그러는 것이다. 자객이 잡힐 경우 윗사람은 그를 만난 적도, 뭘 명한 적도 없다고 발뺌한다.

"탐진으로 가서 윤누리의 목을 베어 오너라."

"어디에서 삽니까?"

"전에는 두리마을 뒤편의 언덕바지에서 살았는데 지금은 마을에서 살 것이다. 상감청자로 돈을 벌었을 터이니 큰 기와집을 지었을 게 분명해. 만약에 두리마을에 없다고 해도 찾기 쉽다. 탐진에서는 윤누리라고 하면 누구나 안다."

"이름을 바꾸었으면 어떻게 합니까?"

주상모가 품에서 술잔을 꺼내 마루로 나갔다. 밖에 작은처남 식구들이나 노비는 보이지 않았다. 술잔을 마루에 놓고 방으로 들어왔다.

"그걸 만든 도공을 찾으면 된다."

"좋은 술잔이군요."

"상감청자를 아는가?"

"이곳을 지키면서 매일 상감청자를 보아서 약간 압니다."

"술잔을 가지고 가라."

*

마을의 살구나무에는 꽃눈이 부풀었으나 서낭당 옆의 느티나무에는 아직 잎눈도 부풀지 않았다. 느티나무 아래에는 두리마을 사람들이 모여 있었다. 사람들이 어젯밤 일을 두서없이 떠들었다. 눈으로 확인한 것은 아니었다. 소식을 전한 마을의 노인 역시 전해 들은 것이어서 사람들의 궁금증을 풀어주지 못했다.

아침을 먹고 아내와 보리밭으로 가던 윤누리는 마을에서 다급하게 치는 징 소리를 들었다. 징 소리는 누가 울부짖는 것처럼 들렸다. 어젯밤 마을에 호랑이가 들어서 아이를 물어간 듯했다. 호환이 생기면 마을 사람 모두 죽창을 들고 덕운산으로 몰려갔다. 호랑이는 송아지든 아이든 산으로 물어다놓고 천천히 먹기 때문에 아이가 물려갔을 때 빨리 쫓아 가면 시신의 일부나마 되찾을 수 있었다.

느티나무 아래서 윤누리가 들은 말은 호환 정도가 아니었다. 두리마을에서 매향의 일꾼인 향도(香徒)로 나선 젊은이 셋이 어젯밤 탐진강 강둑에서 칼을 맞아 숨졌다는 거였다.

250

윤누리는 그제 마을의 향도들을 가마에서 만났다. 그들이 초벌구이를 끝내놓은 향완을 구경하러 왔던 것이다. 향완은 매향 때 쓸 그릇이었다. 향도 셋 가운데 한 젊은이는 향완 아닌 여울치만 보고 있었다.

윤누리는 느티나무 밑으로 오고 있는 아내를 발견했다. 징 소리를 듣자마자 그가 내달린 탓에 아내는 이제야 도착한 거였다.

죽은 향도들이 들먹여졌다. 윤누리는 머리를 떨어뜨렸다. 딸이 떠오르고 이어서 눈물이 쏟아져 나왔다. 범인을 잡아야 한다고, 관아에서 잡지 못하면 나라도 나서야 한다고 맘먹었다.

어젯밤의 소식을 전했던 노인이 느티나무 밑동에 붙은, 밖으로 드러나 있는 큰 뿌리 위로 올라섰다.

"하실 말씀이 있으면 지금 하십시오. 오늘 오후에 향도 모임이 있으니 여기서 나온 말들을 전하겠소."

마을 아주머니가 헛기침을 하고 일어났다.

"매향을 꼭 해야 할까요? 미륵을 바라는 우리의 기쁘고 아름다운 일이 시작하기도 전에 피 냄새를 풍기고 있습니다. 이런데도 매향을 꼭 해야 할까요?"

아주머니가 잠시 말을 멈추었고 바람이 느티나무를 잡아 흔들자 잔가지는 웅웅, 하고 우는 소리를 냈다.

"여기 오기 전에 무녀에게 물어봤더니 매향을 하지 말라고 했습니다. 피 냄새가 나면 잡귀가 달려든답니다. 잡귀가 붙은 참나무는 미륵이 오기 전에 떠오를 수 없답니다."

윤누리와 연배인 농사꾼이 받아쳤다.

"피 냄새가 나는 참나무여서 매향을 할 수 없다? 우리가 매일 피 흘리며 사는데 참나무에서 피 냄새가 좀 나면 어떻습니까? 나는 괜찮다고 생각합니다."

"우리가 매일 피를 흘린다고요?"

"도대체 우리에게서 피 냄새가 나지 않는 날이 있습니까? 봄에는 지게를 지고 논밭에서 삽니다. 어깻죽지에서 피가 배어납니다. 여름에는 무논의 거머리가 떼로 달려들어 다리에서 피 마를 날이 없습니다. 가을에는 가을걷이 도우러 나온 어린 자식들이 낫에 손을 베고 웁니다. 그 울음 그치기도 전에 여기저기서 조세다 어서 내라, 빚이다 빨리 갚아라, 하고 달려듭니다. 주고 나면 고작 쌀 몇 말 남는 듯 마는 듯. 눈자위가 뜨거워지고 밤새 식지 않아서 새벽녘이면 눈에서 피가 흐릅니다. 원통한 귀신의 눈에는 피가 흐른다고 합니다. 그런 모습이 바로 우리 농사꾼입니다. 여러분, 우리가 언제 피 냄새 없이 살았습니까?"

"정 그렇다면 길일을 택해서 매향을 합시다."

"날짜를 가려서 매향을 해야 한다? 그것도 옳지 않습니다. 길일이라고 해서 해가 둘 뜨고 흉일이라고 해서 해가 안 뜹니까? 길일이니 흉일이니 하는 건 다 헛소리입니다."

정해진 날짜를 지키자 말자, 하고 사람들이 중구난방으로 나서고 그렇게 되자 목소리들이 높아졌다. 화난 반달가슴곰처럼 가슴을 두들기는 사람도 있었다.

사람들의 말을 다 듣고 나서 노인이 말했다.

"여러분의 엇갈린 의견을 그대로 향도 모임에 나가 알리겠습니다. 더 말씀하실 분 있으십니까?"

아무도 나서지 않았다.

"내일 진시에 여기 모여주십시오. 향도 모임에서 결정한 일이 있다면 알려드리겠습니다."

사람들이 다시 웅성거렸다. 그들과 말을 섞지 않고 다물이는 서낭당 옆에 서 있었다. 눈가가 젖어왔다. 눈물을 참아보려고 머리를 쳐들었다. 마을의 대밭이 눈에 들었다. 마을의 젊은이가 불던 피리 소리가 생각났다. 그 피리 소리가 냇둑에서 나면 여울치가 집에서 사라졌다. 그 피리 소리를 들을 수 없게 됐다고 딸에게 말해주어야 한다.

다물이는 다리에 힘이 빠졌다. 서낭당 앞뜰의 솟대로 가서 거기에 몸을 기댔다.

윤누리는 솟대에서 움직이려 들지 않은 아내를 그대로 두고 집으로 향했다. 집에 아들은 보이지 않고 딸은 방 안에 있었다. 가로세로가 한 자가량인, 가장자리를 휘갑친 모시 베를 펼쳐놓고 있었다. 요즘 딸은 모시 베에다 학 한 쌍을 수놓았다.

여울치가 수틀을 잡아당기고 나서 바늘을 집어들었다. 바늘을 모시 베의 학 날개로 가져갔다. 바늘을 날개에다 꽂아놓고는 미소 지었다. 그걸 보고 있다가 윤누리는 고개를 푹 숙였다.

*

탐진의 가마들이 연기를 피워냈다. 봄이 되자 매화, 모란 같은 봄꽃 무늬를 새긴 새 상감청자를 구워내는 거였다. 오늘 아침 청룡요에서도 새봄맞이 고사를 지냈다. 고사 상에 초헌한 사람은 주상모였다. 그는 장흥부 판관으로 왔고 청룡요 행수를 겸하겠다고 부사에게 청해서 허락받았다.

오전에 주상모는 도공들을 청룡요 한가운데의 빈터로 불러냈다. 이백여 명의 도공들이 꾸물꾸물 모여들었다.

"이놈들."

주상모가 버럭 악을 써댔다. 무슨 일인가 싶어 도공들이 그에게 눈길을 돌렸다.

"이곳은 관요다. 이런 곳에서 일하는 만큼 너희는 나라의 은혜에 보답하기 위해 뼈가 바스러져 흙이 되도록 일해야 함이 당연하다. 희희낙락거리며 일하지 않는 놈은 목을 자른다. 알겠느냐?"

도공들이 대답하지 않았다.

"자, 새봄의 새 상감청자를 만드는 일을 시작하자. 오늘은 흙을 가져오너라."

주상모는 병졸들에게 도공의 일을 감독하게 하고 기와집으로 향했다. 이곳은 청룡요를 다스리는 벼슬아치가 머무는 집이다. 집 뒤에는 초가 서른 채가 있다. 초가 한 채에는 도공 스무 명이 기거할 수 있다. 지금은 고작 예닐곱 명이 기거한다. 개경에서 왕이 바뀌고 정궁이 불타는 소란이 이어지면서 일감이 줄어들자 삯일을 하는 도공들이 떠나버렸던 것이다.

그는 방 안으로 들어갔다. 탁자에는 어제 작은처남이 가져온 그릇 몇이 있었다. 이것들과 똑같은 모양으로 그릇을 만들 참이었다. 그릇에 쓰일 무늬도 정해놓았다. 왕의 그릇에는 용을 새긴다. 용은 발톱이 다섯이고 머리에 뿔이 난, 황제를 뜻하는 교룡이다. 신왕은 자신을 황제라고 불러주면 우쭐거린다고 하니까 교룡 무늬를 좋아할 터이다. 궁궐의 그릇에다 꽃무늬를 넣을 때는 모란으로 한정한다. 모란은 꽃의 왕이어서 궁궐의 품격에 어울린다. 그릇 가장자리에도 무늬를 넣어서 그릇의 중심 무늬가 돋보이게 한다. 가장자리 무늬는 중원에서 온 무늬인 인동당초문을 주로 쓰게 한다.

청룡요에서는 궁궐의 그릇만이 아니라 중방의 장군들 그릇도 만들 참이었다. 장군들이 쓰는 식기에는 십장생인 거북을 새겨 넣는다. 이것은 장군들의 장수를 기원하는 것이다. 장군들의 술잔에 새기는 무늬는 국화이다. 국화는 예로부터 도사들이 불로장생을 기원하며 술을 담가온 꽃이어서 술잔에 어울린다.

오후에 주상모는 흙 파는 데를 둘러보려고 남쪽 대문을 나섰다. 그는 말을 타고 가다가 처남댁에서 일을 맡긴 점박이를 발견했다. 주상모가 길가의 버드나무 아래에 말을 세웠다. 점박이가 흙을 담은 바지게를 세워놓고 그에게 왔다.

주상모가 말에서 내려 칼을 든 왼손에 힘을 주었다.

"도공이 됐다?"

"개경에서 내려와 탐진나루에서 며칠을 보내고 어느 가마로 찾아갔습니다. 지금은 이렇게 청룡요로 들어와 있고요."

"내 명령은 어떻게 된 거냐?"

"뭘 착각하셨군요. 나는 부하가 아니었어요. 당신의 일을 처리해주고 돈을 벌려고 했던 무사였지요. 그 돈을 바라지 않게 됐고 그래서 당신의 일을 하지 않은 것뿐입니다."

"왜 돈을 바라지 않게 됐나?"

"당신이 준 상감청자 술잔을 보았어요. 벽란도에서 탐진까지 오는 동안 뱃전에 앉아서 숱하게. 그걸 보고 있으면 마음이 차분해져요. 누군가를 죽여서 돈을 받아야 한다는 생각이 들면 안절부절못하게 되는데. 뭐 이런 얘기를 오래할 것까지 없고 이것만은 분명하게 말하지요. 나는 당신의 부하가 아니었으니 명령을 들먹이지 마세요."

주상모는 말에 올랐다. 나중에 적당한 트집을 잡아서 점박이를 쫓아낼 참이었다. 대문 앞에 이르러서 말고삐를 잡아챘다. 말이 앞발을 들어올리고 한바탕 울었다. 점박이가 자객으로 나섰던 일을 평생 묻어두고 살까?

말머리를 돌린 주상모는 채찍으로 말을 내리쳤다. 말이 내달렸다. 그는 도공들 사이로 돌아가고 있는 점박이를 쏘아보면서 칼을 뽑았다. 황수양에서 해적으로 살다가 고려로 돌아온 후 칼을 여럿 바꾸었다. 지금 들고 있는 이것은 장흥부의 무기고에서 꺼낸 것이었다. 칼날은 그런대로 예리했으나 미덥지가 않았다. 목을 치면 바로 숨통까지 끊어질지 의문이었다. 일단 칼을 든 만큼 그걸 믿을 수밖에 없었지만.

주상모는 점박이 옆으로 말을 몰아가서 칼로 내리쳤다. 점박이가 옆으로 피했고 칼은 옷자락을 베는 데 그쳤다. 주상모는 말고삐를 채서 말을 돌리고 다시 칼을 겨누었다. 점박이가 지겟작대기를 들고 맞섰다. 말이 점박이를 짓밟을 듯이 달려갔다. 점박이가 옆으로 피하자 주상모가 칼로 어깻죽지를 내질렀다. 칼이 어깻죽지에 박히는 순간 힘을 주었다. 점박이가 나뒹굴자 주상모는 칼로 눈을 겨냥했다. 그걸 후벼버리려고 했으나 칼은 볼에서 살점을 도려내는 데서 그쳤다. 점박이의 얼굴과 어깨가 피에 젖었다. 점박이가 지겟작대기에 의지해 몸을 일으켰다. 주상모는 마상에서 몸을 날려 칼로 심장을 찔렀다. 피가 솟구쳤다.

주상모가 칼집에 칼을 꽂고 말에 올랐다. 쉰 명가량의 도공들이 그를 둘러싸고 있었다. 구경은 끝났다고 말하려는데 그들의 눈빛이 심상치 않았다.

"게으른 놈을 벴다. 너희는 일을 계속해라."

도공들은 흙으로 만든 허수아비라도 돼버린 듯이 그대로 서 있었다.

병졸들이 달려와서 양옆으로 서자 주상모가 기세등등하게 외쳤다.

"이놈들, 죽고 싶으냐?"

눈딱부리 도공이 미간을 찌푸렸다. 수세미 같은 얼굴에 더 많은 주름이 잡혔다.

"살인을 즐기는 자 옆에서 청자를 만들 수 없소. 청자는 피 냄새가 나면 제 빛이 나지 않거든요."

"그런 헛소리가 어디 있느냐?"

"부정을 씻어야만 청자를 만들 수 있소."

주상모는 예전에 상감청자 장사를 할 때 도공들이 부정 탈까봐 얼마나 노심초사하는지 보았던 터였다. 모른 척한다고 해서 도공들이 물러날 성싶지는 않았다.

"어떻게 해야 부정이 씻어지겠느냐?"

눈딱부리가 땅바닥에 앉더니 양손을 합장하고 머리를 조아렸다. 죽은 자의 명복을 비는 거였다. 다른 도공들이 따라했다. 주상모가 칼을 또 뽑았다.

"일어나라."

눈딱부리가 눈을 흡떴다.

"우리는 사흘 동안 이곳에서 명복을 빌겠소. 당신은 그동안 무릎을 꿇고 속죄해야 하겠지요."

"일어들 나라니까."

주상모가 칼로 허공을 그었다. 도공들은 아무도 일어서지 않았다. 주상모는 칼로 눈딱부리의 얼굴을 겨누었다.

"너를 죽이면 다른 도공들이 일어날 것이다."

눈딱부리의 표정은 변하지 않았다.

"그러겠지, 너를 죽이려고."

주상모가 코웃음을 치고 칼을 쳐들었다. 도공 몇이 일어났다. 그들이 일하러 갈 거라고 주상모는 예상했다. 그들은 돌멩이를 집어들고 당장에라도 달려들 듯이 씩씩거렸다.

도공 몇이 더 일어나자 주상모가 병졸에게 소리쳤다.

"당장 장흥부에 파발을 띄워라. 청룡요의 반란을 부사께 알려라."

*

탐진나루의 네거리에서 동쪽으로 오십 리를 가면 장흥부 관아이고 남쪽으로 오십 리를 가면 청룡요였다. 네거리에 사람들 천여 명이 앉아 있었다. 그들에게는 깃발도, 죽창도 없었다. 매향하는 사람들처럼 흰옷을 입었다. 한낮의 봄볕은 밥그릇에 그득하게 담아놓은 쌀밥처럼 풍성하고 따뜻했다.

네거리 동쪽에서 관군이 다가왔다. 앞에 기마병이 서고 뒤에 보졸이 뒤따랐다.

기마병 선두가 멈추었다. 기마병들이 길가로 말을 빼내자 뒤쪽에서 말 두 필이 달려 나왔다. 장흥부사와 교위였다. 둘 다 갑옷을 입고 칼을 찼다.

부사가 말을 세우고 교위에게 물었다.

"청룡요의 도공들이 이곳까지 온 것인가?"

"도공들은 청룡요에서 죽은 자의 명복을 빌고 있다고 들었습니다."

"도대체 저 백성은 뭐야?"

"민란을 일으킨 듯합니다."

"교위."

"예."

"민란인지 아닌지 알아봐."

"명을 받들겠습니다."

258

교위가 말을 몰고 네거리로 달려갔다. 천여 명의 백성이 길바닥에 앉아 있었다. 교위가 백성과 백 보쯤 떨어진 데서 말을 세웠다. 백성 가운데서 누군가가 화살을 쏜다고 해도 피할 수 있는 거리였다.

"물어볼 게 있다. 우두머리가 나오너라."

교위가 소리치자 늙은이가 이쪽으로 왔다.

"네가 우두머리냐?"

"우리에게 우두머리 따위는 없다. 나는 나이가 많은 사람이라서 대표로 나선 것이다."

"고려 어디에서든지 나이보다 신분이 앞선다. 우선 내게 예의부터 갖춰라."

"나는 중랑장 출신이다."

교위가 당장 말에서 내렸다.

"왜 여기에 계십니까?"

"나는 청허라고 한다. 탐진강 가에서 살고 있다. 매향을 한다기에 나도 그 준비를 거들려고 탐진나루로 왔다. 아침에 관군이 청룡요로 간다는 말을 들었다. 그래서 이곳에 앉아 있다. 관군이 도공을 죽이러 가지 못하게 하려고 말이다. 가까운 데서 사람이 죽어가는데도 매향만 준비하고 있을 수야 없지 않느냐?"

"길을 막는 것은 관아에서 금한 일입니다."

"땅을 더럽히는 것은 천지신명이 금한 일이다."

"관군은 청룡요로 가야 합니다."

"돌아가라고 부사에게 전해라. 관군이 돌아가면 우리도 여기에서 일어날 것이다."

교위가 말머리를 돌려서 동쪽으로 내달렸다. 청허는 백성 사이로 돌아가서 앉았다. 옆에 윤누리와 다물이가 있었다. 둘은 매향의 향도를 맡았다. 마을의 젊은이 셋이 죽고 난 후에 둘이 그 일을 하기로 나선 거였다. 다물이 부부는 매향 준비보다는 젊은이들을 죽인 범인을 잡으려는 맘이 더 앞섰다. 오늘도 탐진나루에서 떠도는 소문을 들어보려고 나왔다가 사람들이 관군을 막으려고 네거리로 간다는 말을 듣고 합류했다.

다물이는 주위 사람들의 말에 귀 기울이고 있었다. 어떤 사람이 청룡요에서 주상모가 도공을 죽인 걸 들먹였다. 그 도공의 품에 상감청자 술잔이 있었는데 그게 윤누리가 만든 것이라는 말이 나왔다.

지난해 겨울, 다물이는 자신을 점박이라고 소개한 남자의 방문을 받았다. 언덕바지 초가의 마당에서 점박이가 술잔을 내밀었다. 다물이가 그걸 보고 남편의 술잔이라고 말했다. 점박이 얼굴은 굳어 있었다. 다물이는 그가 서른 살 안팎인데도 지팡이를 짚고 있다는 데 새삼 생각이 미쳤고 그 안에 칼이 있다는 걸 알아차렸다. 점박이는 주상모가 보낸 자객인 듯했다. 점박이가 술잔을 양손으로 감싸 쥐었다. 이 술잔으로 술을 마시지 않고 들여다보았어요. 볼 때마다 마음이 편안해졌어요. 왜 그랬을까요? 다물이가 점박이에게 말했다. 탐진의 도공은 세 가지를 지킨답니다. 승려의 계율처럼 정해진 것은 아니지만 도공이라면 그렇게 하지요. 살인을 말하지 않는다. 살인을 보지 않는다. 살인을 듣지 않는다. 그런 도공이 만든 술잔이니까 남을 해치려는 마음을 가라앉히지요. 점박이가 고개를 끄덕였다. 나는 술잔을 만들고 싶어요. 그런데 나는 그 세 가지를 지키지 않았으니 도공이 될 수 없겠군요. 다물이가 고개를 내저었다. 이제부터라도 그걸 지켜나가면 당신도 도공이 됩니다. 점박이는 칼을 뽑지 않고 돌아갔다. 다물이는 한시름 놓았으나 이튿날 점박이가 또 왔다. 여전히 지팡이를 들고 있었다. 점박이가 물었다. 사람이 살인을 말하지 않을 수는 있소. 하지만 요즘 같은 세상에서 살인을 보거나 듣지 않고 살수는 없소. 다물이가 고개를 끄덕였다. 지금 세상에서 살인을 보거나 듣는 일을 피할 수 없지요. 그래서 도공은 살인이 없는 세상을 만들어가는 일에 나서지요. 세상에 살인이 없으면 그걸 볼 일도, 들을 일도 없거든요. 점박이가 돌아갔다. 이튿날 아침 다물이는 그 점박이가 지팡이를 바자울에 꽂아놓고 떠났다는 걸 알았다. 그녀가 예상했던 대로 그 지팡이는 칼이었다. 그걸 땅속에다 묻었다.

다물이는 점박이가 죽은 청룡요 쪽을 쳐다보았다. 들판에서 아지랑이가 피어나 물에 풀어놓은 백토처럼 뿌옇게 흔들거렸다.

관군 다섯 명이 이쪽으로 말을 몰고 오자 청허가 자리에서 일어나 앞으로 나갔다. 간자말을 타고 다가오는 부사는, 그가 개경에서 중랑장으로 지낼 때 얼굴이 익은 자였다.

"청허가 여기 있는지는 몰랐소이다."

부사가 말에서 내리자 다른 벼슬아치들도 뒤따랐다.

"이쪽에서 바라는 건 이미 교위에게 알렸소."

청허의 말에 부사가 웃었다.

"청허도 벼슬아치를 해보아서 아실 거요. 백성이 그냥 돌아가라고 요구한다고 해서 관군이 그럴 수 없다는 걸 말이오."

"그렇다면 그냥 돌아가라고만 요구하지 않겠소. 도공을 죽인 주상모에게 합당한 벌을 내려주시오."

"판관에게는 근신을 명할 참이오."

"죄 없는 도공을 죽였는데 고작 근신이란 말이오?"

"자, 이쯤에서 얘길 마무리합시다."

부사가 말에 올라탄 후에 방안을 제시했다.

"백성이 집으로 돌아간다면 관군도 장흥부로 돌아갈 것이오."

부사가 관군에게로 돌아가자 청허가 사람들 앞에 섰다. 주상모는 근신에 처해질 것이다, 관군은 백성이 이곳을 떠나길 바란다, 하고 알렸다. 어떤 사람이 싸우자고 말했다. 다른 사람은 관군을 죽여야 한다고 소리쳤다. 여기저기서 죽이자, 죽여, 하고 호응했다. 죽창을 들고 앞으로 뛰어나가서 그걸 흔들어대는 자도 있었다. 사람들이 점점 흥분했다. 청허가 죽창을 뺏어 들고 사람들 앞으로 나가서 그걸 높이 쳐들었다. 사람들의 눈길이 죽창에 모아졌을 때 그가 말했다.

"매향에 앞서 탐진이 피로 물들지 않게 하려고 우리는 여기 모였습니다."

청허는 죽창을 자신 앞에다 꽂았다. 사람들이 잠잠해졌다. 싸우자고 떠들어댄 사람들이 앉았다.

"자, 피 흘리지 않을 방안을 차분하게 말해봅시다."

사람들의 의견이 둘로 나누어졌다. 관군의 약속을 믿고 집으로 돌아가야 한다는 의견과 관군이 먼저 장흥부로 돌아갈 때까지 여기서 버텨야 한다는 의견이 팽팽했다.

윤누리와 다물이는 사람들의 의견을 듣고 있었다. 뒤에서 여자들이 수다를 떨었다.

"배꼽에 때가 끼었는데 배꼽노리가 깨끗하겠어? 임금이 격구를 좋아하니까 벼슬아치도 그래. 주상모도 청룡요 대문 앞에서 기마 격구를 했대."

"칼로 도공을 죽인 게 아니고?"

"막대기 아닌 칼을 들고, 공 아닌 사람을 가지고 기마 격구를 한 거야. 이러다가 고려의 벼슬아치들이 백성을 공으로 삼아서 격구 할 날이 올지도 몰라."

"사내들은 왜 그렇게 격구를 좋아하는 거야?"

"격구장에 가보면 막대기가 셋이야. 사내 가랑이 사이에 하나, 말의 가랑이 사이에 하나, 공 옆에 하나. 세 막대기는 크기가 달라. 사내 가랑이 사이의 막대기가 가장 작아. 그보다 말의 것은 크고 공 옆의 막대기는 더 커."

"아이쿠, 답답해라. 왜 사내들이 격구를 좋아하느냐고 물었더니 막대기, 막대기, 막대기, 하고 자빠졌네. 도대체 사내 거시기와 말좆과 공 막대기가 어떻다는 거야?"

"사내는 제 거시기가 말좆처럼 크길 바라지. 막대기처럼 힘 있게 휘두를 수 있길 바라고."

"아, 막대기 놀이여서 이것들이 좋아했구나."

"막대기 놀이니까 여자들이 더 좋아해."

저 앞에서 청허가 소리치고 있는 게 들리지 않자 다물이가 헛기침을 했다. 등 뒤의 여자들이 잠잠해졌다.

청허가 여러 사람들의 의견을 취합한 제안이라면서 똑같은 시각에 백성과 관군이 돌아가는 게 어떻겠는가, 하고 사람들에게 물었다. 그 제안이 나오자 사람들이 다시 웅성거렸다.

윤누리는 뒤에 앉은 여자들이 들먹인 주상모의 격구를 곱씹었다. 주상모는 말을 타고 다니니까 위에서 아래로 찌르게 된다. 그런데 죽은 향도들의 시신에 난 칼자국은 위에서 찌른 것이었다. 어깻죽지와 가슴에 있는 것들이 특히 그랬다. 향도는 주상모가 죽인 게 아닐까? 그는 장흥부 판관으로 부임해와서 처가가 있었던 두리마을을 찾는다. 탐진강 강둑에서 향도들을 만난다. 주상모는 그들에게 뭐 하는 백성이냐고 묻고 향도들은 매향을 말한다. 지금의 이 더러운 세상이 바뀌기를 바라며 매향한다고 말하면서 버슬아치 욕도 곁들인다. 주상모가 마상에서 칼을 뽑는다.

향도가 죽은 날 그 근처에서 주상모를 본 사람을 찾아야 한다. 여기에 많은 사람이 모여 있으니까 그걸 본 사람이 있을 터이다.

*

언덕길을 조심스레 걸어가던 주상모는 앞쪽에서 무슨 소리가 나자 싸리밭으로 몸을 숨겼다. 싸릿대 사이로 보이는 것은 보리밭이었다. 이걸 탐낸 장인은 한낱 농사꾼에 불과한 아낙에게 죽창을 맞고 숨졌다. 그리고 자신은 그 아낙의 아들에게 쫓겨가고 있었다.

어젯밤 주상모는 장흥부의 옥에 갇혀 있었다. 부사는 청룡요의 도공과 향도 셋을 죽인 죄를 물어서 그를 감옥에 가두었던 것이다. 주상모는 향도들을 죽이지 않았다고 버텼다. 부사는 윤누리라는 도공이 밝혀낸 걸 말했다. 두리마을 향도들은 목과 가슴에 위에서 찌른 칼을 맞았다. 시체가 발견된 곳에 말발굽 자국이 있으니 누군가 마상에서 찌른 게 분명하다. 향도들이 죽은 날 주상모가 말을 타고 탐진강 강둑을 지나는 걸 본 사람이 여럿이다. 주상모는 더는 말하지 않았고 부사는 그를 감옥으로 보냈다.

주상모는 감옥에 앉아서 윤누리에 의해 관직을 잃는 정도가 아니라 목숨을 부지하기도 어렵게 됐다고 곱씹었다. 어떻게 해서든 감옥을 빠져나가려고 했지만 뾰족한 수가 없었다. 한밤중이 됐을 때 밖에서 신음이 들리고 이어서 옥문이 열렸다. 작은처남이 보낸 것이 분명한 자객이 감옥 문지기를 죽이고 그를 꺼내주었다.

아무에게도 들키지 않고 장흥부 관아의 담을 넘은 주상모는 며칠 산속에서 숨어 지내기로 작정했다. 두리마을에서 가까워 산세를 아는 덕운산으로 향했다. 꼭두새벽에 두리마을 동구에 이르렀다. 숨어 지내자면 먹을 걸 준비해두어야 한다는 생각이 들었다. 마을로 내달렸다. 어느 초가 뒤란에 있는 염소를 발견했다. 염소는 아무것도 모르는 아이처럼 동그랗고 까만 눈으로 그를 올려다보았다. 그는 칼로 염소의 목을 찔러 죽인 후에 그걸 어깨에 메고 언덕 위로 올라갔다. 언덕길이 덕운산까지 가는 데 가장 가까운 길이었다. 혹 누군가 뒤쫓아온다고 해도 덕운산까지 달려가 솔숲에 들면 잡히지 않을 터였다.

먼동이 터오기 시작했다. 다시 한 번 앞쪽에 사람이 없다는 걸 확인한 주상모는 싸리밭 나와 언덕길을 따라 걸어갔다. 언덕은 이전보다 더 많이 개간돼 밭뙈기들이 늘어났다. 저 앞에 예전처럼 초가와 가마가 서 있었다. 윤누리는 상감청자로 돈을 벌어서 마을 한가운데다 기와집을 마련했을 거라고 짐작했다. 여기에서 계속 살고 있으리라고는 생각하지 못했다.

초가가 가까워지자 주상모는 칼을 잡은 왼손에 힘을 주었다. 가마 앞에 처녀가 앉아 있었다. 가마 앞은 이른 아침에 처녀가 앉아 있을 만한 데가 아니었다. 무슨 큰일을 당해서 정신을 놓고 있는 것일까.

주상모는 가마로 다가갔다. 처녀는 눈을 감고 있었다. 윤누리의 딸일 터였다. 그는 칼을 치켜세웠다. 윤누리의 식구들을 베기로 했다.

젊은이들의 노랫소리가 근처에서 들려왔다. 두리마을 젊은이들이리라. 윤누리의 식구들을 베다가 그들과 맞닥뜨리면 잡힐 수 있었다. 여기까지 와서 잡힐 수는 없었다.

비명도 지르지 못하게 단칼에 처녀를 베고 숨어버린다면? 젊은이들에게 잡히지 않게 된다. 그는 염소를 내려놓고 칼을 세웠다.

주상모가 다가서자 처녀가 눈을 떴다. 거기 맑은 눈동자가 있었다. 금강산 만폭동에서 만난 무인의 맑은 눈빛이 떠올랐다. 그 무인이 한 말도 되살아났다. '어둠 속에 있으면 남의 칼이 어디서 오고 내 칼이 어디로

가는지 모른다. 낮에 오너라.' 당시에는 그 말의 속뜻을 몰랐으나 나중에
는 알았다. 너는 탐욕에 눈이 어두운 자여서 검술을 배울 수 없다. 해맑
은 눈으로 찾아오너라.

금강산으로 가서 여생 동안 해맑은 눈빛으로 검술을 익히고 싶다는
생각이 주상모를 스치고 지나갔다. 하지만 그는 개경으로 가는 걸 원했
다. 거기로 가면 다시 관직으로 나갈 길이 있을 터였다.

주상모는 칼을 들어올려 비스듬히 내리쳤다. 칼은 처녀의 목을 파고들
었다. 피가 솟구쳐 그의 얼굴에까지 핏방울이 튀었다. 피는 가마에도 뿌
려졌다. 그가 예상했던 대로 처녀는 비명도 지르지 못했다.

풀숲으로 돌아온 주상모는 염소를 어깨에 멨다. 젊은이들의 노랫소리
가 났던 곳을 피하려고 언덕 밑으로 내달렸다. 밭뙈기 몇을 지나자 돌무
더기가 있었다. 개간하다 파낸 돌멩이들을 모아둔 곳이었다. 그 위에 올
라섰다가 훌쩍 뛰어서 발을 딛는 순간 발바닥 밑이 허전했다. 마른풀을
위에다 덮어둔, 산짐승을 잡는 함정이었다. 돌무더기에서 뛰어내린 기세
가 있어서 몸은 순식간에 밑으로 빨려들었다.

함정은 거기에 빠진 멧돼지나 호랑이가 찔리게끔 바닥에 죽창을 세워
둔 곳이었다. 주상모는 얼굴로 밀려드는 죽창을 피하려고 고개를 돌렸
다. 목이 뜨거웠다. 죽창이 목 깊숙이 파고들었다. 피가 목구멍을 채우자
숨을 쉴 수가 없었다.

함정 밖에서 젊은이 목소리가 들렸다. 구해달라고 소리치려고 했다.
말이 나오지 않았다. 아찔한 통증이 이어지면서 정신이 흐릿해져갔다.
주상모는 칼을 잡고 있으려고 했으나 손에 힘이 풀리면서 그걸 놓치고
말았다.

"청산아, 여길 봐."

"분명히 멧돼지나 호랑이가 함정에 빠졌어."

"야, 가까이 가서 얼굴 들이밀지 마. 함정이 깊지 않으니까 호랑이가 갑자기 뛰어나올 수 있어."

"염려 마. 얼굴 들이밀지 않고 화살부터 쏠 테니까."

주상모는 화살 날아드는 소리를 들었다. 화살은 왼쪽 어깻죽지에 깊이 박혔다.

*

해가 떠오르고 해미가 바람에 쓸려갔다. 탐진나루 바닷가로 흰옷을 입은 사람들이 몰려나왔다.

탐진나루 남서쪽 바닷가의 둔덕에 청허가 서 있었다. 그 옆에 장흥부사, 교위, 호장이 의자에 앉아 있었다. 장흥부사가 매향을 직접 보고 싶다고 해서 마련한 자리였다. 청허는 매향에 참여하고 싶었는데 장흥부사가 함께 보자고 붙잡아서 여기에 머물렀다.

탐진나루 네거리에서 청허는 백성과 관군이 동시에 뒤로 돌아서게 만들었다. 그가 네거리를 떠나려고 할 때 교위가 말을 타고 달려왔다. 부사께서 며칠간 함께 지내고 싶어 한다는 말을 전했다. 청허는 가지 않으려고 했다. 교위는 부사께서 탐진의 도공을 알고 싶어 하며 그래서 어르신을 부르는 거라고 덧붙였다. 청허는 교위가 끌고 온 말에 올라탔다. 그후 부사와 지내다가 오늘은 매향을 보러 나왔다.

청허가 둔덕 아래를 내려다보았다. 탐진강 하구에 펼쳐진 갯벌은 드넓었다. 밀물이 매일 드나들고 강물이 굽이쳐 흐르는 갯벌이 매향할 곳이었다.

매향에는 사람 손이 많이 들어간다. 아흔아홉 개에 이르는 참나무 통나무를 매향처로 옮겨야 한다. 통나무 작은 것이라고 해도 그 하나에 양옆으로 둘씩, 네 사람은 있어야 한다. 큰 거라면 열 명은 나서야 한다. 통나무를 묻는 일도 큰일이다. 썰물이 져서 갯벌이 드러나면 통나무 넣을 구덩이를 판다. 통나무를 쌓고 그걸 덮는 일은, 밀물이 들기 전까지 마쳐야 한다. 시간이 정해져 있으니까 수백 명이 나서도 숫자가 많다고 할 수 없다.

매향에 쓰는 통나무는 짧게는 수십 년, 길게는 수백 년 된 참나무에서 줄기와 가지를 잘라낸 것이다. 참나무를 심은 사람은 매향할 수 없다. 아들이나 손자의 손을 빌려야 한다. 선조의 참나무를 잘라서 매향하는 사람 또한 자신이 침향의 떠오름을 보리라 기대하지 않는다. 침향을 만나는 기쁨은 먼 후손에게 넘겨준다. 매향은 참나무를 심는 전생, 그걸 묻는 현생, 침향의 떠오름을 보게 되는 후생 이렇게 삼생이 만나는 일이다.

청허는 눈을 감고 호흡을 가다듬었다. 오늘 매향에서는 매향비를 세우지 않는다고 들었다. 여느 매향에서는 매향처 근처의 바닷가에 매향의 뜻을 새기고 미륵을 기원하는 글을 새긴 비석을 세워둔다. 그런 비석을 세우지 않는 것은 매향 후에 소신공양하는 사람이 원하지 않아서였다고 한다. 소신공양할 사람이 비석 따위는 하찮은 것이며 그럴 돈이 있으면 배고픈 사람에게 주어야 한다고 말했다는 것이다. 향도들은 소신공양하는 사람의 뜻을 받아들였고 매향꾼들도 그 뜻에 따랐다.

청허가 크게 숨을 내쉰 후에 눈을 떴다. 바닷가에 웅성거리고 있는 매향꾼은 이천여 명은 돼 보였다. 어젯밤 탐진나루 저잣거리에서 이천 명은 나올 거라는 말을 들었다. 그 숫자가 다 나오리라고 믿지 않았다. 많아야 천 명이 나오지 않을까 싶었다. 지금 보니 저잣거리에서 들은 대로

였다.

수십 개의 참나무 통나무를 사람들이 들어올렸다. 통나무 하나에 매향 꾼 여덟 명이 붙어 있었다.

"통나무를 옮기기 전에 삽이나 괭이로 큰 구덩이부터 파야 하지 않 나?"

부사가 일의 순서가 이상하다며 혼자 중얼거리자 호장이 나섰다.

"매향에 앞서서 죽은 향도를 위해 제사를 지낸답니다. 제사가 특이해 요. 매향꾼이 참나무를 높이 들어올려 노래를 부른대요."

"차나 술 없이 노래만으로 지내는 제사도 있는가? 우리 고려는 물론이 고 송나라와 금나라에도 없는 야릇한 짓이야."

매향꾼들이 다 같이 노래를 부르기 시작했다. 무슨 노래인지 부사는 알 수 없었다. 저게 무슨 노래냐고 호장에게 물었다. 호장은 모르겠다고 짤막하게 대답했다.

노래가 끝나자 매향꾼들은 통나무를 내려놓고 환호성을 질러대기 시 작했다. 잠시 후에 서른 개 남짓한 깃발이 펄럭였다. 부사는 흰 바탕에 검은색으로 동그라미가 그려진 깃발에 눈길을 좁혔다.

"무슨 깃발인가?"

부사가 궁금해 하자 청허가 대답했다.

"해 무늬를 단 깃발들입니다."

"검게 보이는데 해 무늬란 말인가요?"

"흰 천에다 검은색으로 수를 놓아서 만든 해는 아직 뜨지 않은, 훗날의 해입니다. 아직은 떠오르지 않았으니까 밝지는 않지만 그래도 동그란 모 양은 갖추고 있지요. 매향은 훗날을 기약하는 일이라서 깃발에 해를 수 놓을 때도 검은색인, 훗날의 해를 불러옵니다. 이와는 달리 민란에서 드는 깃발의 동그라미는 흰색입니다. 지금 떠 있는 해를 깃발에다 그려 넣은 것이지요. 민란은 오늘의 해를 밝히고자 하는 것이기에 그런 빛깔의 동그라미가 당연합니다."

청허는 바닷가에 울리는 징 소리를 들었다. 저 멀리서 누군가가 우는 듯한 징 소리였다. 긴 간격을 두고 울더니 사이가 가까워졌다. 그러자 북이 끼어들었다. 그것들이 이루는 가락은 아까의 노래처럼 반복이 많은 것이었다. 어찌 보면 갯바위를 치는 파도 소리 같기도 하고, 달리 보면 여럿이 자갈밭을 괭이로 팔 때 나는 소리와 비슷했다. 그 사이 사이로 사람들의 함성이 끼어들었다. 거기에 가늘고 날카로운 악다구니도 이따금 섞여 있었다. 한을 품은 여자가 그런 소리를 낸다고 들었다.

삼월 보름사리여서 썰물이 크게 졌다. 뭍에서 삼백 걸음 정도 떨어진 곳까지 매향꾼들이 나갔다. 매향꾼들은 매향처로 정해진 세 곳의 주변에 나누어 섰다. 세 곳은 쉰 걸음 정도 떨어져 있었다. 미륵이 용화수 아래에서 세 번의 설법을 통해 모든 사람을 제도할 것이라고 예언돼 있어서 참나무를 세 곳에다 묻는 거였다.

매향꾼들이 구덩이를 파기 시작했다. 수십 명이 삽으로 개흙을 파내고 나머지는 구덩이 주위 여덟 방향으로 나누어 서서 개흙이 담긴 항아리를 손에서 손으로 옮겼다. 가로와 세로 길이가 각각 스무 척에 이르는 구덩이가 만들어지기 시작했다. 참나무 통나무의 길이는 열다섯 척 안팎이었으므로 구덩이는 그 정도의 너비가 있어야 했다. 구덩이가 만들어지자 매향꾼들이 갯가로 나가 통나무 하나에 여덟 명씩 달라붙어 그걸 옮겨 왔다. 이렇게 하여 구덩이마다 통나무 서른세 개가 차곡차곡 쌓였다. 아까 모아둔 흙더미로 통나무 더미를 덮었다.

"저렇게 개흙을 두껍게 덮어두는데도 통나무가 떠오를까요?"

부사가 묻자 청허가 대답했다.

"통나무는 후세 사람들을 위한 것입니다. 그들이 떠오르길 원하면 향기를 내뿜으며 떠오르겠지요. 원하지 않으면 떠오르지 않고요."

청허가 갯벌을 둘러보았다. 통나무를 다 묻었으니 곧 소신공양이 이뤄질 터였다. 애초에는 매향에 소신공양이 없었다. 그제, 소신공양할 사람이 나타났다. 그 사람이 누구인지 청허는 알지 못했다. 소신공양할 사람이 자신의 이름을 들먹이지 말라고 부탁했다는 말만 들었다.

청허가 부사 앞으로 갔다.

"갯벌로 가서 소신공양을 보고 싶습니다."

"이제 작별인가요?"

청허는 웃기만 했다.

"탐진의 청자에 관한 여러 말씀에 감사하오. 개경으로 가더라도 탐진, 하면 그대가 떠오를 거요."

"내직으로 옮겨서 대비를 뵙게 되거든 안부를 전해주시고요."

"그러리다. 그런데 참, 대비께서 근래 뭘 모아들이고 계신지는 아시오?"

"모릅니다마는."

"소문에는 칼을 모아들인다고 하더군요."

"옛날의 석검이나 동검 같은 것을 말씀하시나요?"

"사람의 목을 자르는 칼 말이오. 무신들의 세상에서는 상감청자보다 칼이 더 귀하게 대접받는다는 걸 대비는 잘 알고 계신 거지요."

청허는 텅 비어 있던 대비의 청자 창고를 떠올렸다.

"칼을 모아서 그걸 무신들한테 나눠주시겠지요."

"잘 아시네요. 그렇지만 아무에게나 나눠주는 건 아니지요. 칼 감별관이 천하의 명검이라고 올린 것인데 교위나 중랑장에게 주겠어요? 대장군과 상장군에게만 주지요."

*

향도들이 매향처 옆에다 장작을 날랐다. 장작을 둥그렇게 쌓아올리기 시작했다. 열 척 높이로 쌓고 맨 위에 자잘한 장작을 깔았다. 장작으로 된 단이 갯벌에 섰다. 그 주위에다는 검불 더미를 빙 둘러 세웠다.

향도들이 나서서 모든 매향꾼은 이제 바닷가로 나가라고 소리쳤다. 거기에서 소신공양을 지켜보며 기원을 올리라는 거였다.

매향꾼들이 갯벌에서 바닷가로 움직이기 시작했다. 청허도 바닷가로 나가다가 윤누리를 만났다. 윤누리는 상감청자 향완을 옆에 두고 있었는데 그 안에 든 건 향 아닌 잉걸이었다.

"소신공양에서 불 지피는 일을 네가 맡았느냐?"

윤누리가 가만히 고개를 끄덕였다. 청허는 그의 맑고도 깊은 눈빛을 보았다.

"내가 바라는 눈빛을 너는 이루어냈구나."

윤누리는 스승의 흰 수염에 눈길을 주었다. 스승은 인제 이 세상에서 물러나서 다음 세상의 인연을 찾아가야 하리라. 그때가 언제인지 알 수 없어도 하늘은 그를 불러들일 때를 이미 정해두었으리라. 이승의 세월이란 사람에 따라 길고 짧기는 해도 어차피 정해진 기간이었다.

"누리야, 나는 아직도 이룬 게 없다. 그래도 비색 청자는 만들 수 있을 것 같다."

상감청자를 만든다고 하지 않았나요, 하는 뜻으로 윤누리가 눈을 크게 떴다.

"나는 비색 청자 대신 상감청자를 만들었다. 그 무늬는 내 것이었다. 내 무늬가 자주 바뀌었다. 상감청자의 무늬는 잠깐에 불과하다는 걸 알았다. 나는 잠깐의 내 무늬보다 천 년을 이어질 불변의 빛깔을 원했다. 상감청자의 무늬를 버리고 비색으로 돌아갈 수밖에 없었다."

청허는 윤누리의 손을 잡아주고 나서 걸음을 옮겼다.

밀물이 든다고 누군가 소리쳤다. 윤누리는 바다 아닌 뭍으로 고개를 돌렸다. 바닷가에는 매향을 마친 매향꾼과 소신공양을 보며 기원하러 나온 백성이 모여 있었다. 사람들은 흰옷을 입고 있어서 흰 구름이 바닷가를 덮고 있는 듯했다.

윤누리는 사람들 사이에서 다물이가 걸어오는 걸 보았다. 그 뒤에는 향도 수십 명이 뒤따르고 있었다.

다물이가 남편 앞에 이르렀다.

"악연을 태우고 나면 새롭고 아름다운 인연이 올 거야."

다물이는 소신공양을 결심했던 날도 그렇게 말했다. 그날처럼 오늘도 말투는 담담했다.

윤누리는 아내의 손을 잡고 눈을 맞추었다. 아내의 눈빛은 잔잔했다. 그는 파도가 잔잔한 난바다를 앞에 두고 있는 것 같았다. 벽란도에서 탐진으로 오는 뱃길에서 그런 난바다를 만난 적이 있었다. 뱃사공이 그랬다. 작은 바람들이 한곳으로 모이느라고 지금은 이렇게 잔잔하지요. 작은 바람들이 모여서 큰바람이 됩니다. 그게 불어오면 바다가 크게 날뛰지요.

윤누리는 아내에게 말을 하고 싶었다. 말을 할 수 없다는 생각이 들자 혀가 아팠다.

다시 혀가 아프기 시작한 건 딸이 칼을 맞았다는 걸 알았을 때였다. 혀가 엄청나게 아팠다. 혀가 막 잘렸을 때처럼 그렇게. 눈앞에서는 단도가 어른거렸다. 내 혀는 이미 잘렸다는 생각을 했다. 혀가 이전보다 더 아팠다. 누군가 단도로 그의 입안을 후벼버리는 듯했다. 윤누리는 정신을 잃고 쓰러졌다. 아내가 그의 몸을 잡아서 흔들어댔고 그는 깨어났다. 청산이가 소리쳤다. 함정에 빠져 죽은 사람이 있어. 그 사람이 여동생을 죽인 게 분명해. 윤누리는 함정으로 가서 시체를 보았다. 주상모였다. 그가 예전에 어깻죽지에 주상모의 화살을 맞았듯이 주상모도 어깻죽지에 청산이의 화살을 맞았다. 그는 화살을 뽑아냈다. 주상모를 눕혀놓고 화살로 혀를 겨냥해서 입을 찔렀다. 화살촉이 깊이 박혔다.

딸의 시신을 본 후로 아내는 혀가 잘린 듯이 말하지 않았다. 딸을 화장할 때도 울기만 할 뿐 입은 열지 않았다. 잿더미에서 뼈를 골라낼 때 조그맣게 말했다. 뼈가 깨끗해. 상감할 때 쓰는 백토처럼 깨끗해. 나도 이 몸을 태워서 저렇게 깨끗해지고 싶어. 당신마저 보낼 수는 없어, 하는 뜻을 담은 눈길로 윤누리는 아내를 쳐다보았다. 아내는 담담하게 말했다. 악연을 태워버린 뼈가 깨끗해.

바닷바람이 불고 밀물이 드는 소리가 희미하게 들렸다. 다물이를 따라온 향도들이 갯벌 끝자락을 힐끗거렸다. 밀물이 드는데 여기서 계속 머물러 있을 수는 없다는 말을 그렇게 대신하고 있었다.

다물이가 남편의 손을 잡았다. 평생 흙을 만져온 도공의 손은 흙빛이었다. 다물이는 남편한테 웃음을 지었다. 그런데도 눈에서는 눈물이 흘러나왔다.

살면서 얼마나 울었을까? 딸을 화장할 때 울고 있다가 그렇게 자문했다. 가족을 위해서는 많이 울었으나 이웃 사람들을 위해서는 거의 울지 않았다는 데 생각이 미쳤다. 이웃을 위해 눈물을 흘리지 않으니까 그 눈물이 모여 있다. 그게 가족의 일 때문에 흘러나온다. 나는 가족을 위해 울었다고 여겼지만 아니다. 그 눈물이 흘러나오게 된 건 내가 모아두었기 때문이다. 내가 눈물을 모아두었으니까 그게 흘러나올 일이 생긴 것이다.

그날 밤 다물이는 집을 나와 언덕 위에서 엎드렸다. 이웃을 위해 울려고 했다. 여울치의 남자를 위해서, 칼에 붙들려 살다 간 주상모를 위해서, 매향을 준비하다 죽은 향도들을 위해서…… 눈물은 흘러나오지 않았다. 남을 위한 눈물은 한 방울도 남아 있지 않은 몸이었다. 바싹 마른 몸이었다. 이런 몸에 불을 대면 금방 타오르리라. 악연에 물들지 않은 하얀 뼈를 쉬 얻을 수 있으리라.

매향은 새 세상을 불러오는 일이다. 새 인연, 아름다운 인연을 맺는 일이다. 그러려면 악연은 태워 없애야 한다. 내 몸을 태우면 악연은 사라지리라. 내 몸을 태울 때 다른 사람의 악연도 함께 태울 수 있다. 그들에게 모든 악연을 내게 맡기라고 하고 내가 그걸 안고 불속으로 들어가면 된다. 매향에다 이 몸을 내놓자.

그녀는 남편에게 말했다. 검불을 그냥 두기만 하면 이리저리 쓸려다니면서 눈앞을 어지럽혀. 그걸 아궁에다 태우면 장작에 불이 붙어. 장작불로 밥도 짓고 방도 따뜻하게 만들 수 있어. 그런데 검불은 아궁이에서만 태우는 게 아냐. 매향하는 데서도 태울 수 있어. 검불을 모아서 태우면 장작을 쌓아 만든 단에도 불을 붙일 수 있어. 그 장작의 단에서 아주 크고 밝은 꽃이 피어날 거야. 잠시 후, 남편의 눈가에 눈물이 맺혔다. 그 눈물을 그녀가 닦아주었다. 다시 눈물이 맺혔다. 닦아주고 맺히고 닦아주고 맺히고…… 그러다가 다물이의 눈가에 눈물이 맺혔다. 그 눈물을 남편이 닦아주었다. 다시 눈물이 맺혔다.

　다물이는 눈물을 진즉 다 흘렸다고 여겼는데 오늘 이곳 갯벌에서 또 눈물이 흘러나오고 있었다. 그만 울어야 한다는 생각에 웃음을 지었다. 웃으면 웃을수록 눈물이 더 쏟아졌다.

　윤누리는 아내를 와락 껴안았다. 눈물이 줄줄이 흘러나왔다. 아내의 눈물과 그의 눈물이 합쳐져서 볼을 적셨다. 눈물은 목덜미를 타고 흘러서 가슴까지 적셨다.

　다물이는 누리를 껴안은 팔에 힘을 주었다.

　"향도들이 내게 소신공양 전에 바르라고 향유를 가져왔어. 나는 그걸 팔아서 배고픈 이들에게 밥과 국수를 대접하라고 말했지. 향도들은 향유를 발라야 한다면서 돌아가지 않았어. 거기 두고 가면 나중에 바르겠다고 하자 그때에야 향도들이 돌아갔어. 그 향유를 나는 끝내 바르지 않았지. 그러길 잘했어. 오늘 이렇게 향유를 볼과 목덜미와 가슴에 바르고 있으니까. 향기는 약해도 따뜻한 이 향유가 맘에 들어."

　윤누리는 껴안은 채로 아내의 등을 토닥여주었다.

　밀물이 들어온다고 한 향도가 소리쳤다. 다물이는 남편의 눈물을 닦아주고 나서 단으로 몸을 돌렸다. 윤누리는 다리에 힘이 풀렸다. 그가 비틀거리자 향도가 부축해주었다.

　다물이가 단 위로 올라갔다. 거친 바닷바람을 맞으며 저 멀리에 시선을 두고 서 있었다. 윤누리가 향완의 잉걸을 검불 더미에다 부었다. 연기가 피어나고 이어서 불길이 솟아올랐다.

　바닷바람에 몸을 뒤척이는 깃발 아래서 북이 울리기 시작했다. 바닷가에 모인 사람들이 양손을 모아 저마다의 기원을 올렸다. 윤누리도 손을 모았다. 바탕흙의 무더기처럼 할 말이 많았다. 무더기에서 만들 그릇 만큼만 바탕흙을 떼어내듯이 그는 해야 할 말만 남겼다.

'아내는 스스로 장작이 됐나이다. 크고 밝은 꽃으로 피어나게 하소서.'

기원을 마치고 고개를 들어서 아내를 찾았다. 불길 위에 아내가 앉아 있었다. 양손을 합장하고 고개를 쳐들고 있었다.

밀물이 갯벌을 덮어왔다. 향도들이 갯벌에서 나갔다. 윤누리는 발목을 적시는 밀물 속에 서 있었다.

불길이 아내를 휘감았다. 아내는 가마 속의 그릇처럼, 상감청자가 되려고 불길을 받아들이고 있는 그릇처럼 움직임이 없었다. 그 모습을 보고 윤누리는 입을 벌렸다. 아, 하는 소리가 나왔다. 혀는 아프지 않았다.

*

두벌구이 불넣기를 마치자 윤누리는 아궁이와 가마 옆구리의 불구멍들을 준비해 둔 진흙으로 막았다. 바람이 들고나지 않는 가마 속에서 그릇은 이틀을 지내고 새로 태어난다. 상감청자가 되는 것이다. 그릇 안에서 끝내 푸른빛이 되지 못한 불기운은 겉으로 내뿜어진다. 그 흔적이 나중에 청자의 겉에 남게 되는 가는 금, 식은태이다.

이번에 구운 그릇들 가운데는 항아리가 있다. 운두가 한 척 반에 이르는 것으로 모양은 예전에 아내가 세상의 잔치에 쓰이길 바라며 만들었던 것과 같다. 주둥이는 작다. 몸통은 주둥이 바로 아래서 한껏 부풀다가 아래로 내려가면서 줄어든다. 아래쪽에서는 부풀지도 줄어들지도 않고 차분하게 마무리된다.

무늬를 상감할 때 윤누리는 우선 항아리의 몸통 한가운데다가 갓난아이 손바닥만 한 해를 칼로 새겼다. 흑색 상감을 해서 검은 해로 만들 참이었다. 검은 해의 무늬는 매향의 깃발에 그려졌던, 아직은 뜨지 않은 해를 가리키는 그 검은색 동그라미를 가져온 거였다. 바로 그 바깥에다가 또 해를 새겼는데 백색 상감을 할 참이었다. 하얀 해의 무늬는 스승의 천 조각에 있는, 하얀 실로 수놓은 동그라미에서 비롯한 것으로 그동안 그가 새겨온 거였다.

두 겹의 해 무늬 안에다 위로 날아가는 학을 새겼다. 이어서 해 무늬 바깥에다가 밑으로 날아 내리는 학을 불러들였다. 해 무늬 안팎으로 학이 날아서 쌍을 이루었다. 해 무늬 안의 학은 오른편 위쪽으로 날아가고 바깥의 학은 오른쪽 아래를 향하고 있었다. 두 마리를 따로따로 놓고 보면 날아가는 방향이 다르지만 함께 보면 달라졌다. 쌍학은 눈빛을 주고받으며 선회하고 있는 모습이었다. 날개를 활짝 펼친 채 마주 보고 있으면 당장에라도 부딪칠 듯해서 조마조마하고 똑같은 방향으로 나란히 날기만 하면 단조로운데, 선회하는 모습은 정겨웠다.

윤누리는 쌍학 주위와 해 안팎에 구름을 새겼다. 구름은 뻗어나가다가 굽이치고 때로 맴돌기도 했다. 구름이 있어서 학의 날갯짓은 더 활기차졌다.

항아리의 몸통에 새겨진, 해와 구름 사이를 나는 쌍학을 윤누리는 한참 들여다보았다.

윤누리는 항아리의 다른 곳에 또 두 겹의 해 무늬를 새기기 시작했다. 이전처럼 쌍학을 새기고 구름을 불러들였다.

해와 구름 사이를 쌍학이 나는 무늬가 항아리를 덮어나갔다. 두 겹의 해는 그 크기와 선의 두께가 거의 같았지만 구름은 날아가는 모습이 계속 바뀌었다. 쌍학은 둘의 사이가 조금씩 달랐지만 짝을 지어서 선회하는 모습은 같았다.

마흔 개가 넘는 무늬가 항아리에 새겨졌다. 해와 구름 사이를 나는 쌍학이 학의 무리를 이루었다. 학의 무리가 항아리를 뒤덮었다.

항아리를 초벌구이했더니 상감한 무늬들이 뚜렷해졌다. 다른 그릇들과 함께 그 항아리도 잿물을 발라서 두벌구이에 들어갔다.

가마를 다시 둘러보고 나서 윤누리는 물바가지를 집어들었다. 가마에다 불넣기를 할 때마다 이렇게 목을 축일 물을 떠다두었다. 아내가 살았을 때는 아내가 도맡아 했는데 이제는 아들이 했다. 물바가지 물을 몇 모금 더 마시고 나서 머리를 들었다. 아직도 사방에는 어둠이 깔려 있었지만 저 멀리 동녘은 상당히 트여 있었다.

가마 앞에서 밤을 새우고 냇물로 몸을 씻으러 갔던 아들이 가마로 돌아왔다.

"아버지도 씻으세요."

윤누리는 고개를 끄덕였지만 일어나지 않았다.

청산이가 냇물에서 몸을 씻을 때 했던 생각을 아버지에게 말했다.

"함정에 빠져 죽은 주상모라는 사람도 화장해주자고 어머니가 그러셨어요. 저는 여동생을 죽인 사람이니까 산에 내버려서 늑대 밥이 되게 해야 한다고 울부짖었고요. 이제는 어머님의 마음을 알 수 있어요. 어머님은 악연을 끊으려고 그러셨겠지요."

몸을 일으킨 윤누리가 아들의 등을 토닥거렸다.

"주상모가 들먹여진 김에 말씀드리는데요, 그의 처가 집터가 내버려져 있잖아요. 기와 조각과 돌멩이가 흩어져 있고 잡초가 무성해서 착한 도깨비는 살지 않고 두억시니나 밤중에 돌아다니게 생겼어요. 그런 집터가 마을에 있으니까 맘에 들지 않아요. 제가 마을 친구들과 그곳을 밭으로 만들겠어요."

윤누리는 그거 좋은 생각이라고 고개를 끄덕였다.

"기와 조각과 돌멩이를 모조리 골라내려고 하면 일이 엄청 많아요. 그걸 그대로 두고 밭을 만들려고요."

그래 가지고 무슨 밭이 되겠냐고 윤누리가 눈을 크게 떴다.

"거기 뿌릴 씨는 보림사 동쪽, 가지산 자락에서 구해올 거예요."

그 말에 윤누리가 빙긋 웃었다.

"내버려진 집터가 마을 공동의 차밭이 되는 거지요."

*

보리밭에서 누런 기가 배어나오고 종달새 새끼는 날개를 쳐댔다. 흰구름은 유유자적하는 신선을 태운 듯이 느릿느릿 흘러가고 그 너머로 옥빛 하늘이 펼쳐져 있었다.

청산이가 가마 안에서 항아리를 꺼냈다. 항아리에는 해와 구름 사이를 나는 학의 무리가 잘 드러나 있다. 상감한 무늬가 많다 보면 그것들이 잿물과 어울리지 못해 무늬 색이 탁해지는 경우가 흔한데 이 항아리에서는 그러지 않은 것이다. 바탕의 비색은 맑고 깊다. 그리고 비색은 무늬의 흰색을 돋보이게 해주면서 그 자체도 드러난다. 솔가지가 서설을 산뜻하게 만들어주면서 제 빛깔은 빛깔대로 드러내는 것과 같다.

처음에 청산이는 이 항아리가 장수를 기원하는 것으로 알았다. 해, 학, 구름이 십장생이었던 것이다. 초벌구이가 된 항아리를 보았을 때 거기에는 구름 사이를 나는 쌍학이 있었다. 혼인 잔치에서 쓰일 항아리에 딱 어울리는 무늬라고 여겼다. 오늘은 학의 무리에 눈길이 머물렀다.

청산이가 항아리를 가마 옆에 놓았다.

"아버지, 보세요."

윤누리가 항아리를 보았다. 학의 무리가 눈앞에서 날고 있다.

아내가 쌍학이 새겨진 흙구슬을 줄 때 했던 말, 항아리에 학의 무리를 새길 때도 되새겼던 그 말이 귓전을 맴돌았다. 학은 날아가지. 어두운 밤과 차디찬 바람을 뚫고서. 혼자서는 가지 않아. 짝을 지어서 가. 밝고 따뜻한 곳에 이르지. 거기에서 새끼를 기르고 다른 학들과 춤을 춰. 그렇게 무리 지어 한 갑자를 살아.

윤누리는 학의 무리에 대고 손을 내밀었다. 아내와 딸이 생각났다. 주상모와 주상우도. 이어서 살아오면서 알게 된 많은 사람들이 떠올랐다.

이 항아리를 윤누리는 스승에게 보여주고 싶었다. 상감청자에서 비색 청자로 돌아간 스승에게 다시 상감청자로 돌아오라고 권하기 위해서는 아니었다. 비색 청자가 비색으로 천 년의 세월을 담아낸다면 상감청자는 그 무늬로 천 년의 세상을 기약한다는 걸 알려주기 위해서였다.

윤누리가 항아리를 들여다보고 있는 동안 청산이가 가마의 상감청자들을 초가의 건넌방으로 옮겼다. 윤누리는 거기에 상감청자를 두었다가 필요한 이들이 오면 내주었다.

"아버지, 상감청자를 옮겨두었으니 저는 마을로 가렵니다."

윤누리는 씨를 뿌리는 몸짓을 해서 집터에다 차 씨를 뿌리는 거냐고 물었다.

"예, 차 씨를 뿌릴 거예요."

윤누리가 고개를 끄덕였다.

청산이가 발걸음을 옮기면서 중얼거렸다.

"그 시인은 집터에 머물고 있으려나?"

무슨 말이냐고 윤누리가 눈을 크게 떴다.

"우리가 어제 집터에서 잡초를 뽑고 있을 때 유랑하는 시인이 왔어요. 오전에 와서 집터를 보고 있었는데 오후에도 떠나지 않았어요. 시 구절을 찾아내지 못했대요. 지금도 거기에 앉아 시 구절을 찾고 있을지도 몰라요."

청산이가 집에서 나가자 윤누리는 항아리를 또 들여다보았다.

점심때가 됐을 때 웬 나그네가 윤누리네로 왔다. 윤누리가 손으로 마루에 앉으라고 권하자 나그네가 걸터앉았다. 나그네는 숱이 적은 눈썹과 길게 찢어진 눈을 지니고 있었다. 예전에 어머니의 죽창에 죽임당한 부자의 눈매와 닮았다. 윤누리는 두리마을 농사꾼들의 죽창에 죽임당한, 늘 시를 읊고 다니던 부자의 큰아들에게 자식이 있다고 들었다. 그가 두리마을의 아버지 집터를 찾았다가 언덕길로 접어든 게 아닌가 싶었다.

나그네가 건넌방에 놓인 항아리를 보았다. 세상 끝을 보고 온 사람처럼 풀려 있는 눈빛에 조금씩 긴장감이 더해졌다. 바람이 쑥대머리를 흔들자 머리카락이 이마를 덮었다. 머리카락 사이로 눈빛이 번쩍거렸다.

청산이가 집으로 돌아왔다.

"아버지, 이 사람이 바로 그 시인이에요. 아까 마을을 떠났는데 여기로 왔네요."

나그네는 청산이에게 눈길을 주지 않았다. 그는 참선하는 선승처럼 앉아서 항아리를 보고 있었다.

나그네가 윤누리 앞에 무릎을 꿇었다.

"제자로 받아주십시오."

윤누리는 나그네에게 상감청자는 제 마음의 무늬를 새기는 것이어서 굳이 스승을 찾지 않아도 된다는 말을 해주고 싶었다. 나그네와 눈이 마주치자 윤누리는 천천히 고개를 저었다.

"저를 제자로……"

나그네가 물러서지 않자 청산이가 나섰다.

"전에도 여러 번 제자 되겠다고 사람들이 찾아왔다가 그냥 돌아갔답니다."

나그네가 건넌방의 항아리를 가리키며 청산이에게 물었다.

"자네도 저렇게 학을 잘 새길 수 있어?"

"저번에 찻잔 열 개에다 학을 새겼어요. 두벌구이 후에 찻잔을 보니까 어떤 것에는 학이 다른 새로 바뀌었어요."

"아니, 왜?"

"얼마나 잘 새겼으면 세상에, 학이 찻잔에서 다른 새로 바뀌었겠어요?"

청산이가 깔깔 웃자 나그네도 웃었다.

*

윤누리는 볍씨가 든 바구니를 껴안고 무논으로 들어갔다. 봄내 물을 잡아둔 덕분에 논흙은 반죽해놓은 바탕흙처럼 부드럽게 풀려 있었다. 바람이 살랑거리면서 논흙을 살짝 덮고 있는 논물을 깨웠다. 윤누리가 볍씨를 내뿌리자 볍씨는 동그라미를 남기고 논물 속으로 스며들었다.

논은 아내가 생전에 사들인 거였다. 아내는 논이 생기자 아이들 생일 상에다 쌀밥을 얹어놓을 수 있었다고 말했다. 딸의 말은 달랐다. 아버지가 돌아가셨다고 여겼던 어머니는 매년 제사를 모셨어요. 어머니는 제사상에다 쌀밥과 떡을 올려놓으려고 논을 바라셨어요. 드디어 논을 장만했지요. 제사를 모시고 난 후에 마을 사람들을 불러들여서 쌀밥과 떡을 나누어주었지요. 늘 이렇게 말씀하셨어요. 이건 우리 남편이 여러분께 드리는 거랍니다. 많이 드세요.

윤누리는 힘껏 볍씨를 내뿌렸다. 무논에 박힌 구름 위로 볍씨가 떨어졌다. 구름은 흔들거리면서 흘러갔다.

원래는 아들과 함께 볍씨를 뿌릴 참이었다. 아들이 새벽녘까지 나그네와 얘기하는 걸 보고 아침에 깨우지 않았다. 둘은 밤새 소곤거리기도 하고 소리를 지르기도 했다. 두 집안 사이에서 벌어졌던 일을 말하는 게 아닌가 싶었다. 새벽녘에는 가끔 웃음소리가 흘러나왔다.

볍씨를 다 뿌리고 나서 윤누리는 논둑에 섰다. 땀방울이 턱에서 논물로 떨어졌다. 땀방울은 볍씨처럼 동그라미를 남겼다.

윤누리는 지게를 지고 언덕 아래로 갔다. 흙을 파내는 곳에 이르러 지게를 세웠다. 마을 공동밭의 보릿가을까지 반달이 남아 있었다. 그 사이에 틈나는 대로 흙을 가마 옆으로 옮기고 그릇도 빚을 셈이었다. 이번에도 아들과 함께하기로 맘먹었다. 지난번에 아들은 찻잔에 학을 새겼는데 이번에는 어떤 그릇을 빚어서 무슨 무늬를 상감할지 궁금했다.

윤누리는 삽을 잡았다. 구덩이로 가서 고개를 숙였다. 천지신명에게 그릇을 만들려고 한다는 걸 고하고 나서 삽을 흙에 갖다댔다. 흙의 떨림이 삽을 통해 손으로 전해져왔다.

삽이 박히면 흙은 떤다. 어떤 도공은 새 그릇을 만들려고 하는 설렘으로 자신의 손이 떠는 거라고 했다. 윤누리는 흙이 떠는 걸 느낀다. 흙은 반죽이 돼 물레에 놓였을 때 또 떤다. 중심을 잡은 엄지를 통해서 그 떨림은 온몸 구석구석까지 전해진다. 흙 그릇이 만들어진 후에도 떨림은 몸에 남아 있다. 흙은 가마 속에서 마지막으로 떤다. 구우려고 흙 그릇을 놓을 때 손바닥에 그 떨림이 느껴진다. 흙이 불을 두려워하는 것 같기도 하고 청자로 태어나는 걸 기뻐하는 것 같기도 하다.

윤누리는 바지게에다 흙을 채우고 지게를 졌다. 언덕바지로 오르는 길은 비탈이 완만했으나 한 발, 한 발 떼어놓기가 쉽지 않았다. 숨이 거칠어지고 땀이 솟아났다.

가마 옆에 흙을 부려놓고 윤누리는 집으로 갔다. 마루에 오르자 아들이 건넌방에서 나왔다.

청산이가 아버지 앞에 무릎을 꿇고 앉았다.

"아버지."

윤누리는 아들과 눈을 맞추었다.

"저는 넓은 세상을 보고 싶습니다. 아버지 곁을 떠나는 걸 허락해주십시오."

윤누리는 열아홉 살 때 어머니를 떠나는 자신을 보고 있었다. 어머니가 그와 눈을 마주치고 말했다. '나보다 더 아름답게 살아라.' 그 말을 아들에게 해주고 싶었다. 말은 할 수 없기에 그는 아들과 오래도록 눈빛을 주고받았다.

나그네가 건넌방에서 나왔다. 나그네의 눈빛은 고요했다.

윤누리는 항아리를 가져와서 나그네에게 내밀었다.

"정말입니까?"

나그네가 묻자 윤누리가 고개를 끄덕였다.

"제가 당신의 어머니를 죽인 부자네 사람이란 걸 알고도 주시는 겁니까?"

윤누리가 항아리를 그의 가슴에 안겨주었다. 나그네가 항아리를 안고서 웃음을 가득 머금었다. 그러고는 처음 보는 것처럼 들여다보았다. 나그네는 웃고 있었는데 금새 눈에 눈물이 맺혔다. 눈물이 항아리로 떨어져 내렸다.

"이 항아리의 쌍학처럼 저와 청산이는 잘 지내겠습니다."

나그네가 윤누리에게 큰절을 올렸다.

청산이가 차를 끓여서 찻잔 셋을 마루에 놓았다. 윤누리가 찻잔을 들어 한 모금을 마셨다. 고소한 것 같기도 하고 쓴 것 같기도 했다.

차를 마시고 나서 청산이가 큰절을 올렸다.

"아버지, 떠나렵니다."

윤누리가 흙이 묻어 있는 손을 내밀었다. 아들의 손을 잡았다. 아들의 손은 떨리고 있었다.

나그네가 항아리를 껴안고 사립문을 나섰다. 청산이는 사립문에서 잠시 멈추었으나 돌아보지는 않았다.

윤누리는 마루에 앉아 바자울 너머의 언덕길에 눈길을 주었다. 청산이와 나그네는 앞서거니 뒤서거니 하면서 언덕길을 가고 있었다.

윤누리는 찻잔을 집어들었다. 청산이가 빚고 상감한 것이었다. 차를 다 마시고 나서 찻잔을 마루에 놓았다.

찻잔에 상감된 학 한 쌍은 밝다. 햇빛에 바탕의 비색이 넘쳐난다. 학에는 푸른 기가 감돈다. 청학(靑鶴)이다.

청자 찻잔에 청학 한 쌍이 상감돼 있다.

　예심을 통과해 본심에 올라온 작품은 《엄마 안녕》《겨우내 얼지 않고 흐르는 여울목》《거울과 창》《캔들 인 더 윈드》《칼과 학》 등 다섯 편이었다.

　수상작의 선정에 있어 무엇보다 제주4·3 정신의 문학적 형상화에 중점을 뒀으며 평화에 대한 전형성을 보여주는 작품에 주목하기로 했다.

　이런 기준에서 심사위원들의 토론 대상으로 관심을 받은 작품은 《거울과 창》《엄마 안녕》《칼과 학》이었다.

　《거울과 창》은 분단모순을 다룬다는 문제의식은 좋은 평가를 받았다. 남도 북도 아닌 위험한 경계의 공간에 갇힌 남녀 주인공은 여러 번 이름을 위조하고 신분을 숨기는 과정에서 자기정체성마저 잃게 된다. 그러나 소재주의적 한계를 드러낸 점이 문제로 지적되었다.

　《엄마 안녕》은 군대사회의 비리와 모순을 중심으로 정치권력의 부도덕을 해부한 작품이다. 그러나 군부대에서 의문의 죽음을 한 아들을 둔 어머니의 복수극으로 작품이 전개되고 그 과정이 통속적으로 그려져, 도입부의 참신성을 이어가지 못한 것이 결정적 아쉬움으로 지적되었다.

《칼과 학》은 고려시대를 배경으로 청자에서 상감청자로 이행하는 과정을 통해 피지배계급에서 민중 계급으로 이행하려는 천민들의 갈망을 다양한 재미를 곁들여 그려낸 작품이다. 위로는 청자와 상감청자에 대한 이해는 물론 탐미취향을 가진 왕실의 대비에서 아래로는 짐승처럼 짓밟히는 삶을 살아내는 천민 도공에 이르기까지, 다양한 계급을 다루는 작가의 핍진한 공력이 돋보였다. 격조 높은 시적 문장의 경쾌한 속도감은 고전적 소재를 극복하기에 충분했다. 소설의 갈등구조는 마침내 죽고 죽이는 살육의 세상을 끝내고 평화의 미륵세상을 불러오려는 주인공 윤누리의 아내 다물이의 '소신공양'으로 마무리된다. 이 장면이 지닌 극적 긴장감과 주제의 상징성에 심사위원의 일치된 긍정적 평가로 수상작 선정에 이르렀다.

수상 작가는 물론 응모하신 모든 분들에게 감사의 인사를 드린다.

심사위원 염무웅(문학평론가) 이경자(소설가) 현기영(소설가)

작가의 말

상감청자 가마터에 가서 도편을 만난다. 도편은 무늬를 지니고 있다. 찻잔이며 항아리는 오래전에 깨졌는데도 그 무늬는 오늘 새긴 것처럼 뚜렷하다.

무늬는 바로 오늘이다.

상감은 칼로 시작한다. 도공은 칼로 그릇의 표면을 파낸다. 여기에 흙을 채워서 무늬를 만든다. 찻잔에 학이 날고 항아리에 모란이 핀다. 완성된 상감청자에 칼의 흔적은 없다.

무늬는 칼을 넘어선다.

이런 무늬가 있는 도편을 모았다. 십 년이 넘는 세월 동안 수백 개가 모아졌다. 그중에 학 무늬 도편들이 있었다. 학은 한 마리가 나는 경우는 없었다. 쌍을 지어 날고 무리 지어 날았다. 그리고 학은 밝았다.

그 학을 얘기하고 싶었다.

학 무늬가 새겨진 상감청자 도편을 움켜쥐고 한 줄, 한 줄 써나갔다. 도편의 가장자리처럼 날카로운 칼을, 그 칼을 휘둘러댄 자들을. 도편의 바탕색인 쪽빛의 하늘을 나는 학을, 그 학을 청자에 새긴 도공들을.

도편의 가장자리에 손을 다치기도 하고 햇빛에 새하얗게 빛나는 학의 날개에 감탄하기도 하면서 이야기를 이어갔다. 이야기는 《칼과 학》으로 완성됐다.

《칼과 학》이 출간되기까지 감사해야 할 사람이 많다. 고려 시대 학 무늬 상감청자를 만든 도공, 바다가 쪽빛을 품고 있다는 걸 알려준 할머니, 학의 무리처럼 정겨운 가족들, 제주도의 진실과 화해를 위해 노력하는 이들, 세상의 알력을 폭력이 아닌 방법으로 해결해나가는 게 평화의 시작이라고 가르쳐준 사람들, 《칼과 학》을 읽어준 심사위원들과 출판사 편집자들…… 앞으로 칼이 아닌 학의 길을 더 부지런히 나아가겠다는 다짐으로 감사의 말을 대신한다.

《칼과 학》에는 상감청자 찻잔이 나온다. 찻잔을 만들어보고 싶어 집 근처의 생활도예 교실을 찾아가 이것저것 배웠다. 사람들과 질흙처럼 섞여 이런저런 그릇을 만들었다.

마침내 찻잔을 만들었다. 겉이 매끈하지 않고 빛깔은 투박하지만 내가 사람들과 함께 만든 찻잔이다. 이걸로 차를 마신다. 자주 느끼는 것이지만 차는 그 바탕인 물이 좋아야 한다. 물은 생명을 살린다. 잔잔하게 모인 물은 하늘빛을 담는다. 가끔은 아주 많이 모여서 모든 것을 쓸어버리기도 한다.

그런데 차를 우려내는 데는 어떤 물이 좋은가? 당연히 찻물이 잘 우러나게 하는 물이 좋다. 그래야 차의 향과 맛이 풍성하다. 유명한 샘물이나 비싼 외국 생수는 의외로 찻물을 잘 우려내지 못한다. 그런 물보다 집 인근의 우물이나 약수터에서 떠온 물이 더 낫다.

나는 오늘도 물을 끓여서 차를 우려낸다. 찻잔은 둘이다. 한 잔은 내가 마시고 다른 한 잔은 놓아둔다.

향기가 퍼져나간다. 상당히 멀리 간다.

2016년 12월
정범종

제4회 제주4·3평화문학상 수상작

칼과 학

1판 1쇄 인쇄 2016년 12월 12일
1판 1쇄 발행 2016년 12월 19일

지은이 · 정범종

사장 · 주연선 | 발행인 · 이진희
책임편집 · 강건모
편집 · 심하은 백다흠 이경란 윤이든 강승현 양석한
디자인 · 이승욱 김서영 권예진
마케팅 · 장병수 김한밀 정재은 김다은
관리 · 김두만 유효정 신민영

(주)은행나무
04035 서울특별시 마포구 양화로11길 54
전화 · 02)3143-0651~3 | 팩스 · 02)3143-0654
신고번호 · 제 1997-000168호(1997. 12. 12)
www.ehbook.co.kr
ehbook@ehbook.co.kr

잘못된 책은 바꿔드립니다.

ISBN 978-89-5660-569-2 03810